다른 목소리,
다른 방

OTHER VOICES, OTHER ROOMS by Truman Capote

O T H E R   V O I C E S ,   O T H E R   R O O M S

다른 목소리, 다른 방

트루먼 커포티

박현주 옮김

시공사

차례

만물보다 더 거짓되고
아주 썩은 것은
사람의 마음이니,
누가 그 속을 알 수 있습니까?

—〈예레미아서〉 17장 9절

뉴턴 앨빈을 위해

1부

1

눈시티 방향으로는 버스나 기차 노선이 없으므로 거기로 가려면 동원할 수 있는 수단이면 뭐든 써야 한다. 하지만 한 주에 엿새는 추베리 터펜타인 컴퍼니 소속 트럭이 옆 동네 파라다이스 채플로 우편물과 택배를 가지러 온다. 눈시티가 목적지인 사람은 이 트럭 운전사인 샘 래드클리프에게 종종 차를 얻어 탈 수 있다. 출발지가 어디든 힘든 여행으로, 이 울퉁불퉁한 길에서는 심지어 신상품 자동차도 이내 힘이 풀려버리고 히치하이커들은 항상 길이 고되다는 것을 깨닫게 된다. 또한 여기는 외로운 시골이다. 사람 머리통만 한 참나리가 피는 늪 같은 골짜기에는 형광 초록색 통나무가 익사체 같은 짙은 늪지 물 아래서 빛난다. 이 풍경 속에서 보이는 움직임이라고는, 안쓰럽게 보이는 농가 굴뚝에서 구불구불 피어나는 겨울 연기나 고요하고 화살 같은 눈으로 황량한 검은 소나무 숲 위에서 날개를 빳빳이 펼치고 빙빙 도는 새 한 마리밖에 없을 때도 잦다.

이 오지를 지나 눈시티로 이어지는 길은 두 갈래이다. 하나는 북쪽에서 뻗은 길이고 다른 하나는 남쪽에서 오는 길이다. 남에서 오는 길은 파라다이스 채플 고속도로라는 이름으로, 둘 중에서 좀 더 낫지만 도토리 키 재기이다. 도로 양쪽을 따라 늪과 들판과 숲이 황량하게 몇 킬로미터씩이나 쭉 뻗어 있고 간간이 레드도트 5센트 시가, 닥터 페퍼, 니하이, 그로브스 칠 토닉, 666 같은 광고판만이 서 있을 뿐이다. 오래전 사라진 인디언 부족들의 이름이 붙은, 짭짤한 소금기 날리는 시내 위에 걸린 나무 다리들은 자동차들이 지날 때마다 저 멀리서 치는 우렛소리처럼 우르르한다. 돼지 떼와 소 떼가 제멋대로 길 위로 밀고 들어온다. 이따금 농가의 식구들은 일손을 멈추고 지나가는 자동차를 향해 손을 흔들면서 자동차가 붉은 흙먼지 속으로 사라질 때까지 애달프게 바라본다.

어느 이른 6월의 타는 듯 더운 날, 터펜타인 컴퍼니의 운전사 샘 래드클리프는 파라다이스 채플의 모닝스타 카페에서 맥주를 꿀꺽꿀꺽 들이켜고 있었다. 키가 180센티미터를 훌쩍 넘을 정도로 덩치가 컸고 머리가 벗어진 사람이었다. 얼굴은 거칠고 남자다웠다. 그때 가게 주인이 낯선 아이 어깨에 팔을 올리고 들어왔다.

"어이, 샘." 가게 주인은 시드니 카츠라는 이름이었다. "여기 이 꼬마가 눈시티까지 태워다주면 고맙겠다는데. 어제부터 거기

가려고 기를 쓰더라고. 샘이 도와줄 수 없을까?"

래드클리프는 맥주잔 너머로 소년의 얼굴을 흘긋 보았다. 소년의 외모는 딱히 마음에 들지 않았다. 샘은 나름대로 '진짜' 소년은 어떻게 생겨야 한다는 개념을 가지고 있었는데 이 아이는 어느 정도 그에 어긋났다. 너무 예뻤고, 너무 섬세한 데다 피부가 희었다. 생김새 하나하나가 섬세하고 정확하게 빚은 듯했고 소녀 같은 가냘픈 면모 때문에 갈색의 커다란 눈은 부드러워 보였다. 짧게 자른 갈색 머리에는 샛노란 머리카락이 몇 가닥씩 섞여 있었다. 피곤에 지쳐 애원하는 표정이 야윈 얼굴을 덮었고, 어깨는 애답지 않게 축 처진 모습이었다. 아이는 길고 구겨진 하얀 마 반바지와 맨 위 단추를 끄른 흐늘흐늘한 푸른 셔츠를 입었고 코가 약간 닳은 갈색 구두를 신고 있었다.

래드클리프는 윗입술에 콧수염처럼 묻은 거품을 핥으며 물었다. "네 이름이 뭐냐, 꼬마야?"

"조엘. 조-엘, 해-리-슨 녹스예요." 소년은 이 운전사가 귀머거리라고 생각이라도 한 양 음절을 또박또박 끊어 대답했지만 목소리만은 유별나게 부드러웠다.

"그래?" 래드클리프는 다 마신 맥주잔을 카운터에 올려놓으며 느릿하게 말했다. "거참 화려한 이름이구나, 녹스 군."

소년은 얼굴을 붉히면서 가게 주인을 돌아보았고, 그는 즉시 끼어들었다. "앤 참 착한 애야, 샘. 머리도 얼마나 빨리 돌아간다고. 자네나 내가 들어본 적 없는 단어도 알지."

래드클리프는 기분이 상했다. "이봐, 카츠." 그가 명령했다. "잔이나 채워." 주인이 두 번째 맥주잔을 가지러 가버리자 샘이 친절하게 물었다. "널 놀리려던 건 아니었다, 꼬마야. 너 어디서 왔냐?"

"뉴올리언스요." 소년이 말했다. "목요일에 거기서 출발해서 여기 금요일에 왔어요……. 여기가 올 수 있는 한 최대로 먼 곳이었어요. 아무도 나를 마중 나오지 않아서요."

"아, 그렇구나." 래드클리프가 말했다. "눈시티에 사는 친척이라도 만나러 가는 모양이지?"

소년은 고개를 끄덕였다. "아버지요. 같이 살러 가요."

래드클리프는 천장 쪽으로 두 눈을 치켜뜨고 "녹스"라고 몇 번 중얼거려보다 영문을 모르겠다는 듯 고개를 저었다. "아니, 그런 이름은 들어본 적도 없는데. 맞게 찾아온 것 확실하냐?"

"아, 그럼요." 소년은 전혀 놀라는 기색도 없이 대답했다. "카츠 씨에게 물어보세요. 저희 아버지 이야기를 해드렸거든요. 편지도 보여드렸는데……. 잠깐만요." 소년은 어둑한 카페의 탁자 사이로 허겁지겁 돌아가더니 거대한 양철 여행 가방을 들고 돌아왔다. 아이의 찡그린 표정으로 보아 꽤 무거운 듯했다. 여행 가방은 전 세계 각지에서 모아온 빛바랜 기념 스티커를 붙여 알록달록했다. 파리, 카이로, 베네치아, 빈, 나폴리, 함부르크, 뭄바이 등등. 이렇게 더운 날, 파라다이스 채플 정도 크기의 마을에서 보기에는 기묘한 물건이었다.

"너 저런 델 다 가본 거냐?" 래드클리프가 물었다.

"아아뇨." 소년은 여행 가방을 묶었던 낡은 가죽 끈을 풀려고 씨름하며 대답했다. "제 할아버지 물건이었어요. 녹스 중령이시죠. 역사책에서 읽어보셨을지도 모르겠네요. 남북전쟁 때 탁월한 수훈을 세운 분이었는데. 어쨌든 이건 할아버지가 신혼여행으로 세계 일주를 했을 때 쓰시던 가방이죠."

"세계 일주라니." 래드클리프는 감명을 받았다. "분명 어마어마한 부자셨겠구나."

"뭐, 그것도 아주 오래전 일이니까요." 소년은 깔끔하게 싼 짐 사이에서 얇은 편지 묶음을 찾아냈다. "여기요." 소년은 풀녹색 봉투에 든 편지 한 장을 골랐다.

래드클리프는 뜯기 전에 잠깐 편지를 만지작거리다 투박하지만 조심스럽게, 화장지 같은 편지지를 꺼내 입을 우물거리며 읽었다.

에드워드 R. 샌섬

스컬리스 랜딩

19○○년 5월 18일

친애하는 엘렌 켄들

제 편지에 그렇게 빨리 답을 해주시다니 참 고맙습니다. 그것도 바로 회송하는 우편에 보내주시다니. 그래요, 12년이나 지난 후에 제

게 소식을 들으니 이상하기도 하겠지만 이처럼 오래 소식이 끊겼던 데는 충분히 그럴 만한 이유가 있었어요. 그렇지만 저희가 구독하는 〈타임스-피카윤〉의 일요일 판에서 전처가 세상을 떴다는 기사를 읽었을 때, 전능하신 주님이 전처의 상냥한 영혼에 평안을 주시기를, 저는 즉시 이렇게 오랜 세월 동안 팽개쳐두었던 아버지로서의 의무를 다시 다하는 게 영예로운 행동이리라 생각했습니다. 처형이 마음은 아프지만 저희의 소망에 부응하겠다고 하니 지금 제 처와 저는 무척 기쁩니다(아니, 기쁨 이상이지요!). 아, 그런 희생이 얼마나 슬플지 저도 무척 공감합니다. 지난번에 그런 끔찍한 사건이 생긴 후 아직 갓난아기에 불과하던 금지옥엽 외아들을 놔두고 떠나야 했을 때 저도 비슷한 감정을 경험했으니 말입니다. 하지만 이젠 다 과거지사지요. 마음씨 고우신 분이니 걱정도 되시겠지만 마음 푹 놓으세요. 저희는 여기 랜딩이라는 아름다운 집에서 건강한 음식을 먹으며 교양 있는 환경에서 살고 있으니 아들에게도 그렇게 해줄 수 있습니다.

여정 말인데요. 저희는 조엘이 가급적 6월 1일 전에 여기 도착하기를 몹시도 바라고 있습니다. 아이가 뉴올리언스를 출발하면 기차를 타고 오다 빌럭시에서 내려서 파라다이스 채플까지 오는 버스표를 사야 합니다. 눈시티에서 32킬로미터 정도 떨어진 마을이죠. 지금 저희에겐 달리 운송 수단이 없습니다. 그러므로 하룻밤은 파라다이스 채플에서 묵는 편이 좋겠네요. 모닝스타 카페 위에 방이 있으니까 적절한 조치를 마련할 때까지는 거기 묵을 수 있습니다. 이런 일이 있을 때를 대비해서 경비로 쓸 수 있는 수표를 동봉해두었습니다.

그럼 잘 부탁드립니다.

에드워드 R. 샌섬

가게 주인이 맥주를 가지고 돌아왔을 때 래드클래프는 영 당혹스럽다는 듯 얼굴을 찌푸리면서 한숨을 내쉬고 종이를 도로 접어 봉투에 넣었다. 이 편지의 두 가지 점이 그의 마음에 거슬렸다. 먼저, 손글씨. 마른 피 같은 녹슨 색깔 잉크로 쓴 글씨는 어지러운 필기체로 무척 고상하게 썼고 i 위에는 그보다 더 고상하게 점을 다 찍어놓았다. 대체 어떤 남자가 이 따위로 글씨를 쓴단 말인가? 두 번째. "네 아버지 성은 샌섬인데, 어째서 넌 녹스라고 하는 거지?"

소년은 당황해서 바닥을 내려다보았다. "그게." 소년은 이 운전사가 그에게서 뭐라도 훔쳐 가기라도 한 양 흘긋 비난하는 표정을 던졌다. "부모님이 이혼하셨고 어머니는 절 항상 조엘 녹스라고 불렀으니까요."

"아, 그게 뭐냐, 꼬마야." 래드클리프가 말했다. "어머니에게 그렇게 못하도록 했어야지. 기억해라. 무슨 일이 있었더라도 아빠는 아빠야."

가게 주인은 다른 손님을 맞으러 총총 가버리며, 도움을 애타

게 청하는 소년의 눈길을 외면해버렸다. "하지만 아버지는 본 적이 없는걸요." 조엘은 편지를 여행 가방 속에 넣고 끈을 다시 채웠다. "거기 어딘지 아세요? 스컬리스 랜딩?"

"랜딩?" 래드클리프가 대답했다. "물론이지. 잘 알고말고." 그는 맥주를 한 모금 꿀꺽 들이켜고 거하게 트림을 내뿜더니 씩 웃었다. "잘 알다마다. 내가 네 아빠였다면 네 그 바지는 벗겨버리고 널 약간 헝클어줄 텐데." 그는 잔을 비우더니 반 달러짜리 동전을 카운터 위에 탁 올려놓고 생각에 잠겨 수염이 수북이 돋은 턱을 긁적거리며 서 있었다. 그때 벽시계가 4시를 쳤다. "그래, 꼬마야. 가볼까." 그는 씩씩하게 문을 향했다.

소년은 잠시 망설이다 여행 가방을 들고 뒤따랐다.

"또 와." 가게 주인이 자동적으로 소리쳤다.

차는 포드 사의 픽업트럭이었다. 내부에서는 햇볕에 뜨거워진 가죽과 가솔린 연기 냄새가 짙게 풍겼다. 망가진 속도계는 32킬로미터에 고정되어 있었고, 빗자국과 납작 짓눌린 벌레들이 앞 유리창에 얼룩으로 남아 있었다. 유리창 한 부분은 폭발하는 별 모양으로 깨진 채였다. 장난감 해골이 기어에 장식으로 달려 있었다. 바퀴는 들쑥날쑥 구불구불한 파라다이스 채플 고속도로 위를 덜커덩 달려갔다.

조엘은 창틀에 팔꿈치를 괴고 한 손으로 턱을 받친 자세로 의자 구석에 웅크리고 앉아 졸지 않으려고 무던히 애썼다. 뉴올리언스를 떠난 이후로 한 시간도 제대로 쉬지 못했다. 지금으로선 눈을 감으면 메스꺼운 기억들이 마음으로 끼어들었기 때문이다. 그중에서도 특히 한 가지가 두드러졌다. 조엘은 식료품점 계산대에 있었고 어머니가 그 옆에서 기다렸다. 바깥 거리에선 1월의 비가 내리면서 벌거벗은 나뭇가지에 고드름을 매달았다. 두 사람은 함께 가게를 나와 말없이 젖은 보도를 걸어갔다. 조엘은 옥양목 우산을 어머니의 머리 위로 들었고 어머니는 귤 한 자루를 들었다. 두 사람이 어떤 집 앞을 지날 때 누가 피아노를 치고 있었다. 잿빛 오후, 음악은 무척 구슬펐지만 어머니는 참 고운 노래라고 말했다. 집에 도착했을 때 어머니는 콧노래로 그 가락을 따라 부르기까지 했다. 하지만 어머니는 몸이 으슬으슬하다면서 침대로 갔고 의사가 왔다. 그 후 한 달 동안 의사는 매일 왔고 어머니는 여전히 춥다고 했다. 엘렌 이모는 언제나 미소를 지으면서 자리를 지켰고 의사도 항상 미소를 지었다. 먹지 않은 귤은 냉장고에서 쭈글쭈글 시들었다. 마침내 모든 것이 끝났을 때, 조엘은 엘렌 이모와 함께 폰차트레인에서 가까운, 더러운 2세대 주택에 가서 살게 되었다.

엘렌 이모는 친절하고 조금 다정한 여자여서 아는 방법대로 최선을 다했다. 엘렌 이모에게도 학교에 다니는 아이들 다섯이 있었고 이모부는 신발 가게에서 점원으로 일했기 때문에 돈이 별로 없었다. 하지만 조엘은 남에게 기대지 않았고 어머니가 남겨준 유산도 약간 있었다. 엘렌 이모와 가족들은 조엘에게 친절

했지만 조엘은 그래도 그들을 원망했고 가끔은 아주 밉살스러운 짓을 하고 싶다는 충동이 들기도 했다. 가령 멍청해 보이는 사촌 누이 루이즈를 놀려주는 짓처럼. 루이즈는 약간 귀가 먹었기 때문이다. 조엘은 두 손을 동그랗게 오므려 귀에 갖다 대고 "응? 응?"이라고 큰 소리로 계속 쉬지 않고 외쳤고 그러면 루이즈는 울음을 터뜨리고 말았다. 조엘은 농담도 하지 않았고 이모부가 밤마다 저녁 식사 후에 시작하는 놀이에 끼지도 않았다. 그러면서 누가 됐든 말할 때 문법 실수를 잡아내면서 기묘한 즐거움을 느꼈다. 하지만 어째서 그러는지는 켄들네 식구들처럼 조엘도 정말로 몰랐다. 마치 그 몇 달 동안 조엘은 금이 간 녹색 안경을 쓰고, 귀에는 귀마개를 하고 산 듯했다. 모든 것이 진짜와는 다르게 보였고, 나날들은 녹아들어 끊임없이 이어지는 꿈 같았다. 엘렌 이모는 아이들이 자러 위층으로 올라가기 전 월터 스콧 경과 디킨스, 한스 안데르센의 책을 즐겨 읽어주곤 했다. 어느 서늘한 3월, 이모는 《눈의 여왕》을 읽어주었다. 그 이야기를 들으며 조엘은 문득 자기가, 마녀의 사악한 거울에서 떨어진 유리 조각이 눈을 감염시켜 시각이 온통 뒤틀리고 심장은 쓰디쓴 얼음 덩어리가 되어버린 소년 카이와 비슷한 점이 무척 많다는 생각을 했다. 조엘은 엘렌 이모의 다정한 목소리와 사촌들의 얼굴에 따뜻하게 어린 난로 불빛을 바라보며 생각했다. 만약, 소년 카이처럼 조엘이 눈의 여왕의 얼음 궁전으로 납치된 거라면? 어떤 사람이 용감하게 그를 구하러 올까? 아무도 없었다. 정말로 아무도.

편지가 오기 전 지난 몇 주 동안 조엘은 닷새 중 사흘이나 학교를 빼먹고 커낼 가 부두 주변을 어슬렁거렸다. 엘렌 이모가 싸 준 도시락은 거인 같은 흑인 부두 인부와 나눠 먹는 습관이 생겼다. 서로 이야기를 나눌 때 이 인부는 이국의 바다를 누비면서 사는 삶의 전설에 대해 들려주었지만 조엘은 듣는 순간에 이미 그것이 거짓말임을 알았다. 하지만 이 남자는 어른이었고, 갑자기 조엘이 바란 유일한 친구란 어른뿐이었다. 그래서 중앙아메리카로 가는 바나나를 실은 배가 짐을 부리는 광경을 구경하며, 밀항을 할 방법을 구상하면서 고독하게 몇 시간을 보냈다. 외국 도시에 나가면 수입이 짭짤한 직업을 얻을 수 있으리라는 자신이 있었기 때문이다. 하지만 조엘의 열세 번째 생일에 딱 맞추어 스컬리스 랜딩에서 보낸 첫 번째 편지가 도착했다.

엘렌 이모는 며칠 동안이나 이 편지를 조엘에게 보여주지 않았다. 이모의 행동은 수상했고 조엘과 눈이 마주칠 때마다 이전에는 본 적이 없는 눈빛을 지었다. 겁에 질리고 죄책감을 느끼는 표정. 답장을 보내면서 이모는 조엘이 거기서 불편하면 언제든지 다시 돌아올 수 있느냐는 확인을 받으려 했다. 교육을 잘 받도록 해주겠다는 보증, 크리스마스 휴일은 이모와 함께 보내도록 해주겠다는 약속. 하지만 긴 서신이 오간 끝에 마침내 녹스 중령이 옛날 신혼여행 때 썼던 여행 가방을 다락방에서 끌어내릴 시점이 되자, 이모가 한시름 놓았다는 것을 조엘은 눈치챌 수 있었다.

조엘 본인은 가게 되어 기뻤다. 이유가 떠오르진 않았고 딱히 궁금하지도 않았다. 아버지가 12년 동안이나 팽개쳐두었다가 이제 와 다소 멋지게 다시 나타났다는 사실은 이제껏 쭉 그럴 줄 알았다는 양 그다지 특별히 여겨지지 않았다. 하지만 조엘이 계획했던 기적은 친절하고 부유한 노부인이 거리에서 오가는 조엘을 눈여겨보았다가 즉시 천 달러짜리 지폐가 든 봉투를 보내준다거나 하는 성질의 것이었다. 혹은 선한 낯선 이가 그와 비슷하게 베풀어주는 자비로운 주님 같은 행위였다. 그런데 이 낯선 사람은 결국 아버지였으니, 조엘이 생각하기에는 그저 재수가 좀 좋은 정도였다.

하지만 그 후, 모닝스타 카페 위의 철제 침대 위에서 더위와 상실감, 좌절 때문에 어지러운 머리로 누워 있노라니 아버지와 이 상황에 대한 다른 그림이 밀고 들어왔다. 조엘은 뭘 기대해야 할지 몰랐고 벌써 너무 많이 실망을 한 터라 두려웠다. 뉴올리언스에서 사서 뿌듯한 마음으로 썼던 중산모는 빌럭시 기차 환승역에서 도둑맞았다. 그다음, 파라다이스 채플로 가는 버스는 더워서 땀이 뻘뻘 나는 날씨에 세 시간이나 늦었다. 마지막으로, 무엇보다도 카페에 와보니 스컬리스 랜딩에서 보낸 전갈이 대기하고 있지 않았다. 목요일 밤 내내 조엘은 낯선 방에서 전등을 켜두고 할리우드 스타들의 근황을 달달 외울 때까지 영화 잡지를 읽었다. 1초라도 마음속으로 주의를 돌렸다간 몸이 덜덜 떨리고 창피해서 참았던 눈물을 삼킬 수 없을 것 같았다. 새벽이 가까워지자 조엘은 잡지를 들어 갈기갈기 찢은 후 재떨이에 한 조각씩 태우면서 아래층으로 내려갈 시간이 되기를 기다렸다.

"저기 뒤에 있는 성냥 좀 집어줄래, 꼬마야?" 래드클리프가 말했다. "저기 선반 위에, 보이지?"

조엘은 눈을 뜨고 멍한 눈으로 두리번거렸다. 온전한 모양의 땀방울이 코끝에 딱 맺혔다. "잡동사니를 많이 쟁여두셨네요." 조엘은 갖은 물건들로 어지러운 선반 주위를 더듬었다. 노랗게 변한 신문지, 갈라진 내관, 기름 낀 공구, 공기 펌프, 손전등……. 그리고 권총. 권총 옆에는 뚜껑 없는 탄약 상자도 있었다. 탄약은 갓 주조한 1페니 동전처럼 환한 구리색이었다. 조엘은 한 줌 가득 가져가고 싶다는 생각이 불쑥 들었지만 결국 딱 하나만 앞주머니에 기술적으로 넣었다. "여기 있어요."

래드클리프는 입술 사이에 담배를 물었고 조엘은 부탁받지도 않았는데 성냥을 켜서 갖다 댔다.

"고맙구나." 래드클리프는 긴 연기를 콧구멍 사이로 내뿜었다. "자, 말해봐. 너 이전에 이쪽 지방에 와본 적이 있냐?"

"엄밀히 말하면 없어요. 하지만 어머니가 한 번 걸프포트에 데려온 적은 있어요. 바다가 있어서 예뻤어요. 어젠 기차 타고 지나갔고요."

"이 근처가 맘에 드나보네."

조엘은 운전사의 말투가 기묘하다고 느꼈다. 소년은 래드클리프의 무뚝뚝한 옆모습을 보면서 탄알을 훔친 게 들켰을까 걱정이 되었다. 그렇다고 해도 래드클리프는 티를 내지 않았다. "음, 그게요…… 여긴 다르니까요."

"난 다른지 하나도 모르겠는데. 평생 이 동네에서 살아서. 다른 곳이나 하나 다를 바 없이 똑같은데, 하하!"

트럭은 갑자기 넓고 단단한 직선 도로 위를 쭉 달렸다. 나무 그늘 탓에 길가가 구분이 되지 않았다. 하지만 저 멀리 솟은 검은 소나무 숲 가장자리 때문에 왼쪽으로 뻗은 밭 테두리가 검게 보였다. 거리가 멀어서 남자인지 여자인지 구분되지 않는 사람 하나가 괭이질을 하다 말고 쉬면서 손을 흔들자 조엘도 같이 손을 흔들어주었다. 저 멀리에서 머리가 하얀 남자아이 둘이 여윈 노새를 타면서 신나게 소리를 질러댔고 트럭은 먼지를 일으켜 막처럼 아이들을 덮어버리며 그 옆을 지났다. 꾸물럭거리며 길에서 비켜나는 돼지 떼를 만나자 래드클리프는 경적을 울려대고 또 울려댔다. 그는 조엘이 이제껏 한 번도 들어본 적 없는 욕설을 뱉었다. 그런 욕설을 할 수 있는 사람은 아마도 흑인 부두 인부 정도일까.

잠시 후 조엘은 생각에 잠겨 얼굴을 찌푸리며 말했다. "뭐 하나 물어봐도 괜찮아요?" 조엘은 래드클리프가 고개를 끄덕일 때까지 잠시 뜸을 들였다. "음, 제가 물어보고 싶은 건, 제……. 샌섬 씨를 아세요?"

"그래, 누군지 알고말고." 래드클리프는 더러운 손수건으로 이마를 훔쳤다. "이름이 두 개니까 혼동이 되었지 뭐냐. 샌섬과 녹스라니. 아, 그래, 그 사람이 에이미 스컬리랑 결혼한 사람이지." 잠깐 침묵이 흐른 후 그가 덧붙였다. "하지만 사실은 그 사람을 직접 본 적은 없다."

조엘은 입술을 깨물며 잠시 조용히 있었다. 대답을 알고 싶은 질문들로 좀이 쑤셨지만 막상 물어보자니 부끄러웠다. 자기 핏줄에 대해 하나도 모른다는 게 창피했기 때문이다. 그래서 꼭 해야만 하는 질문을 아주 대담한 목소리로 물었다. "스컬리스 랜딩은 어떤 곳이에요? 제 말은, 거기 사는 사람들이 다 누구예요?"

래드클리프는 눈을 가늘게 뜨고 생각에 잠겼다가 마침내 입을 열었다. "그게, 검둥이가 두엇 그 집에 있는데 내가 그 사람들을 좀 알거든. 게다가 네 아빠의 부인, 그 사람도 알지. 우리 어머니가 가끔 그 부인 옷을 만들어주니까. 어쨌든 예전엔 그랬어." 래드클리프는 담배 연기를 쭉 빨아들인 후 꽁초를 창문 너머로 휙 버렸다. "게다가 사촌……. 그래, 참, 사촌이 있지!"

"네?" 그런 사람이 있다는 얘기는 편지에는 한마디도 없었지만 조엘은 태연한 척 대답했다. 조엘은 좀 더 얘기해달라는 눈빛으로 운전사를 쳐다보았다. 하지만 래드클리프는 남과 얘기할 수 없는 은밀한 농담에 재미있어하듯 기묘한 미소만 지을 뿐이었다.

얘기는 거기서 끝이었다.

"이제 잘 봐라." 이윽고 래드클리프가 말했다. "시내로 들어가니까."

집 한 채. 흑인들이 사는 우중충한 오두막들. 칠도 하지 않은 물막이 판자로 된, 피뢰침이 붙은 첨탑 지붕과 루비색 유리로 장식한 창문 세 개가 있는 교회. 표지판. "예수님이 곧 재림하십니다! 준비가 되었습니까?" 커다란 밀짚모자를 쓰고 블랙베리가 가득 든 양동이를 꼭 붙잡고 걸어가는 흑인 아이. 이 어디에나 찌르듯 떨어지는 햇빛. 곧이어 포장되지 않은 짧고 이름 없는 거리가 나왔다. 양쪽에는 비슷하게 생긴 1층짜리 집들이 죽 늘어서 있었다. 그중 몇 집은 다른 집보다 깔끔했다. 집집마다 현관 앞 베란다와 마당이 있었고, 어떤 마당에는 가는 장미 덤불과 배롱나무, 멀구슬나무가 자랐다. 낡은 타이어에 밧줄을 묶어, 어린이가 탈 그네를 달았을 법한 가지가 뻗어 있었다. 반들반들한 진녹색 이파리가 달린 동백나무도 있었다. 조엘은 줄넘기를 하는 통통하고 뺨이 불그레한 소녀와, 길게 늘어진 베란다 위에 편안히 자리 잡고 종려나무 부채로 열을 식히는 할머니를 보았다. 붉은색 헛간 같은 마차 보관소도 있었다. 말, 수레, 마차, 노새, 사람들. 그러다 길이 불쑥 구부러졌다. 눈시티였다.

래드클리프는 트럭 브레이크를 밟았다. 그는 손을 옆으로 뻗어 조엘이 탄 자리의 문을 열어주었다. "랜딩까지 태워다주지 못해 안타깝다, 꼬마야." 그는 서둘러 말했다. "회사에서 야단법석을 칠 거라서. 하지만 넌 괜찮을 거야. 오늘이 토요일이니까.

거기 사는 사람들이 토요일엔 많이들 시내에 나오거든."

조엘은 이제 홀로 서 있었다. 푸른 셔츠는 땀에 젖어 등에 착 달라붙었다. 스티커가 잔뜩 붙은 여행 가방을 들고 소년은 조심스레 시내에 첫발을 내디뎠다.

눈시티는 딱히 별로 볼 게 없는 곳이다. 거리도 하나밖에 없고 거기 있는 것이라고는 일반 잡화점과 수리점, 사무실 두 곳이 들어 있는 작은 건물뿐이다. 사무실 한 곳엔 변호사, 다른 곳엔 의사가 세 들어 있다. 외팔이 남자와 그 아내가 운영하는 이발소 겸 미용실도 하나 있다. 또 R. V. 레이시의 프린슬리 플레이스라는 딱히 뭐라고 성격을 말할 수 없는 점포도 있다. 주랑현관 아래 텍사코 주유소의 가솔린 펌프가 서 있는 가게다. 이런 건물들은 다닥다닥 붙어서, 얼빠진 목수가 하룻밤 새 아무렇게나 뚝딱거려놓은 바람에 곧 무너지기 직전인 궁전을 이루는 듯하다. 고립된 길 건너편에는 다른 건축물 두 채가 서 있다. 하나는 감옥, 다른 하나는 기묘하게 흔들거리는 높은 생강색 집이다. 감옥에는 4년 넘게 백인 범죄자 한 명 수감된 적 없었다. 기실 거기에는 어떤 유형이 되었든 수감자는 거의 없고, 보안관은 어디 하나 쓸데가 없는 게으름뱅이라 술병 하나 들고 유유자적했으며, 소동을 피우는 사람들이나 도둑들, 가장 위험한 강도라도 마음대로 도망가게 놔둘 위인이다. 괴상하게 오래된 집으로 말하자면, 거기서 사람이 살았던 게 언제인지는 아무도 몰랐다. 떠도는 소문으로는 한때 곱디고운 세 자매가 살았지만, 은회색 말을 타고 남부 여자들의 피로 붉게 얼룩진 벨벳 망토를 입은, 악마 같은 양키 도적이 흉악하게도 자매들을 강간하고 살해했다고 한다. 한때 이 아름다운 희생자들과 알고 지냈다고 주장하는 노부인들이 하는 말을 들어보면 고딕풍의 광휘를 머금은 이야기이다. 유리창은 금이 가서 부서지고 눈알처럼 구멍이 뻥 뚫렸다. 썩은 발코니는 위험하게 앞으로 기울어졌고 노란 새들이 비밀 장소에 둥지를 숨겼다. 칠이 벗겨진 외벽에는 찢기고 바랜 포스터들이 더덕더덕 붙어서 바람이 불 때마다 파닥거린다. 동네 아이들 사이에선 어두워진 후에 이 검은 방에 들어가 꼭대기 창에서 성냥으로 신호를 보내는 것이 담력의 표시이다. 하지만 이 집의 현관 앞 베란다는 상태가 꽤 괜찮아서 주말이면 여기로 찾아오는 농부 가족들이 본거지로 삼곤 한다.

눈시티나 그 외곽 일대에는 새로운 이주민이 거의 없다. 어쨌든 여긴 일자리 자체가 드물다. 다른 한편으로는 사람들이 떠난다는 소리도 별로 들리진 않는다. 침례교회 위에 불룩 튀어나온 짙은 색 바위, 버려진 비석들이 잡초 사이 돌꽃처럼 반짝이는 곳으로 외로운 여정을 떠나는 경우를 제외한다면.

물론 여기도 토요일이 중요한 날이다. 아침 햇빛이 퍼지자마자 노새가 끄는 수레, 망가진 자동차, 마차들이 시골에서부터 굴러오고, 아침나절이 될 때쯤엔 교회에 상당한 사람들이 모인다. 남자들은 가장 좋은 셔츠와 상점에서 산 바지를 과시한다. 여자들은 바닐라 향이나 싸구려 잡화점에서 산 향수를 뿌리는데, 그 중에서 가장 인기 있는 상표는 '천상의 사랑'이라는 향수이다. 소녀들은 짧게 친 머리에 값싼 장신구를 달고 뺨에는 불이라도 난 듯 연지를 붉게 발랐다. 또 예쁜 그림이 찍힌 5센트짜리 종이 부채를 들고 다닌다. 꼬마 아이들은 맨발에 반벌거숭이이기는 하지만 깨끗하게 씻었고, 경품이 든 당밀 팝콘 상자 같은 것을 살 수 있는 동전을 몇 닢 받는다. 여자들은 여러 가게를 돌아다니다 낡은 집의 현관 베란다에 모이고 남편들은 마차 보관소에서 어슬렁거린다. 열을 띠면서 빠르게, 똑같은 이야기를 되풀이하는 그들의 목소리가 웅웅 울리며 긴 하루를 엮는다. 누가 병에 걸리고 결혼하고 구애하고 장례식을 치렀다는 얘기와 주님에 관한 이야기가 베란다에서 가장 인기 있는 주제이다. 마차 보관소에서는 남자들이 농담을 주고받으며 위스키를 마시고 그해의 작황 이야기를 나누거나 잭나이프 던지기 놀이를 한다. 남자들 대다수가 성질이 괄괄해서 이따금 심하게 다투기도 하고 서로 불만이 있을 땐 레슬링으로 풀기도 한다.

여명이 하늘에 그림자를 드리우면 해산을 알리는 종소리가 부드럽게 울리기라도 한 듯하다. 우울한 침묵이 모두를 잠잠하게 하고 분주하던 목소리들도 해거름의 새들처럼 고요해진다. 가족들은 각자 다른 탈것을 타고 슬픈 장례식 행렬처럼 빠져나간다. 그들이 남긴 흔적이라고는 그 뒤에 따라온 격렬한 적막뿐이다. 여러 눈시티 점포의 주인들은 한 시간 정도 더 가게를 열어놓다

문을 걸어 잠그고 집으로 가 잠자리에 든다. 그래서 8시 이후엔 점잖은 사람이 시내를 돌아다니는 모습은 하나도 볼 수 없다. 처량한 술꾼이나 애인을 끼고 돌아다니는 젊은 건달이라면 몰라도.

"어이, 거기! 여행 가방 든 애!"

조엘이 빙그르르 돌아보니 안짱다리에 키가 작은 외팔이가 이발소 문간에서 노려보고 있었다. 남자는 그렇게 매섭고 깊은 목소리를 가진 사람치고 몹시 아픈 것처럼 보였다. "이리 와봐라." 남자는 엄지손가락으로 앞치마를 두른 가슴을 쿡 찌르며 명령했다.

조엘이 가까이 가자 남자는 한 손을 내밀었다. 펼친 손바닥 위에는 5센트 동전이 빛났다. "이거 보이지?" 조엘은 고개를 끄덕였다. "좋아. 이제 고개를 들고 길 저편을 봐. 빨강 머리 꼬마 여자애 보이냐?"

조엘은 남자가 누굴 가리키는지 금방 알았다. 불타는 단발머리를 한 소녀였다. 키는 조엘만 했고 갈색 반바지에 노란 폴로셔츠 차림이었다. 여자애는 높고 괴상한 옛날 집 앞에서 어슬렁거리면서 이발사를 향해 한쪽 콧방울을 엄지손가락으로 누르며 험악하게 인상을 썼다. "자." 이발사가 말했다. "네가 가서 저 못된 것의 멱살을 잡아다 대령하면 이 5센트를 가져도 좋아. 오오! 조심해, 저기 다시 오니까……."

빨강 머리는 서부의 인디언처럼 함성을 지르며 길 위를 쏜살같이 줄달음질했다. 어린 추종자 한 무리도 그 발자취를 따라 질주했다. 여자애는 조엘이 서 있는 건너편 위치에 딱 멈추더니 주먹 한 가득 들고 있던 돌멩이를 던졌다. 돌멩이는 사람이 돌 만큼 우당탕 큰 소리를 내며 양철 지붕 위로 떨어졌고 외팔이 남자는 격분한 얼굴빛으로 고함을 질렀다. "내 널 꼭 잡을 거다, 아이다벨! 반드시 붙잡을 거야. 어디 두고 보라고!" 여자의 과장된 웃음소리가 외팔이 남자의 등 뒤 방충문 틈으로 새어 나왔고 심술궂은 목소리의 여자가 꽥 소리쳤다. "여보, 바보처럼 거기 그러고 있지 말고 더위 피해서 안으로 들어와요." 그러더니 곧이어 제3자를 향해 하는 말이 들렸다. "내가 장담하는데, 저 사람도 아이다벨하고 하나 다를 바 없어요. 둘 다 하느님이 주신 분별력이라는 게 없다니까요. 아, 젠장. 그래서 내가 포터 선생님에게 그랬지요. (딱 일주일 전에 샴푸를 하러 왔더라고요. 그 빗자루 같은 머리털에 어떻게 그렇게 때를 묻혀 왔는지 돈 주고라도 알고 싶네.) 아무튼 내가 그랬어요. '포터 선생님, 저 아이다벨을 학교에서 가르치잖아요. 재는 어째서 저렇게 애가 못됐대요? 정말 저한테는 수수께끼라니까요. 저런 애한테 어떻게 플로라벨 같은 착한 언니가 있는지. 둘이 쌍둥이라면서 어디 하나 닮은 데가 없어요.' 그랬더니 포터 양이 이러는 거예요. '아, 콜필드 부인. 저 아이다벨 때문에 저도 정말 골치가 아프답니다. 재는 정말 교도소에라도 보내야 한다는 게 제 의견이에요.' 그래, 정말 그렇게 말했다니까요. 뭐, 나한테는 별로 새롭지도 않아요. 항상 재가 괴짜라는 건 알았으니까요. 아뇨, 손님. 아이다벨 톰킨스가 치마 입은 건 한 번도 못 봤어요. 여보, 거기 더운 데서 그러지 말고 여기 들어오라니까…….”

남자는 두 손가락으로 동그라미를 만들고 그 안에 침을 퉤 뱉더니 딱딱거렸다. “암것도 안 하고 내 돈 받아 가려고 거기 그렇게 서 있는 거냐, 응?”

“여보, 내 말 들려요?”

“조용히 해, 여편네야.” 방충문이 끽 닫혔다.

조엘은 고개를 젓고 가던 길을 계속 갔다. 빨강 머리 여자애와 시끄러운 무리들은 이미 눈앞에서 사라졌고 하얀 오후는 조용한 한낮의 시간으로 익어갔다. 여름 하늘이 그림 같은 땅 위에 부드러운 색을 부은 듯했다. 지나가는 사람들이 관심을 보이며 빤히 쳐다보자 조엘은 냉정하고 거만하게 미소를 지었다. R. V. 레이시의 프린슬리 플레이스라는 점포 앞에 이르자 조엘은 잠깐 멈춰서 현관 밖에 서 있는 작고 우그러진 칠판 위에 분필로 써놓은 목록을 읽었다. “로버타 V. 레이시 양이 안으로 초대합니다. 맛난 메기 튀김과 감칠맛 나는 남부식 아이스크림, 맛 좋은 바비큐, 달콤한 음료와 차가운 맥주를 드셔보세요.”

“달콤한 음료라니.” 조엘은 반쯤 소리 내어 말했다. 얼음 섞인 코카콜라가 마른 목구멍을 타고 내려가는 듯했다. “차가운 맥주도.” 그래, 차가운 맥주도. 조엘은 잔돈 지갑이 불룩하게 나온 주머니를 손으로 더듬어보고 방충문을 열고 안으로 들어갔다.

R. V. 레이시의 프린슬리 플레이스의 상자 모양 방에는 여남은 사람이 서 있었다. 주로 뼈가 앙상하고 햇볕에 얼굴이 탄, 멜

빵 작업복 차림의 청년들이었고 젊은 아가씨들도 몇 명 있었다. 조엘이 들어가자 왁자지껄하던 소리가 점점 잦아들었다. 조엘은 시선을 무척 의식하면서 방에 가로로 길게 뻗은 나무 카운터에 가서 앉았다.

"어머, 안녕, 꼬마야." 근육이 우락부락한 여자가 큰 소리로 인사를 하면서 즉시 앞으로 걸어와 조엘 앞의 카운터에 팔꿈치를 괴었다. 원숭이처럼 기다란 팔은 짙은 잔털로 가득 덮여 있었고 턱에 난 사마귀 옆에는 한쪽 더듬이 같은 털 한 오라기가 장식처럼 돋아 있었다. 조엘을 또렷이 쳐다보는 눈은 둘레가 불그스름했고 그 안에선 광대 같은 빛이 반짝였다. "로버타 양의 가게에 온 걸 환영해요." 손톱에 때가 낀 손가락 두 개가 조엘의 뺨을 아프게 꼬집었다. "말해봐요. 이 귀여운 도령에게 로버타 양이 뭘 해줄까?"

조엘은 어쩔 줄 몰랐다. "차가운 맥주요." 조엘은 불쑥 내뱉고는 뒤에서 킥킥, 깔깔 웃는 소리들은 못 들은 척 무시해버렸다.

"미성년자에게 맥주는 못 팔지, 아무리 도련님이 귀여워도 말이야. 자, 그러면 니하이 포도 맛이나 먹어요." 여자는 이렇게 말하더니 뚜벅뚜벅 가버렸다.

킬킬대는 소리는 더 커져서 이제는 아주 대놓고들 웃어댔고, 조엘의 귀는 창피스러움에 분홍색으로 물들었다. 조엘은 이 여자가 미친 게 아닐까 생각했다. 그러면서 눈으로는 정신병원이라도 되는 양 역한 냄새가 나는 방을 훑었다. 벽에는 잇몸을 훤히 드러내며 웃는 수영복 차림 미녀들의 달력 사진과 증명서 액자가 하나 걸려 있었다. 액자에 쓰인 글자는 이러했다. "로버타 벨마 레이시는 연례 더블 브랜치스 복날 장난대회 거짓말 부문에서 우승하였음을 증명함." 낮은 천장에는 전략적으로 파리 끈끈이를 여러 줄 매달았으며, 주름이 잡힌 녹색과 빨간색 종이 리본을 길게 늘어뜨린 갓 없는 전구 두 개가 달려 있었다. 카운터 위에는 분홍 산딸나무 가지들이 가득 꽂힌 주전자가 놓여 있었다.

"여기." 여자는 물방울이 뚝뚝 떨어지는 자주색 탄산음료 병을 쿵 내려놓았다. "꼬마 도령은 아주 더운가 보네. 먼지도 뒤집어썼고." 여자는 조엘의 머리를 명랑하게 토닥거렸다. "딱 보니까 샘 래드클리프가 데리고 온 남자애네, 맞지?"

조엘은 고개를 끄덕여 인정했다. 음료를 한 모금 마셨는데 뜨뜻미지근했다. "궁금한 게…… 그러니까 여기서 스컬리스 랜딩까지는 얼마나 멀어요?" 조엘은 방 안의 눈이 모두 그에게 쏠리는 것을 의식했다.

"음." 여자는 사마귀를 만지작거리면서 검은자위가 보이지 않을 정도로 눈을 홉떴다. "어이, 로미오. 여기서 스컬스까지 얼마나 걸릴 것 같아?" 여자는 정신 나간 사람처럼 씩 웃었다. "내가 거길 스컬스라고 하는 건 말이지……." 하지만 여자는 미처 말을 끝맺지 못했다. 그 순간 여자가 아까 물어봤던 흑인 소년이 대답했기 때문이다. "4킬로미터 정도. 어쩌면 5킬로미터에 더 가까울 수도 있구먼요."

"5킬로미터라." 여자는 앵무새처럼 따라 했다. "하지만 내가 꼬마 도령이라면 말이지, 거기까지 걸어갈 생각은 안 할 거야."

"나도 그래." 노란 머리 아가씨가 칭얼대는 소리로 대답했다.

"거기까지 가는 차 없어요?"

누가 말했다. "지저스 피버가 시내에 있나?"

그래, 지저스 피버를 봤어. 보관소 근처 어디에 주차를 했던데. 지저스 피버 할아버지 말하는 거야? 맙소사, 오래전에 저세상 간 줄 알았는데! 아냐, 백 살도 넘었지만 너처럼 쌩쌩한걸. 그래, 지저스 봤어. 그래, 지저스가 여기 있지…….

여자는 파리채를 집어 맹렬하게 내려쳤다. "그 입 닥쳐. 애가 하는 얘기가 하나도 안 들리잖아."

조엘은 이런 소동의 주인공이 자기라는 사실에 두려움 섞인 자긍심이 약간 솟아나는 것을 느꼈다. 여자는 광대 같은 눈을 소년의 머리 위 어디에 고정하고 말했다. "도련님은 대체 스컬스에 무슨 볼일이야?"

다시 똑같은 질문! 조엘은 가장 단순한 사건들만 제외하고 다 생략하여 사연을 짤막하게 설명했다. 편지 얘기도 꺼내지 않았다. 긴 얘기를 짧게 하자면 아버지를 찾으려 한다. 도와주실 수 있을까?

글쎄, 여자도 알지 못했다. 여자는 한동안 아무 말 없이 서서 사마귀를 만지작거리며 허공만 바라보았다. "어이, 로미오." 마침내 여자는 입을 열었다. "지저스 피버가 시내에 있다고?"

“네.” 로미오라는 소년은 피부가 검었고 바람을 넣어 부풀린, 얼룩이 진 요리사 모자를 쓰고 있었다. 로미오는 카운터 뒤에서 싱크대 안에 접시를 쌓던 중이었다.

“이리 와봐, 로미오.” 여주인은 신호를 보냈다. “의논할 게 있어.” 로미오는 즉시 뒤 구석으로 와서 여자 옆에 섰다. 여자는 들뜬 소리로 속삭이면서 이따금 어깨 너머로 조엘을 힐끔거렸다. 조엘 쪽에서는 두 사람이 무슨 이야기를 하는지 들리지 않았다. 방은 조용했고 모두가 조엘을 보고 있었다. 조엘은 샘 래드클리프에게서 훔친 탄알을 꺼내 초조한 마음으로 손바닥 안에서 굴렸다.

갑자기 문이 벌컥 열렸다. 타는 듯한 빨강 머리를 짧게 자른 삐쩍 마른 소녀가 안으로 비틀비틀 들어오더니 두 손을 허리에 짚고 우뚝 섰다. 얼굴은 밋밋했으며 건방져 보였다. 커다란 밉상 주근깨가 코 위에 가득 펼쳐져 있었다. 가늘게 뜬 푸른 눈은 이 사람 저 사람을 돌아다녔지만 알아보는 기색을 내비치진 않았다. 순간 조엘에게 차가운 눈빛이 와서 멎었지만 곧 다른 곳으로 옮겨 갔다.

안녕, 아이다벨. 무슨 일이냐, 아이다벨?

“언니 찾고 있는데.” 아이다벨이 말했다. “본 사람 없어요?” 아이다벨의 목소리는 소년처럼 허스키해서 거친 물질 사이를 힘들게 뚫고 나오는 듯했다. 조엘도 그 바람에 헛기침을 했다.

“아까 전에 현관 베란다에 앉아 있는 것 봤는데.” 우유부단한 젊은이가 말했다.

빨강 머리는 벽에 기대더니 연필처럼 가늘고 무릎뼈가 톡 튀어나온 다리를 꼬았다. 빨간약으로 얼룩진 너덜너덜한 붕대가 왼쪽 무릎을 덮고 있었다. 소녀는 파란 요요를 꺼내더니 바닥까지 천천히 풀었다 도로 감았다. "쟤는 누구야?" 소녀는 머리로 조엘을 가리켰다. 아무도 대답하지 않자 소녀는 요요를 굴리며 어깨를 으쓱했다. "다들 말해줄 생각을 안 하네?" 하지만 아이다벨은 계속 곁눈질로 조엘을 몰래 훔쳐보았다. "어이, 로버타. 외상으로 콜라 한 잔 줘요."

"로버타 아줌마라고 해." 여주인은 로미오와 비밀 회담을 하다가 잠깐 끊고 대답했다. "네 말버릇이 건방지다는 말할 필요도 없겠지, 아이다벨 톰킨스. 언제나 그랬으니까 말이야. 그럼 숙녀다운 예의범절을 익힐 때까지는 내 가게에서 나가줬으면 좋겠구나, 알겠니? 게다가 언제부터 네가 외상을 할 만큼 신용이 있었어? 하! 이제 나가. ……제대로 된 숙녀다운 옷차림을 할 때까지는 다시 얼씬할 생각도 말고."

"어디 마음대로 하세요." 소녀는 건방지게 말대꾸를 하더니 쿵쿵거리며 나갔다. "이 싸구려 식당에서 내가 이제 다시 뭘 사나봐라. 두고 보라고!" 일단 밖으로 나가더니, 아이다벨은 걸음을 멈추고 조엘을 힐끔 바라보았다. 그 순간 소녀의 그림자가 방충문 위에 어렸다.

이제 땅거미가 내리고 있었다. 깊어지는 녹색 바다가 특이한 포도주처럼 하늘 위에 퍼졌고, 그늘진 구름이 산들바람에 밀려 이 거대한 녹원 위를 느릿느릿 지났다. 이윽고 집으로 향하는 여정이 시작되었고, 곧이어 눈시티의 고요함은 그 자체로 하나의 소리가 되었다. 불룩 튀어나온 짙은 색 바위 위의 이끼 낀 무덤 사이를 거니는 발소리가 그런 소리였다. 로버타 양은 로미오에게 조엘의 안내역을 맡겼다. 두 소년은 서로 걸음을 맞추어 걸었다. 흑인 소년이 조엘의 가방을 들었다. 두 소년이 아무 말 없이 교도소 모퉁이를 돌자 마차 보관소가 나왔다. 조엘이 이날 아까 전에 보고 지나쳤던, 빛바랜 붉은색의 헛간 같은 건물이었다. 서부영화에 나오는 무법자 무리처럼 생긴 남자 여럿이 말뚝 주위에 모여 위스키 병을 손에서 손으로 건네며 나눠 마시고 있었다. 덜 요란한 두 번째 무리는 참나무 그늘 아래서 잭나이프로 게임을 하고 있었다. 잠자리 떼가 더러운 막이 낀 물통 위를 파르르 날아다녔다. 딱지투성이인 사냥개 한 마리가 앞뒤로 어슬렁거리며 묶인 노새의 배 아래서 킁킁 냄새를 맡았다. 위스키를 마시는 남자 중 한 명은 하얀 머리카락과 수염을 길게 기른 사람으로 기분이 상당히 좋아 보였다. 자기 머릿속에서만 들리는 음악에 맞춰 손뼉을 치고 가볍게 춤을 추고 있었다.

흑인 소년은 조엘을 데리고 마차 보관소를 돌아 수레와 안장을 단 말들이 빽빽이 들어찬 뒷마당으로 갔다. 어찌나 다닥다닥 붙어 있는지, 말 한 마리가 꼬리를 흔들면 옆의 말이 맞을 정도였다. "저기 있네." 로미오는 손가락으로 가리켰다. "저기가 지저스 피버."

조엘은 공터 맨 가장자리에 세워놓은 회색 수레의 좌석 위에 웅크리고 앉아 있는 왜소한 형체를 즉시 알아보았다. 푹 잠길 듯한 녹색 하늘에 대비되어 원시적인 얼굴이 더 날카로워 보이는 난쟁이 같은 흑인이었다. "무서워하지 말그라." 로미오는 조엘을 이끌고 미로처럼 얽혀 있는 수레와 동물 사이를 소심하게 조심스레 나아갔다. "내 손만 꼭 잡그라, 백인 머스마야. 지저스 피버는 이제껏 니가 본 중 가장 늙은 사람일겨."

조엘이 말했다. "하지만 난 무섭지 않아." 이 말은 사실이었다.

"쉿!"

소년들이 접근하자 난쟁이 노인은 경계하는 듯이 고개를 옆으로 갸웃했다. 그러더니 천천히, 기계인형이 움직이듯 스타카토로 딱딱 끊어서 몸을 옆으로 돌렸다. 그의 눈, 탁한 반점이 점점이 떠 있는 노랗고 힘없는 눈이 꿈꾸듯 무심하게 아이들을 내려다보았다. 머리에는 웃기게 생긴 중산모를 삐딱하게 얹었는데, 줄무늬 사탕 같은 모자 띠에는 점박이 칠면조 깃털이 꽂혀 있었다.

로미오는 조엘이 먼저 나서기를 기다리는 양 머뭇거렸다. 하지만 백인 아이가 가만히 있자 결국 입을 열었다. "읍내에 나오시다니 참으로 잘됐구먼요, 피버 할아버지. 여기 있는 꼬마 신사가 스컬리네 친척이라는디, 랜딩에 살러 간다는구먼요."

"저는 샌섬 씨 아들이에요." 조엘이 끼어들었다. 하지만 그 까맣고 연약한 얼굴을 올려다보니 갑자기 이게 별로 큰 의미가 없는 듯 여겨졌다. 샌섬 씨라니. 그게 누군데? 아무것도, 아무도 아니잖아. 푹 꺼지고 시력도 잃은 듯한 눈으로 무표정하게 바라보는 노인에게조차 딱히 대단한 의미가 없는 이름.

그때 지저스 피버가 인사라도 하는 투로 중산모를 살짝 들어 올렸다. "여기 오면 찾을 거라고 그러더만. 에이미 양이 말이여." 지저스는 쉰 목소리로 속삭였다. 그의 얼굴은 꺼멓게 말라 비틀어진 사과 같아서 부서지기 직전이었다. 반들거리는 이마는 피부 아래 자줏빛이 어린 듯 빛났다. 낫처럼 휘어진 자세 때문에 등이 부러진 것처럼 보였다. 나이 들어 불구가 된 슬프고 작은 꼽추 난쟁이. 그래도 이런 점이 조엘의 상상력을 자극했고 반점이 있는 노란 눈에는 마법사 같은 기운이 있었다. 음, 마법과 책에서 읽은 이야기들을 떠올리게 하는 교묘한 특질이었다. "어제도 그제도 여기 왔었는디. 에이미 양이 기다리라고 혀서." 노인은 숨을 깊이 들이쉰 탓에 몸을 부들부들 떨었다. "이젠 얘기를 다 못하겄구먼. 힘이 없으니께. 그니까 타그라. 껌껌해지고 있는디, 밤이 되면 뼈가 쑤신단 말이여."

"알았어요, 지저스 할아버지." 조엘은 심드렁하게 대답했다. 로미오가 조엘을 수레로 들어 올려주고 여행 가방을 건넸다. 불안하게 흔들리는 데다 지나치게 큰 잡상인의 마차 같은 오래된 수레였다. 바닥에는 마른 옥수수 껍질과 새큼달큼한 냄새가 나는 삼베 자루가 어지럽게 널려 있었다.

"이랴, 존 브라운." 지저스 피버는 황갈색 노새의 등에 고삐를 부드럽게 내려쳤다. "다리를 들어, 존 브라운. 다리를 들라니께……."

수레는 천천히 공터를 나가 길 위로 삐그덕 올라섰다. 로미오가 앞으로 뛰어가며 노새 혹을 세차게 후려치고는 사라져버렸다. 그를 다시 부르고 싶은 충동이 조엘의 마음속에서 불쑥 치밀었다. 홀로 스컬리스 랜딩에 가고 싶지는 않다는 생각이 즉시 떠올랐기 때문이다. 하지만 이제는 어쩔 도리가 없었다. 헛간 앞에는 턱수염을 기른 주정뱅이가 춤을 추다 말았고, 사냥개는 벼룩이 들끓는 물통 아래 쭈그려 앉아 있었다. 삐걱거리는 수레바퀴에 일어난 먼지구름이 청동 가루처럼 푸른 공기 중에 걸렸다. 길이 구부러졌다. 눈시티가 사라졌다.

밤이 되었다. 수레는 버려진 시골길 위를 기어가듯 지났다. 수레바퀴는 존 브라운이 쓸쓸하게 터벅터벅 걸어가는 소리를 지우는 깊고 고운 모래를 부드럽게 바수었다. 지저스 피버는 이제까지 딱 두 번 입을 열었을 뿐이었다. 두 번 다 희한할 정도로 매섭게 노새에게 을러댈 때였다. 산 채로 가죽을 벗기겠다느니 아니면 도끼로 머리를 베어버리겠다느니, 혹은 둘 다 하겠다느니. 마침내 지저스도 포기하고 수레 좌석에 웅크린 채로 잠에 빠졌다. "많이 남았어요?" 조엘이 한 번 물어보긴 했지만 대답이 없었다. 고삐는 노인의 손목에 헐겁게 감겨 있었지만 노새는 아무런 지시 없이도 요령 있게 수레를 끌고 갔다.

봉제 인형처럼 긴장이 풀린 조엘은 삼베 자루로 만든 매트리스 위에 몸을 뻗고 다리를 수레 바깥으로 내밀어 대롱대롱 흔들었다. 포도넝쿨처럼 격자무늬로 엮인 별들이 남쪽 하늘을 설탕처럼 덮고 있었다. 조엘은 눈으로 이 빛나는 넝쿨을 서로 이어 눈처럼 하얀 닮은꼴들, 뾰족 첨탑, 환상의 꽃송이, 펄쩍 뛰어오르는 고양이, 사람의 두상, 눈송이로 만든 듯 기묘한 문양들을 본떠 그렸다. 불그스레한 볼록달이 선명히 떠 있었다. 옆으로 스치는 나무의 가지들을 숄처럼 두른 소나무겨우살이가 저녁 바람에 으스스하게 흔들렸다. 부드러운 어둠 속 여기저기에서 반딧불이가 전신부호를 치듯 서로 신호를 보냈다. 조엘은 느긋하고 편안한 마음으로 저 멀리에서 밤벌레들이 찌르륵찌르륵 노래하는 소리에 귀를 기울였다.

그때 한적한 시골의 소리 위로 어린아이 둘이 노래하는 소리가 떠돌았다. "그때 지빠귀는 뭘 하고 있었지, 가여운 것……." 두 아이가 유령처럼 달빛 속에서 잡초가 우거진 길 가장자리를 따라 서둘러 걸어가는 모습이 조엘의 눈에 보였다. 여자아이 둘. 한 소녀는 편안하고 우아하게 걸었지만 다른 소녀는 소년처럼 삐딱하고 잰걸음이었다. 조엘은 이쪽 아이를 알아보았다.

"저기, 안녕." 수레가 소녀들을 따라잡았을 때 조엘은 용기 있게 말을 걸었다.

두 소녀 모두 수레가 다가오는 것을 보고 눈에 띄게 걸음을 늦추었다. 하지만 처음 보는 소녀가 깜짝 놀란 양 소리를 질렀다. "엄마야, 깜짝이야!" 소녀의 머리카락은 매우 매우 길어서 허리 아래까지 내려왔고 얼굴은 그늘 속에서 뭉개져 잘 보이진 않았지만 아주 정답고 아주 예뻤다. "어, 이 길로 가면 우리 좀 태워주면 안 돼?"

"얼마든지." 조엘은 옆으로 비키면서 자리를 만들었다.

"나는 플로라벨 톰킨스야." 소녀는 민첩하게 옆으로 뛰어올라 앉은 후 드레스 자락을 무릎 아래로 덮으며 정숙하게 말했다. "이게 스컬리네 수레니? 그렇겠지, 저 할아버지가 지저스 피버니까……. 주무시는 거야? 뭐, 그렇다고 놀랍지도 않네." 소녀는 어떤 노부인을 흉내 내는 양 지나치게 새 같은 들뜬 태도로 재빨리 지껄였다. "동생, 이리 와. 여기 자리 있다."

다른 자매는 수레 뒤를 따랐다. "내 두 발은 멀쩡한 데다 한 발을 다른 발 앞에 놓을 의지력도 없는 바람둥이는 아니니까. 어쨌든 고마워." 소녀는 이렇게 대꾸하며 강조하듯 반바지를 휙 추켜올렸다.

"어서 와." 조엘은 달리 할 말을 몰라 우물쭈물 말했다. 확실히 이상한 소녀였다.

"아, 시시하긴." 플로라벨 톰킨스가 말했다. "쟨 신경 쓰지 마. 그래서 엄마가 쟤를 멍청이 아이다벨이라고 부르는 거야. 그렇게 대단한 뜻이 있으면 안짱다리로 계속 걸어가라지. 쟤는 말로 잘 달래보려고 해도 소용없어. 언제나 제 맘대로 하는 애니까, 아이다벨은. 아무나 붙잡고 물어봐."

"헛." 아이다벨이 자기변명으로 한 말은 이뿐이었다.

조엘은 한 명씩 번갈아 보다가 플로라벨이 더 좋다는 결론을 내렸다. 플로라벨은 아주 예쁘지 않은가. 물론 제대로 판단할 만큼 얼굴이 잘 보이진 않았지만 그렇다고 상상할 순 있었다. 어쨌든, 그 동생이란 애는 말괄량이였는데, 조엘은 아일린 오티스를 만났던 시절 이후로 말괄량이들을 특히 싫어했다. 이 아일린 오티스란 뉴올리언스에서 같은 동네에서 살았던 통통하고 키 작은 악동으로, 몰래 숨어 있다가 조엘을 덮쳐서 바지를 벗긴 후 나무 위 높이 던져버리곤 했다. 그 시절은 지났지만 아직도 그 애 생각만 하면 성이 났다. 조엘은 플로라벨의 빨강 머리 자매를 아일린 오티스와 같은 유의 아이들로 여겼다.

"우리 아주 예쁜 차 샀다." 플로라벨이 말했다. "녹색 쉐보레인데, 다른 사람 무릎 위에 겹쳐 앉지 않고도 여섯 명이나 탈 수 있는 차야. 게다가 진짜 창문 차양을 달아서 귀여운 장난감 아기 인형을 당겨서 올리거나 내릴 수 있지. 아빠가 이 예쁜 쉐보레를 닭싸움에서 이겨서 따 왔어. 난 아빠가 정말 잘한 것 같은데, 엄만 다른 말을 하시더라. 엄마는 아주 올곧은 분이시라 닭싸움을 좋아하지 않거든. 하지만 내가 하고 싶은 말은 이거야. 우린 보통 남의 차를 얻어 타진 않는데, 그리고 모르는 사람이라면……. 하지만 지저스 피버는 아는 사람이니까……. 뭐, 아는 사람 비슷하니까. 그런데 네 이름이 뭐야? 조엘? 조엘 뭐? 녹스라고……. 음, 조엘 녹스. 내가 하고 싶은 말은 보통은 아빠가 예쁜 차에 우릴 태워서 시내까지 데려다주신다는 거지……." 플로라벨은 계속 조잘댔고 조엘은 기분 좋게 앉아서 들었다. 그러다 문득 고개를 돌려 쌍둥이 자매 쪽을 보았더니 그 애가 자기를 이상하게 바라보는 것 같았다. 이런 눈싸움이 계속되자, 두 사람 사이에 오가는, 웃음기 하나 없지만 재미있어하는 표정이 달빛에 빛났다. 마치 이런 말을 하는 것처럼. '내 눈엔 넌 별거 아냐.' "……하지만 한번은 내가 문을 쾅 닫다가 아이다벨의 손을 찧어버렸어." 플로라벨은 여전히 차 이야기를 하고 있었다. "그래서 이젠 아이다벨 엄지손톱이 조금도 자라지 않아. 울퉁불퉁하고 까매졌어. 하지만 울지도 않았고 펄펄 뛰지도 않았어. 쟤 쪽에서 보면 아주 용감한 거지. 하지만 나라면 그런 끔찍한 일은 못 견딜 거야. ……얘한테 손 좀 보여줘, 동생."

"날 가만 놔두지 않으면 널 손봐줄 거야. 네가 생각도 못한 데를."

플로라벨은 코웃음을 치더니 웃음을 터뜨린 조엘을 토라진 눈길로 쳐다봤다. "아이다벨을 사람답게 대해줘봤자야." 플로라벨은 불길하게 말했다. "아무나 붙잡고 물어봐. 쟤 거친 행동을 보면 우리 집 같은 좋은 집안 출신이라는 건 상상도 못 할걸. 할 수 있겠어?"

조엘은 무슨 말을 해도 잘못된 대답임을 알았기 때문에 잠자

코 있었다.

"내 말이 그 뜻이야." 플로라벨은 침묵을 자기 좋을 대로 해석해버렸다. "절대 모를 거야. 당연히 좋은 집안 출신이지, 우린 쌍둥이잖아. 같은 날 태어났지. 내가 10분 먼저 나왔으니까 내가 언니야. 우리 둘 다 열두 살이고, 이제 열세 살이 되지. 플로라벨과 아이다벨. 이름에 운율을 맞춘다는 게 빈티 나지 않아? 엄마는 그게 아주 귀엽다고 생각하는 거 있지……."

조엘은 나머지 말은 듣지 못했다. 갑자기 아이다벨이 수레를 따라오지 않고 있음을 깨달았기 때문이다. 아이다벨은 저 뒤에서 뛰어오고 있었다. 그 뛰는 모습은, 검은 바닷가 위에 맺힌 물거품처럼 저 멀리 생생하게 핀 산딸나무꽃 섬을 향해 쭉 이어진 수초 호수 사이를 헤치고 가는 창백한 동물 같았다. 하지만 이 사실을 플로라벨에게 알려주기도 전에, 쌍둥이 동생의 모습은 빛나는 나무 사이로 영 사라져버렸다. "걔, 저기 캄캄한 데 혼자 있어도 무섭지 않아?" 조엘은 말을 끊으며 아이다벨이 사라진 곳을 손짓으로 가리켰다.

"걔가 무서워하는 건 하나도 없는걸." 플로라벨이 딱 잘라 말했다. "걔 때문에 괜히 안달복달할 것 없어. 자기가 따라오고 싶을 때 따라올 거야."

"하지만 저기 숲 속엔……."

"아, 동생은 자기 나름대로 생각이 있는 애라 왜냐고 물어봐도 아무 소용 없어. 말한 대로 우린 쌍둥이로 태어났지만 엄마

말로는 주님이 항상 좋은 것에 나쁜 것을 딸려서 보내는 법이라고 하셨어." 플로라벨은 하품을 하더니 등을 뒤에 기댔다. 긴 머리가 어깨 위에서 퍼졌다. "아이다벨은 무슨 위험한 일이든 다 해볼 애야. 어렸을 때 스컬리네까지 가서 주위를 쑤시고 다니면서 창문을 다 들여다보았다니까. 한번은 랜돌프 사촌도 똑똑히 보았다던데." 플로라벨은 나른하게 손을 들어 머리 위에서 황금빛으로 깜박거리는 반딧불이를 잡았다. "거기 살게 되어서 좋아?"

"어디?"

"랜딩 말이야, 바보 같긴."

조엘이 대답했다. "좋을 것도 같은데, 아직 보지 못했으니까." 플로라벨의 얼굴이 가까이 다가왔다. 조엘은 플로라벨이 그 대답에 실망했다는 것을 직감했다. "그럼 넌? 너희 집은 어디야?"

소녀는 한 손을 가볍게 흔들었다. "좀 더 위야. 랜딩에서 멀지 않아. 그러니까 너도 언젠가 우리 집에 올 수 있어." 플로라벨이 반딧불이를 허공에 날리자, 반딧불이는 작은 달처럼 잠깐 대기중에 걸렸다. "네가 랜딩에 사는지 안 사는지는 당연히 잘 몰랐지. 스컬리네 식구들을 본 사람은 없으니까. 뭐, 주님이 거기 사셔도 모를걸. 너 친척……?" 하지만 말을 채 끝맺기도 전에 사위를 감싼 어둠 속에서 사람을 얼어붙게 하는 끔찍한 비명과 우당탕거리는 소리가 났다.

아이다벨이 덤불숲에서 길 안쪽으로 튀어나왔다. 소녀는 두 팔을 휘저으며 격렬한 고함을 시끄럽게 질러댔다.

"이런 바보!" 언니가 소리쳤지만 조엘은 아무런 짓도 하지 않았다. 심장이 목구멍 어딘가에 걸려 있는 것 같았다. 몸을 돌려 지저스 피버의 반응을 확인했지만 노인은 여전히 졸고 있었다. 이상하게도 노새도 놀라 펄쩍 뛰지 않았다.

"재미있지 않았어?" 아이다벨이 말했다. "악마가 쫓아온 줄 알았지?"

플로라벨이 대답했다. "악마가 아냐, 동생……. 악마는 네 안에 있으니까." 그러더니 조엘에게 말을 걸었다. "내가 아빠에게 이르면 쟤 혼날걸. 우리한테 들키지 않고 여기까지 오려면 골짜기를 가로질러 왔을 거야. 그러지 말라고 아빠가 말하고 또 말했는데. 잰 소합향나무 수지를 찾는다고 항상 여기저기 기웃거려. 저러다 언젠가 100년 묵은 커다란 살모사에게 물려 오른쪽 다리가 뚝 끊겨 나갈 거다. 내 말 틀리나 어디 봐."

아이다벨은 산딸나무 향을 묻히고 돌아온 덕에 이제 의기양양하게 꽃 냄새를 풀풀 풍겼다. "뱀한테는 벌써 물린 적 있는데."

"그래, 그건 사실이야." 언니가 인정했다. "쟤 다리를 봤어야 하는데, 조엘 녹스. 수박처럼 퉁퉁 부어올랐다니까. 머리카락이 다 빠졌어. 두 달 동안 하도 아파서 엄마랑 내가 쟤 손발 노릇을 했어."

"안 죽은 게 다행이다." 조엘이 말했다.

"내가 너라면 죽었을걸. 자기 몸 하나 지키는 법도 모를 테니까.” 아이다벨이 끼어들었다.

“그래, 재가 참 똑똑하기도 하지.” 플로라벨도 수긍했다. “양계장에 들입다 들어가서 수탉 한 마리를 잡은 다음 배를 갈랐다니까. 닭이 그렇게 끔찍하게 우는 거 처음 들어봤어. 뜨거운 닭 피가 독을 빼준다나.”

“넌 뱀에 물려본 적 있냐?” 아이다벨이 궁금해했다.

“아니.” 조엘은 뭔가 잘못한 기분이 들었다. “하지만 한번은 하마터면 차에 치일 뻔했지.”

아이다벨은 이 경험은 좀 쳐주는 듯했다. “차에 치일 뻔했다니.” 활기찬 목소리엔 시기하는 빛이 어렸다.

“그런 얘기 재한테 뭐하러 하니.” 플로라벨이 딱딱거렸다. “이제 고속도로 한가운데로 곧장 달려가 차에 뛰어들고도 남을 애야.”

길 아래, 얕은 숲 속 가까운 곳에서 시내가 미끄러지듯 흐르며 조약돌이 달그닥거려, 숨어 있는 개구리들이 시끄럽게 우는 소리를 눌러버렸다. 느리게 굴러가는 수레는 오르막길을 다 올랐다 다시 내려가기 시작했다. 아이다벨은 산딸나무 가지에서 꽃잎을 따다 길 위에 뿌린 후 빈 줄기는 옆으로 던져버렸다. 아이다벨은 고개를 갸웃해 하늘을 보며 콧노래를 흥얼거리기 시작했다. “된바람 불어오면 눈이 내리네. 그러면 불쌍한 지빠귀는 어떻게 할까?” 플로라벨이 노래를 받았다. “헛간에 가서 추위를 피할 거야. 날개 아래 몸을 숨긴다네, 불쌍한 지빠귀!” 무척 명랑한 노래였다. 두 소녀가 부르고 또 부르자 조엘도 가세해서 삼중창이 되었다. 아이들 셋 다 아직 소프라노였기 때문에 목소리는 맑고 달콤하게 울렸다. 플로라벨은 보이지 않는 밴조를 활기차게 타는 흉내를 냈다. 그 순간 구름 한 점이 달을 가리어 어둠 속에서 노래는 끝이 났다.

플로라벨은 수레에서 훌쩍 뛰어내렸다. "우리 집은 저기야." 조엘은 플로라벨이 가리킨 곳을 보았지만 오직 텅 빈 황야만 보일 뿐이었다. "나중에 꼭…… 만나러 와야 해."

"그럴게." 조엘은 소리쳤지만 벌써 어둠이 밀려와 쌍둥이를 쓸고 가버린 다음이었다.

잠시 후, 두 소녀에 대한 생각은 메아리처럼 울리다가 스러져버려 조엘은 애초에 이 두 아이가 상상이 아니었나 의심스러웠다. 유령이었을까. 조엘은 뺨과 옥수수 껍질에 손을 댔다가, 잠든 지저스를 흘끔 보았다. 노인은 환각 상태에 빠진 것 같았지만 수레가 덜커덩거릴 때마다 몸이 고무처럼 흐느적거려 그렇지 않다는 건 확인할 수 있었다. 고삐가 짤랑거리고, 노새 발굽 소리는 여름 오후에 왱왱거리는 파리처럼 나른한 소리를 냈다. 울창한 별들이 비처럼 쏟아져 내려 빛으로 적시자, 조엘은 부신 눈을 꼭 감았다. 두 팔은 구부려 허리에 대고, 다리는 구부리고, 입술을 살며시 벌린 모습은 마치 잠에게 세게 한 대 얻어맞은 듯한 모습이었다.

갑자기 울타리 기둥이 나타났다. 노새는 활기를 띠고 걸음을 빨리하더니 자갈길 위를 달려 내려갔다. 바퀴 아래서 돌이 튀었다. 지저스 피버는 퍼뜩 깨어나 고삐를 잡았다. "이랴, 존 브라운, 이랴!" 이윽고 수레는 기운을 잃은 듯 우뚝 멈춰 섰다.

어떤 여자가 대형 현관 베란다로 이어지는 계단을 내려왔다. 눈의 착각인지, 여자가 높이 쳐든 석유 등잔에서 나오는 노란 둥근 빛을 하얀 날개가 빨아들였다. 하지만 조엘은 꿈속의 악마를 향해 얼굴을 찡그리느라, 여자가 몸을 숙이며 연기가 피어오르는 등불을 자기 얼굴에 들이대고 빤히 들여다보는 것도 알지 못했다.

2

떨어진다…… 떨어진다…… 떨어진다! 칼처럼 생긴 통로, 지하 복도. 그는 나선형 금속 통로를 통과하며 선풍기 날개처럼 돌고 있었다. 바닥에서는 악어가 하품하듯 입을 떡 벌리고 눈꺼풀을 내리깔고서, 아래로 빙글빙글 떨어지는 조엘을 처진 눈으로 좇았다. 언제나처럼 도움의 손길은 잠에서 깨어나면서 찾아왔다. 악어는 햇볕 속에서 폭발해버렸다. 조엘은 눈을 깜박이며 혀에 도는 씁쓸한 맛을 느끼면서 꼼짝하지 않았다. 누워 있는 자단나무 침대는, 높은 머리 판에 여러 과일들이 조잡하게 조각되어 있고 기둥이 네 개 달린 거대한 것이었는데 숨이 막힐 정도로 부드러웠다. 깃털처럼 가벼운 한가운데에 누운 몸이 푹 꺼졌다. 아무것도 입지 않고 잠들어 있었지만 몸을 덮은 가벼운 이불이 모직 담요처럼 느껴졌다.

드레스가 속삭이듯 스치는 소리에 누가 방에 있다는 것을 알 수 있었다. 이어서 다른 소리가 들려왔다. 건조하고 바람에 밀려온 듯한 소리. 새가 홰치는 소리와 아주 비슷했다. 조엘은 몸을 돌리며, 잠을 깨운 건 바로 이 소리였음을 알았다.

넓게 뻗은 연노랑 벽이 침대 맞은편, 햇살이 거세게 쏟아지는 창문 사이를 갈랐다. 이 창문 사이에 여자 하나가 서 있었다. 여자는 방 저편의 옛날 화장대를 바라보느라 조엘이 잠에서 깬 줄 몰랐다. 옻칠 상자 위에는 새 한 마리, 어치가 트로피처럼 꼼짝도 하지 않고 앉아 있었다. 여자는 몸을 돌려 유일하게 열린 창문을 닫았다. 그러더니 새침하게 자분자분한 걸음걸이로 앞으로 나아갔다.

조엘은 이제 잠에서 완전히 깨었지만 순간 어치와 그를 쫓던 사람은 여전히 꿈의 기묘한 한 조각인 듯했다. 여자가 화장대로 다가가는 모습과 새가 물색 모르고 불안해하는 모습을 보고 있노라니 배 근육이 조였다. 새는 환한 파란 머리를 까닥거리며 통통 튀어 다녔다. 여자가 손을 뻗으면 닿을 거리까지 들어오자 새는 날개를 파닥거리더니 침대 위를 날아가 조엘이 그 전날 옷을 던져놓았던 의자 위에 사뿐히 내려앉았다. 간밤의 기억이 조엘에게 물밀 듯 쏟아졌다. 수레, 쌍둥이, 체구가 작고 중산모를 쓴 흑인 노인. 그리고 이 여자, 아버지의 부인. 사람들은 그녀를 에이미 양이라고 불렀다. 조엘은 집에 들어와서 이상한 현관을 비틀거리며 지나갔던 기억이 났다. 촛불이 그림자를 던져 벽들이 살아 있는 듯했다. 에이미 양은 손가락 하나를 입술에 대더니 살금살금 조엘을 이끌었다. 양탄자가 깔린 굽은 계단 위로 올라가 두 번째 복도에 접어드니 이 방문이 나왔다. 몽유병 환자의 기억처럼 사건들이 모두 퍼즐 조각같이 흩어져 있었다. 그래서 에이미 양이 화장대 위에 서서 다른 자리에 내려앉은 어치를 바라보고 있을 때는 마치 처음으로 그녀의 모습을 본 듯한 기분이었다. 그녀의 드레스는 투명하다시피 한 회색 옷감으로 만든 것이었다. 그녀는 왼손에 딱히 뚜렷한 이유 없이 옷에 어울리는 회색 장갑을 끼고 있었다. 또한 손은 마치 못 쓰는 양 계속 살짝 오므리고 있었다. 갈색에 가깝지만 약간 흐릿한 머리카락은 대충 땋아 내렸는데 가는 새치가 듬성듬성 섞여 있었다. 체구가 작고 뼈대가 가늘었으며, 두 눈은 부드럽고 갸름한 얼굴에 박힌 건포도 같았다.

아까처럼 새를 직접 쫓는 대신, 여자는 까치발로 거대한 방 반대편에 있는 난로로 가서 솜씨 있게 한 손을 꼬아 쇠부지깽이를 집었다. 어치는 의자 팔걸이에서 콩콩 뛰면서 조엘이 벗어놓은 셔츠를 콕콕 쪼았다. 에이미 양은 입술을 꽉 깨물고 경쾌하고 숙녀다운 걸음으로 재빠르게 다섯 발짝 나아갔다.

부지깽이는 새의 등 위에 떨어졌고 그 찰나 새를 꼼짝도 못하게 눌렀다. 하지만 새는 그 아래서 빠져나가 창문으로 후다닥 날아가더니 까옥거리면서 유리창에 대고 파드득거렸다. 그러다 마침내 바닥에 떨어져 어지러운 듯 기어 다니면서 펼친 날개로 양탄자를 긁었다.

에이미 양은 새를 구석으로 몰더니 두 손으로 떠서 가슴에 안았다.

조엘은 얼굴을 베개에 묻었다. 이 소동이 조엘에게 영향을 끼쳤을까 확인하려고 여자가 이쪽을 쳐다볼지 모른다고 생각했기 때문이다. 방 안을 가로지르는 발걸음과 부드럽게 문을 닫는 소리가 들렸다.

조엘은 그 전날 입었던 것과 같은 옷을 입었다. 파란 셔츠, 구깃구깃해진 마 바지. 여행 가방은 어디 갔는지 찾을 수가 없어서 수레에 놔두고 온 게 아닌가 싶었다. 조엘은 머리를 빗고, 자단나무 침대 옆에 놓인 대리석 탁자 위 세숫대야에서 물을 떠서 얼굴을 훔쳤다. 군데군데 해지고 복잡한 동양풍 무늬가 수놓인 깔개는 맨발 아래서 더럽고 거칠거칠하게 느껴졌다. 숨 막히는 방에선 곰팡내가 났다. 오래된 가구 냄새, 겨우내 태운 불 냄새도 풍겼다. 햇빛이 비친 공기 속에서 모기 같은 티끌이 떠다녔고 조엘이 손대는 곳마다 먼지 위에 손자국이 남았다. 화장대, 서랍장, 세면대. 이 방은 분명 몇 년 동안이나 쓰지 않았던 곳 같았다. 여기 새로이 들인 것이라고는 침대보뿐이었지만 그나마도 누렇게 바랬다.

조엘은 신발 끈을 묶다가 어치 깃털을 보았다. 깃털은 마치 거미줄에 걸린 양 머리 위를 떠다녔다. 조엘은 깃털을 허공에서 잡아채서 화장대로 가져가 빨간 플러시 안감을 댄 옻칠 상자 안에 넣었다. 상자는 샘 래드클리프의 총알을 보관하기에도 적당하겠다는 생각이 조엘의 머리를 스쳤다. 조엘은 갖은 기념품을 좋아했고, 타고난 성격상 자잘한 물건을 보관하고 정리하길 잘했다. 대단한 수집품들도 여럿 있었지만 엘렌 이모의 말에 넘어가서 뉴올리언스에 두고 온 것이 무척 애석하기만 했다. 잡지 사진이나 외국 동전, 책, 모양이 다 제각각인 돌 들이 있었고, 조엘이 단순히 '잡동사니'라고 이름 붙인 근사한 묶음도 있었다. 깃털과 총알이라면 거기 끼워 넣기에 좋은 물건이었다. 하지만 엘렌 이모가 짐을 부쳐줄 수도 있었다. 어쩌면 다시 한 번 수집을 시작할 수 있을지도 몰랐다. 어쩌면…….

누가 문을 똑똑 두드렸다.

아버지였다. 그렇다고 조엘은 확신했다. 아버지가 분명했다. 그럼 뭐라고 말해야 할까. 안녕하세요, 아빠. 아버지. 샌섬 씨? 잘 지내셨어요? 포옹을 할까, 아니면 악수를, 아니면 뽀뽀를 해야 하나? 아, 양치질 좀 해놓을걸. 대체 중령의 여행 가방은 어디에 있고 깨끗한 셔츠는 어디에서 찾지? 조엘은 서둘러 신발끈 매듭을 짓고 큰 소리로 대답했다. "네?" 그런 후 꼿꼿이 허리를 펴고 가장 좋은, 가장 남자다운 인상을 줄 준비를 했다.

문이 열렸다. 장갑 낀 손을 조심스레 쳐든 에이미 양이 문간에 서 있었다. 에이미 양은 다정하게 고개를 끄덕이더니 앞으로 다가왔고 조엘은 그녀의 윗입술 위에 희미하게 돋은 잔털을 보았다.

“안녕하세요.” 조엘은 미소를 띠며 한 손을 내밀었다. 물론 실망하긴 했지만 일면 마음이 놓이기도 했다.

에이미 양은 조엘이 내뻗은 손을 빤히 바라보았다. 당황한 표정 때문에 연약한 얼굴이 일그러졌다. 에이미 양은 고개를 저으며 조엘을 쓱 지나쳐 창가로 가더니 등을 지고 섰다. “12시가 넘었어.”

조엘의 미소는 갑자기 뻣뻣하고 어색하게 여겨졌다. 그는 두 손을 주머니에 넣었다.

“어젯밤 그렇게 늦게 도착하다니 안됐구나. 랜돌프가 좀 더 명랑한 환영식을 준비했는데.” 선웃음이 섞인 지친 어조였다. 장난감 풍선에서 공기가 씩 빠지는 소리처럼 들렸다. “하지만 어떻게 보면 잘됐지, 뭐. 가여운 애가 천식 때문에 계속 아팠거든. 어젠 발작이 심했단다. 네가 여기 왔다는 얘길 안 해줬다고 엄청 짜증을 부리겠지만 그래도 걔가 자기 방에 있는 편이 좋을 듯해서. 적어도 저녁 식사 때까지만이라도.”

조엘은 뭔가 할 말을 억지로 짜내려 했다. 샘 래드클리프가 사촌 얘기를 했던 것과 쌍둥이 중 플로라벨이 랜돌프 사촌이라는 말을 꺼냈던 것이 떠올랐다. 어쨌든 에이미의 말투로 봐서 조엘은 그 아이가 같은 또래의 아이이리라 짐작했다.

“랜돌프는 내 사촌인데, 너를 무척 좋아한단다.” 에이미 양은 몸을 돌려 조엘을 보았다. 거센 햇빛 때문에 창백한 피부가 더 강조되었다. 이제 조엘을 영리하게 뚫어져라 바라보는 작은 눈에는 경계심이 있었다. 얼굴에는 초점이 없어서, 우둔한 척 우아한 태도로 비위를 맞추려는 겉치레 아래에 또 하나의 생판 다른 인격이 주의하라고 요구하는 듯했다. 초점이 없고, 경계심을 늦춘 순간에는 공포와 좌절에 빠진 표정이 드러났고, 말을 할 때는 모든 뜻을 정확히 알고 하는 말은 아니라는 투였다. "남편이 켄들 부인에게 보낸 수표 중에서 남은 돈이 얼마나 되니?"

"1달러 정도예요." 조엘은 마지못해 잔돈 지갑을 건넸다. "그 카페에서 묵느라 돈이 꽤 들었어요."

"아니, 이건 네 거잖니." 에이미 양은 사양했다. "그저 네가 똑똑하고 근검절약하는 아이인지에 관심이 있을 뿐이란다." 그러더니 갑자기 언짢은 기색을 내비쳤다. "어째서 그렇게 꼼지락거리니? 화장실 가야 해?"

"아, 아니에요." 조엘은 공공장소에서 바지에 오줌을 지린 사람이 된 듯한 기분이었다. "아니, 아니에요."

"안됐지만 우린 아직 수세식 화장실 설비가 없단다. 랜돌프가 그런 종류의 장치들을 다 반대해서. 그렇지만," 에이미 양은 고갯짓으로 세면대를 가리켰다. "여기 요강은 있어. 아래 칸에."

"네." 조엘은 창피한 기분으로 대답했다.

"그리고 물론 이 집에 전기를 연결한 적도 없어. 우린 촛불과 등불을 쓴단다. 둘 다 벌레가 꼬이지만, 어느 쪽이 더 좋겠니?"

"어느 쪽이든 편하실 대로요." 조엘은 속마음으로는 촛불을 바랐다. 세인트드벌 가의 비밀 요원 9인조가 떠올랐기 때문이다. 비밀 요원 9인조란 조엘의 이웃에 있었던 탐정 클럽으로 조엘은 거기서 총무 겸 공식 역사가 역할을 맡았었다. 클럽 모임 때는 싸구려 잡화점에서 슬쩍한 기다란 초에 불을 붙여서 코카콜라 병 안에 끼웠던 기억이 났다. 대장 요원 새미 실버스타인은 오래된 새 뼈를 의사봉 대신 썼다.

에이미 양은 팔걸이의자 아래로 굴러간 부지깽이를 쳐다보았다. "저거 좀 주워서 난로 옆에 갖다둘래? 내가 아까 여기 들어왔었거든." 조엘이 시키는 대로 하는 동안 에이미 양은 설명했다. "새가 창문 안으로 날아 들어왔더라고. 얼마나 귀찮은지. 너 잠자는데 시끄럽지 않았니?"

조엘은 망설였다. "무슨 소리를 들은 것 같아요. 그래서 잠에서 깼어요."

"뭐, 열두 시간 잤으면 충분하지." 에이미 양은 의자에 앉으며 이쑤시개처럼 가느다란 다리를 꼬았다. 신발은 간호사들이 신는 것처럼 굽이 낮고 하얀색이었다. "그래, 아침도 다 지나고 이제 모든 게 다시 더워졌어. 여름은 정말 불쾌해." 에이미 양의 태도는 인간미가 없긴 했지만 조엘은 적의를 느끼지는 않았다. 약간 불편했을 뿐이다. 에이미 양 정도 나이대, 마흔다섯 살에서 쉰 살 사이의 여자들은 일반적으로 조엘에게 다정한 태도를 보였고 조엘도 그들의 동정을 당연하게 받아들였다. 자주 있는 일은 아니지만, 정다운 마음을 누르는 사람도 있었는데 그럴 때도 조엘은 마음을 쉽게 얻어내는 법을 알았다. 미소 한 번, 구슬픈 눈길한 번, 비위를 맞추는 칭찬. "머리카락 색깔이 참 아름다운 것 같아요. 멋진 색이에요."

아첨을 했지만 딱히 잘 먹혀든 것 같지 않았다. 그래서 다시 바꾸어보았다. "이 방도 참 마음에 들어요."

이번에는 명중했다. "난 항상 이 방이 이 집에서 가장 좋다고 생각했어. 랜돌프가 여기서 태어났거든. 바로 그 침대에서. 그리고 앤절라 리…… 랜돌프의 엄마 말이야. 참 예쁜 여자였지. 원래 멤피스 출신이었는데…… 거기서 죽었어. 아, 그렇게 오래된 일은 아니야. 그 후로 이 방은 쓰지 않았어." 에이미 양은 갑자기 머나먼 소리를 들은 양 퍼뜩 고개를 들고, 눈을 가늘게 떴다가 다시 감았다. 하지만 이윽고 긴장을 풀고 의자에 도로 편안히 기댔다. "바깥 전망은 봤겠지?"

조엘은 보지 못했다고 고백하고 고분고분히 창문으로 갔다. 아래, 불타는 햇살의 수면 아래에 정원이 펼쳐져 있었다. 이리저리 얽힌 지브러우드와 라일락의 잔해, 알로카시아와 수양버들, 레이스처럼 이파리가 달리고 힘없이 늘어져 은은히 빛나는 나뭇가지, 자라다 만 벚나무들이 동양풍 무늬처럼 어우러져 정오의 열기 아래에 날것의 초록색으로 뻗어 있었다. 이처럼 식물들이 뒤얽힌 직사각형 공간은 그저 가꾸지 않고 방치한 결과물이 아니라, 누군가 한순간 요란을 피우며 잡다하게 섞인 씨앗을 뿌려댄 산물로 보였다. 풀과 나무 덤불과 줄기와 꽃이 한데 충돌했다. 거대한 멀구슬나무와 태산목이 견고한 벽을 이루었다. 집 반대편, 맨 끝에는 특이한 광경이 보였다. 세로로 홈이 새겨진 하얀 기둥 다섯 개가 손가락처럼 한 줄로 쭉 서 있어서, 정원은 버려진 폐허처럼 유령이 떠도는 원시적인 분위기가 감돌았다. 박태기나무 줄기가 앞으로 기울어진 가는 기둥을 둘둘 감고 올라갔고 노란 줄무늬 고양이가 가운데 기둥에 대고 앞발을 득득 갈고 있었다.

에이미 양은 자리에서 일어나 이젠 그의 옆에 서 있었다. 그녀는 조엘보다 2.5센티미터 가량 작았다.

"학교에서 고대사를 배울 때 저런 기둥 그림을 그리곤 했어요. 카딘스키 선생님이 제가 제일 잘 그렸다고 게시판에 붙여놓았어요." 조엘은 뽐냈다.

"저 기둥은…… 랜돌프도 좋아해. 옛날 옆 베란다의 일부였어." 에이미 양은 회상하는 목소리로 말했다. "앤절라 리는 어린 나이에 멤피스에서 시집을 왔는데, 그때 나는 너보다도 더 어린 아이였지. 저녁이면 우리는 옆 베란다에 앉아서 체리에이드를 마시며 귀뚜라미 소리를 듣고 달이 뜨기를 기다렸어. 앤절라 리는 나를 위해 숄을 떠주었지. 너도 언젠가 그걸 보게 될 거야. 랜돌프가 자기 방에 테이블보로 깔아놨으니까. 참 아깝고 안타깝지." 에이미 양은 자기 혼자한테만 하는 말인 양 무척 조용히 말했다.

"베란다가 그냥 날아갔어요?" 조엘이 물었다.

"타버렸어." 에이미 양은 장갑 낀 손으로 먼지 낀 유리를 문질러 선명한 동그라미를 그렸다. "12월, 크리스마스 일주일 전이었지. 불이 어떻게 붙었는지, 어떻게 꺼졌는지는 아무도 몰라. 그저 난데없이 불이 일었다가 식당이랑 음악실, 도서관을 태우고…… 꺼졌어. 아무도 몰라."

"그럼 이 정원은 불탄 부분이 있던 곳인가요?" 조엘이 말했다. "와, 어마어마하게 큰 집이었겠네요."

"저기, 버드나무랑 미국미역취 옆에……. 거긴 무도회가 열리던 음악실이 있던 자리야. 물론 작은 무도회였지. 앤절라 리가 어울리고 싶어 하는 사람들이 이 근처엔 별로 없었거든……. 게다가 그 사람들은 이젠 다 죽었으니까, 앤절라 리가 마련한 소박한 저녁 모임에 올 만한 사람들은. 케이시 씨가 작년에 죽었는데 그분이 마지막이었지."

조엘은 이리저리 얽혀 있는 녹색 식물들을 내려다보며 음악실과 무도회 손님들을 그려보려 했다. ("앤절라 리는 하프를 연주했어." 에이미 양은 이야기를 계속했다. "케이시 씨는 피아노를 치고, 지저스 피버는 배운 적은 한 번도 없었지만 바이올린을 연주했어. 랜돌프 아버지도 노래를 했고. 이 주에서 제일 멋진 남자 목소리라고들 했지.") 하지만 버드나무는 버드나무이고 미역취는 미역취일 뿐이며 춤추는 사람들은 죽고 사라졌다. 노란 줄무늬 고양이가 라일락 사이를 지나서 기다란 풀숲 사이에 숨어들었다. 정원은 흐릿하게 빛났고 비밀스러웠으며 잠잠했다.

에이미 양은 한숨을 쉬며 방의 그늘 속으로 뒷걸음쳤다. "네 여행 가방은 부엌에 있어." 에이미 양이 말했다. "아래층으로 내려와서 미주리가 네게 먹을 걸 뭘 줄지 보렴."

뿌연 유리를 낀 지붕창에서 빗방울이 떨어지듯 진주 같은 빛이 들어와 맨 위층의 기다란 복도를 흠뻑 적셨다. 벽지는 한때 핏빛이었겠지만 이젠 선홍색 기포와 지도 같은 얼룩 벽화로 바래버렸다. 조엘의 방을 포함해서 그 복도에는 문이 네 개 있었는데, 모두 거대한 놋쇠 손잡이가 달린 근사한 참나무 문이었다. 조엘은 만약 문이 열린다면 어디로 들어가야 아버지를 만날 수 있을까 궁금했다.

"에이미 양," 계단을 내려갈 때 조엘이 물었다. "아빠는 어디 있나요? 제 말은, 아빠를 만날 수 없나요? 부탁드릴게요."

에이미 양은 대답하지 않았다. 그녀는 장갑 낀 손으로 어둡고 구부러진 난간을 짚으며 조엘보다 몇 단 아래에서 내려갔다. 섬세한 발걸음으로 계단을 밟을 때마다 작게 소리가 났다. 쥐색 머리카락에 섞인 회색 새치가 번개처럼 보였다.

"에이미 양, 제 아버지 말인데요……."

대체 이 여자는 왜 그러는 걸까? 루이즈 사촌처럼 약간 가는 귀가 먹었나? 계단은 전날 밤 본 기억이 나는 원형 방으로 이어졌고, 여기 놓인 전신 거울에 조엘의 모습이 푸르스름하게 비쳤다. 순회공연단 천막에서 본 마술 거울 같았다. 조엘은 일그러진 깊이 속에서 형체 없이 흔들렸다. 석유 등잔이 놓인 삼나무 서랍장을 제외하면 방 안은 휑뎅그렁하고 가구 하나 없었다. 왼쪽은 아치형 복도였고, 거대하고 복작거리는 응접실이 그 너머에서 침침하게 입을 벌리고 있었다. 오른쪽에는 겨울 풀 위에 맺힌 얼음 이슬처럼 군데군데 반들반들 빛나는 라벤더색 벨벳 커튼이 걸려 있었다. 에이미 양은 커튼 주름 사이로 밀고 들어갔다. 또 다른 복도, 또 다른 문.

부엌은 텅 비어 있었다. 조엘은 체크무늬 유포를 깐 거대한 식탁 앞, 등나무 의자에 앉았고 에이미 양은 뒤 계단으로 나가 소리를 질렀다. "이봐, 미주리. 여기." 늙은 부엉이가 끽끽 우는 소리 같았다.

식탁 위에 엎어놓은 녹슨 자명종이 똑딱똑딱했다. 부엌은 꽤 널찍했지만 창문이 하나밖에 없었고 창문 옆에는 털이 보송보송한 무화과 나뭇잎이 짙게 드리워 그늘이 져 있었다. 또 판벽은 구름 낀 하늘처럼 어두컴컴한 청회색이었다. 검은 난로는 나무를 태우는 골동품 유물로서 지금은 그 안에서 불이 요동치듯 타올랐고, 낮은 천장까지 닿는 검은 굴뚝이 붙어 있었다. 엘렌 이모의 부엌과 마찬가지로 바닥엔 닳아빠진 리놀륨이 깔려 있었는데, 조엘이 이전에 살던 집을 생각나게 하는 부분이라고는 이게 다였다.

그리고 그때, 조용한 부엌에 혼자 앉아서 조엘은 끔찍한 생각에 사로잡혔다. 만약 아빠가 벌써 보고 갔으면 어쩌나? 정말, 조엘이 온 후에 몰래 보고 갔고, 사실은 바로 이 순간도 보고 있는 것 아닐까? 이런 오래된 집에는 수수께끼처럼 비밀 통로가 가득

할 테고 초상화의 눈들도 사실은 눈이 아니라 엿보기 구멍일 가능성이 높다. 그래서 아버지는 생각한 것이다. 이 꼬마는 가짜다. 내 아들은 키도 더 훤칠하고 튼튼하기도 하며 더 잘생겼고 더 똑똑해 보이는 외모일 테니까. 아버지가 에이미에게 이렇게 말했다고 치자. 저 꼬마 사기꾼에게 먹을 거 좀 던져주고 쫓아버려. 하지만 자상하신 주님, 이 꼬마가 어디로 간단 말입니까? 외국 땅에 떨어지면 인형옷 입은 원숭이와 함께 오르간이나 연주하든가 거리의 장님 가수, 연필 파는 거지가 되고 말겠지.

"어디 변명이라도 해봐, 미주리. 어째서 한곳에 5초 이상 붙어 있질 못하는 거야?"

"전 장작 패러 가야 혀요. 장작도 패러 가면 안 되어라?"

"나한테 말대꾸하지 마."

"제가 누구한테 말대꾸한다고 그러신다요, 에이미 아씨도."

"이게 말대꾸가 아니면 뭐야?"

"내 참!"

두 사람은 계단을 올라 뒤쪽 방충문으로 들어왔다. 에이미 양은 하얀 얼굴이 일그러지도록 짜증을 냈고 우아한 얼굴의 흑인 소녀는 장작을 한 아름 안고 들어와 난로 옆 여물통에 쏟아놓았다. 이 여물통 뒤에 처박혀 있는 중령의 여행 가방이 보였다.

실크 장갑을 낀 손가락을 반듯이 펴면서 에이미 양이 말했다.
"미주리는 지저스 피버네 식구야. 지저스의 손녀지."

"만나 뵙게 되어서 반갑군요." 조엘은 무도 수업에서 갈고 닦았을 법한 가장 점잖은 스타일로 인사했다.

"저도 반갑구먼요." 흑인 소녀는 일을 계속하며 대꾸했다. "랜딩에 온 걸," 소녀가 프라이팬을 떨어뜨렸다. "환영혀요."

"우리가 좀 더 조심하지 않으면 말이지," 에이미 양은 연극하듯 소곤거렸다. "큰일 날 거야. 이렇게 소동을 부리면. 랜돌프가 발끈할 거야."

"가끔은 저도 피곤하니께요." 미주리가 중얼거렸다.

"미주린 좋은 요리사야……. 자기가 하고 싶을 때면," 에이미 양이 말했다. "널 잘 보살펴줄 거야. 하지만 너무 많이 먹지는 마. 우린 일요일엔 저녁을 일찍 먹으니까."

미주리가 물었다. "예배에 가시남요?"

"오늘은 안 가." 에이미 양은 건성으로 대답했다. "그 사람 상태가 심해졌거든. 훨씬 심해졌어."

미주리는 프라이팬을 선반에 걸며 알겠다는 듯 고개를 끄덕였다. 그러면서 조엘을 똑바로 쳐다보았다. "꼬마 도련님만 믿는구먼요."

마치 이전 세인트드벌 가의 비밀 요원 9인조에 있을 때 외부인들을 혼란에 빠뜨리려는 목적으로 쓰던 짜증 나는 암호 대화 같았다.

"미주리와 지저스는 일요일 오후면 자기들끼리 기도 모임을 해." 에이미 양이 설명했다.

"저는 아코디언을 연주하고 우리 다 노래를 부르지라." 미주리가 말했다. "엄청 재미져요."

하지만 조엘은 나가려는 에이미 양을 보고 흑인 소녀가 한 말은 무시해버렸다. 지금 해결하고 싶은 긴급한 문제가 있었기 때문이다. "제 아버지 말인데요……."

"응?" 에이미 양이 문간에 멈춰 섰다.

조엘은 입이 붙어버린 기분이었다. "음, 아버지를…… 만나보고 싶은데요." 조엘은 어쭙잖게 마무리했다.

에이미 양은 문손잡이를 만지작거렸다. "그 사람 몸이 안 좋아. 너도 알겠지만. 지금 널 보는 게 좋을진 모르겠구나. 말하는 걸 너무 힘들어하거든." 에이미 양이 난처한 듯 손을 저었다. "네가 원하니까 물어는 볼게."

조엘은 미주리가 앞에 놓은, 소시지 그레이비를 흠뻑 뿌린 김이 모락모락 나는 달걀프라이와 굵게 간 옥수수죽을 다 먹은 후 옥수수빵 조각으로 접시를 싹싹 핥았다.

"저는 남자애들이 기운차게 잘 먹는 걸 보면 좋더라고요." 미주리가 말했다. "하지만 더 달라고 할 생각은 하지도 말어요. 지금 등이 부서질 만큼 아프니께. 간밤에 한숨도 못 잤어라. 어릴 적부터 이따금 이 등 땜에 얼마나 고생을 했는지 몰러요. 미국 해군 몽땅 둥둥 띄울 만큼 약을 겁나게 먹었지라. 그런데도 쪼끔도 낫는 기색이 없어라. 저기 길 아래에 마녀 할멈이 살어요. 거스 훌리라고. 이전에는 만병통치약을 끓여 팔아서 그거 마시면 조금 나왔지라. 백인 할머니였는디, 가엾기도 하지. 끔찍한 사고를 당했지 뭐여요. 인디언 무덤으로 떨어졌는디 기운이 하나도 없어서 기어 올라오지 못했다니께요." 키가 크고 힘이 넘치며 맨발로 우아하게 소리도 없이 움직이는 미주리 피버는 부엌 주위를 차분히 행진하는, 나긋나긋한 검은 고양이 같았다. 태연하게 흐르는 듯한 걸음걸이는 아름답도록 관능적이고 오만했다. 눈꼬리는 추켜올라갔고 눈동자는 그을음이 낀 난로보다도 더 까맸다. 구불거리는 머리카락은 유령이라도 본 양 끄트머리가 쭉 뻗었고 두툼한 입술은 자줏빛이었다. 곰곰이 생각하게 만드는 기다란 목은 기형, 혹은 인간 기린이라고 할 만한 정도였다. 조엘은 이전에 《내셔널 지오그래픽》에서 오렸던, 은고리를 많이 끼워 목을 한껏 잡아 늘인 기이한 아프리카 여자들 사진을 떠올렸다. 미주리는 당연히 은고리를 걸진 않았지만 길게 뻗은 목 한가운데 땀에 전 파란 물방울무늬 스카프를 매고 있었다. "할아부지랑 저는 도련님이 우리 예배에 와줬으면 하는구먼요." 미주리는 커피 두 잔을 더 따르더니 남자처럼 탁자 앞 의자에 걸터앉았다. "우리끼리 저기 뒤 오두막에 살어요. 그러니까 나중에 놀러 오소. 신나게 놀 수 있을 테니께."

"갈 수 있으면 갈게. 하지만 나도 오늘은 여기가 첫날이라. 아빠가 만나러 오라고 하실지 모르잖아." 조엘은 희망적으로 말했다.

미주리는 커피를 접시에 붓더니 후후 불다가 도로 컵에 담아

한 모금 삼키고 입술을 쪽쪽 빨았다. "여기는 오늘이 주일인디." 미주리가 선언했다. "하느님 믿어라? 주님의 치유력에 믿음 있으신겨?"

조엘이 대답했다. "교회 다녀."

"그런 얘기 하는 게 아니잖어요. 말하자면, 주님 생각할 때 뭐가 마음속에 지나간다요?"

"아, 이것저것." 조엘은 얼버무렸지만 솔직히 하늘에 계신 하느님이 기록을 하실지도 모른다는 사실을 떠올릴 때마다 조엘이 생각한 건 돈이었다. 성경 구절을 외울 때마다 어머니가 준 돈, 가발도니의 가게에서 탄산음료를 사 먹으려고 주일학교 모금함에서 슬쩍했던 10센트짜리 동전, 신도들에게 교회 총무가 동전을 걷을 때 났던 짤랑거리며 쏟아지던 동전 소리. 하지만 조엘은 주님을 그렇게 좋아하지 않았다. 너무 여러 번 배신했던 탓이었다. "기도문 같은 거 생각나지."

"저는 주님 생각할 때마다 할아부지가 저세상으로 가시면 나는 어쩌나 생각혀요." 미주리는 커피를 꿀꺽 삼켜 입을 헹궜다. "음, 그럼 날개를 펴고 워싱턴 DC 같은 근사한 도시로 날아갈 테여요."

"여기선 행복하지 않아?"

"도련님은 너무 어려서 이해 못 할 게 있어라."

"나, 열세 살이나 됐는데. 내가 얼마나 많이 아는 줄 알면 놀랄걸." 조엘은 의젓하게 말했다.

"무슨 소리, 이 동네엔 척척박사 행세를 하면서 아무것도 모르는 치들이 바글바글혀요. 그냥 철철 넘치지라." 미주리는 윗니를 쑤시기 시작했다. 미주리는 번득이는 금니를 내보였고, 조엘은 이를 쑤신 게 금니에 시선을 끌려던 행동이 아닌가 하는 생각을 했다. "이유 하나. 제가 쓸쓸하구먼요. 제가 항상 하는 말이 있는디 랜딩에 한참 살아봐야 쓸쓸하다는 게 뭔지 진짜 알 수 있다는 거여라. 여긴 관심 있는 남자도 없고. 적어도 지금은 없으니께. 일전에는 케그라고 하는 비열한 자식이 하나 있었는디, 저한테 나쁜 짓을 저지르고 큰집에 들어갔지 뭐여라. 그 쓰레기 자식이 한 짓을 생각하면 그 정도는 약과지라. 그 자식이 저한테 몹쓸 짓을 했을 때 저는 고작 열네 살이었는디." 주먹처럼 뭉친 파리 떼가 설탕 단지 위에서 맴돌다가 미주리가 성가시다는 듯 손을 한 번 휘두르자 사방으로 흩어졌다. "그려요. 케그 브라운이라는 사람이었어라." 미주리는 손가락 끝으로 금니를 문질러 더 반짝거리게 닦으면서 눈초리가 올라간 눈으로 조엘을 찬찬히 바라보았다. 마치 산머루나 검은 도자기 원반 같은 눈은 아몬드 모양의 눈꺼풀 사이에서 영민하게 내다보았다. "제 피를 중독시키는 도시 생활을 하고 싶구먼요. 그게, 제가 세인트루이스에서 자랐는디 할아부지가 자기 죽을 날 되니까 간호하라고 날 여기로 데려왔다니께요. 할아부지가 이제 아흔 살이 넘었는디 사람들 말로는 앞으로 이 세상에서 살 날도 많지 않다고 혀서 제가 왔지라. 그게 벌써 13년 전인디, 이제 할아부지가 므두셀라*보다 징하게 오래 살 거 같다니께요. 오해는 마셔요. 저도 할아부지 사랑혀요. 하지만 할아부지가 세상을 떠야 저도 워싱턴 DC건 보스턴이건 코네티컷이건 갈 거 아니겠어요. 그래서 주님 생각할 때마다 그 생각을 하지라."

"왜 뉴올리언스로는 안 가고?" 조엘이 물었다. "뉴올리언스에는 온갖 잘생긴 남자들이 있는데."

"아, 전 뉴올리언스는 생각 안 하고 있어라. 도련님도 참, 어디 남자만 찾으러 가남요. 저는 또 눈이 있는 데 가고 싶구먼요. 햇볕만 쨍쨍한 데 말고. 허리까지 눈이 쌓이는 곳을 돌아다니고 싶어요. 엄청 큰 공을 흔들면 눈이 내리는 것처럼 하늘에서 눈이 떨어지는 것도 보고 싶고요. 아, 예쁘라……. 예뻐. 도련님은 눈 보셨는겨?"

조엘은 숨도 쉬지 않고 본 적이 있다고 거짓말했다. 용서가 되는 거짓말이었다. 조엘도 정말로 진짜 눈을 보고픈 갈망이 있었기 때문이다. 그다음으로는 코이누르 다이아몬드**를 갖고 싶다는 게 최고의 비밀 소망이었다. 이따금, 단조롭고 지루한 오후에 세인트드벌 가의 보도에 쭈그리고 앉아 진주 같은 눈구름이 건조하고 더러운 나뭇가지 사이로 차갑게 스며드는 공상에 말없이 빠지곤 했다. 8월에 눈이 내려 유리 같은 보도를 은색으로 덮고 유령 같은 눈송이가 그의 머리카락 사이에서 얼어붙거나 지

*창세기에 등장하는 노아의 할아버지다. 969살까지 살아서 장수의 대명사로 간주된다.
**영국 왕실 소장의 인도산 다이아몬드. 106캐럿으로 세계 최대다.

붕 위를 덮어, 더러운 옛날 동네를 조엘과 신기한 동물들만 사는 고요와 얼음의 백색 황무지로 바꾸어놓는다. 백색 영양, 상앗빛 가슴 깃털의 눈새, 이따금은 보드빌 쇼*의 최면술사인 '수수께끼 신사'나 영화배우인 러키 로저스, 비외 카레**의 찻집에서 점을 치는 마담 베로니카 같은 환상적인 사람들도 있었다. "캐나다에서 폭풍우 치던 날 눈을 봤어." 조엘이 발을 디뎌본 곳 중에서 가장 북쪽은 버지니아 주의 리치먼드였다. "우린 산 속에서 길을 잃었어. 엄마랑 내가. 그런데 눈이 왔어. 펑펑 쏟아져서 우리 주변에 높이 쌓였어. 그래서 우리는 일주일 내내 얼음처럼 추운 동굴에서 살았는데 잠들지 않으려고 계속 서로 뺨을 때렸지 뭐야. 눈 속에서 잠들면 다시는 햇빛을 못 볼 가능성이 크거든."

"그래서 어떻게 됐어라?" 미주리는 못 믿겠다는 듯 눈을 가늘게 떴다.

"뭐, 사태가 계속 심각해졌어. 엄마는 비명을 지르고 눈물이 얼굴에서 비비탄처럼 얼어붙었지. 엄마 몸이 계속 차가웠어." ……뭘로도 따뜻하게 할 수 없었지. 고운 모직 담요로도 안 되고 엘렌 이모가 만들어준 뜨거운 토디***로도 안 되고. "매일 밤 굶주린 늑대들이 산에서 울어대서 나는 기도했어." ……어두운 창고에서, 학교의 화장실에서, 결투를 벌이는 갱들이 화면에서

*춤과 노래를 곁들인 가볍고 풍자적인 통속 희극 쇼.

**18세기 초 프랑스인들이 건설한 뉴올리언스의 구 시가지.

***독한 술에 설탕과 뜨거운 물을 넣어 만든 술.

알아차리지도 못하는 새 지나가는 네모Nemo 극장의 맨 앞줄에서. "눈이 계속 왔어. 게다가 거센 바람이 불어 동굴 입구를 막았지. 그렇지만……." 막혔다. 어떤 토요일자 연재만화의 결말에서 주인공은 천천히 차오르는 가스실에 갇혔었다.

"그래서요?"

"그런데 빨간 외투를 입은 남자, 캐나다 산사람이 우리를 구해줬어……. 오직 나만, 정말로. 엄마는 벌써 차갑게 얼어서 죽어버렸어."

미주리는 못마땅한 기색을 역력히 보이며 책잡았다. "얘기 한번 잘 지어내는구먼요."

"진짜야. 심장에 걸고 맹세해." 조엘은 가슴에 성호를 그었다.

"에게. 도련님 엄니는 아파서 돌아가셨다면서요. 랜돌프 도련님이 그러셨어라."

어쨌든 이야기를 지어내며 조엘은 말 한마디 한마디를 다 믿었다. 동굴, 울어대는 늑대는 미주리와 긴 목, 에이미 양, 그늘진 부엌보다도 더 생생했다. "어디 가서 떠들지 않을 거지, 미주리? 내가 거짓말쟁이라고 소문낼 거야?"

미주리는 다정하게 조엘의 한쪽 팔을 토닥였다. "물론 그럴 일 없어라. 생각해보면 나도 이제까지 한 얘기마다 25센트씩 받았으면 딱 좋겠네. 게다가 도련님은 거짓부렁을 참 잘 치시네. 듣고 싶은 얘기여라. 우리 둘이 사이좋게 지낼 수 있겄구먼요. 저는 도련님보다 여덟 살밖에 안 많고, 도련님은 학교를 다녔으니께.” 미주리의 목소리는 녹은 초콜릿처럼 따뜻하고 부드러웠다. “친구로 지내여라.”

“그래.” 조엘은 커피잔을 들어 미주리와 건배했다. “친구야.”

“그리고 또 하나. 도련님은 저를 주라고 부르셔요. 주가 제 진짜 이름이라요. 전 항상 그 이름을 썼으니께. 할아부지가 와서 그 이름이 미주리라는 뜻이라고 우기기 전까지 그랬다 안 혀요. 세인트루이스가 그 주에 있기 때문이라나. 에이미 아씨와 랜돌프 씨는 격식을 따지는 분이시니께요. 미주리 이거 해, 미주리 저거 해. 날이면 날마다, 밤이면 밤마다. 허! 도련님은 저를 주라고 부르셔요.”

조엘은 빈틈을 파고들었다. “우리 아버지도 주라고 불러?”

미주리는 깅엄 블라우스에 손을 집어넣더니 은제 콤팩트를 하나 꺼냈다. 그녀는 콤팩트 뚜껑을 열고 담배 가루를 조금 집어 널따란 코로 킁킁 들이켰다. “해피 딥이라고 이게 최고인디.”

“많이 편찮으셔? 샌섬 씨는?” 조엘은 끈질기게 물었다.

“한 줌 집으셔요.” 미주리는 콤팩트를 내밀었다.

조엘은 미주리의 기분을 상하게 하고 싶지 않아서 그걸 받아들었다. 생강빛의 가루는 악마의 후추처럼 톡 쏘는 고약한 냄새가 났다. 조엘은 재채기를 했고 눈물이 솟자 부끄러워서 두 손으로 얼굴을 가렸다.

“웃는 거여요, 우는 거여요?”

“우는 거야.” 조엘은 칭얼댔다. 그쪽이 진실에 가까웠다. “이

집에 있는 사람들은 다 귀가 먹었나 봐."

"저는 귀 안 먹었는디요." 주는 진심으로 걱정하는 목소리였다. "등도 쑤시고 속도 울렁울렁하지만 귀는 멀쩡혀요."

"그럼 왜 다들 이상하게 구는 거야? 참, 내가 샌섬 씨 얘기를 꺼낼 때마다 그런 것 같단 말이야……. 그게…… 시내에서는……," 조엘은 눈을 문지르며 주를 슬쩍 보았다. "지금처럼 내가 정말 아프냐고 물어볼 때마다……."

주는 무화과 이파리가 엿듣는 녹색 귀처럼 유리에 바짝 붙어 있는 창문을 걱정스레 바라보았다. "에이미 아씨가 말씀하셨듯이 주인님은 몸이 편찮으시니께요."

파리들이 다시 윙윙거리며 설탕 단지로 날아들었고 고장 난 시계의 똑딱 소리가 시끄러웠다. "돌아가실 정도야?" 조엘이 물었다.

의자가 바닥에 긁히는 소리. 주가 자리에서 일어나 냄비를 싱크대에 담그고 양동이에 떠 온 물로 헹궜다. "우리는 친구니께요. 뭔 말을 해도 괜찮어요." 주는 어깨 너머로 말했다. "하지만 저한테 샌섬 씨에 대해선 암것도 묻지 마셔요. 그분 돌보는 분은 에이미 아씨니께요. 에이미 아씨에게 물으셔요. 랜돌프 씨에게 물으시든가. 저는 샌섬 씨 일에는 아무 상관이 없어라. 제가 밥을 차려드리지도 않는다니께요. 저랑 할아부지는 제 코가 석 자여라."

조엘은 코담배 콤팩트를 탁 닫고 손안에서 돌리면서 독특한 문양을 살폈다. 콤팩트는 둥글었고 은을 자라의 등딱지처럼 세공한 것이었다. 석회 유리로 된 얇은 막 아래 진짜 나비를 붙여 뚜껑을 장식했다. 나비 날개는 보름달처럼 물안개 낀 오렌지색으로 빛났다. 참 우아한 갑이라고 조엘은 생각했다. 평범한 코담배 가루용이 아니라 희귀한 금가루, 마녀의 귀중한 약, 사랑의 모래 가루를 넣어야 할 상자였다.

"그려요. 제 코가 석 자니께요."

"주, 이거 어디서 났어?"

주는 바닥에 무릎을 꿇고 난로에서 재를 퍼내면서 조용히 욕설을 지껄였다. 불티가 검은 얼굴로 날리면서 이젠 캐묻듯 곁눈질하는 머루 같은 눈에서 노란 불빛으로 춤추었다. "제 상자요? 랜돌프 씨가 오래전 크리스마스에 선물로 주셨어라. 직접 만드셨지라. 그런 예쁜 걸 많이도 만드셔요."

조엘은 놀라움과 경탄에 차서 콤팩트를 살폈다. 가게에서 산 거라고 해도 믿을 정도였다. 조엘은 선물을 직접 만들어보려 했던 경험을 찜찜한 기분으로 떠올렸다. 넥타이 걸이, 도구 상자 등등. 이것과 비교하면 정말 시답잖은 것들이었다. 조엘은 랜돌프 사촌이 생각보다 더 나이가 많을 거라고 생각하고 마음을 가라앉혔다.

"원래는 이걸 볼연지 갑으로 써야 혀요." 주는 앞으로 다가와 보물을 도로 가져갔다. 그러면서 담배 가루를 좀 더 집은 후 다시 블라우스 앞섶에 숨겼다. "하지만 이젠 눈시티에 가지 않으니께요(안 간 지 2년은 됐어라). 여기다 내 해피 딥을 넣으면 눅눅해지지도 않고 딱이지라. 게다가 주위에 맘에 드는 남자도 없는데 분 발라 뭐 하겄어요……. 사내도 없는디." 리놀륨 바닥에 점점이 떨어진 햇살을 바라보는 주의 얼굴은 심술궂은 표정으로 일그러졌다. "그 큰집에 갔다는 케그 브라운이 저를 망쳤어라. 감옥에서 땡볕 아래 곡괭이질이나 하다 허리 부러지게 고생이나 했으면 좋겄네." 주는 쓰리기라도 한 양 긴 목을 가볍게 건드렸다. "뭐." 그녀는 한숨을 내쉬었다. "할아부지 시중이나 들러 가는 편이 좋겄네요. 옥수수빵이랑 당밀 좀 갖다드려야겄네. 지금은 뱃가죽이 등가죽에 붙었다 하시겄어."

주가 차가운 옥수수빵을 자르고 단지에서 진한 당밀을 따르는 동안 조엘은 냉담한 눈빛으로 바라보았다. "새총이나 하나 만들어서 새 새끼나 몇 마리 잡으러 가는 거 어떠셔요." 주가 말을 꺼냈다.

"아빠가 곧 나를 만나고 싶어 하실지도 모르는데." 조엘이 대답했다. "에이미 양이 알아보겠다고 했으니까, 여기 붙어 있는 편이 좋을 것 같아."

"랜돌프 씨는 죽은 새를 좋아하셔요. 예쁜 깃털이 달린 걸로. 여기 컴컴한 부엌 구석에 앉아 있어봤자 말짱 헛수고일 텐디." 주는 맨발로 소리도 내지 않고 물러갔다. "예배엔 오시지라?"

불은 재로 사그라졌다. 낡고 고장 난 시계가 병자의 심장처럼 똑딱거리는 동안, 바닥에 점점이 떨어진 햇살이 퍼지며 어두워졌다. 벽에 격자무늬로 어른거리는 무화과 이파리 그림자가 점점 부풀어 올라 해파리의 투명한 살처럼 거대하게 떨리는 형체를 만들었다. 파리 떼가 식탁을 따라 미끄러지다 털이 돋은 다리를 쉴 새 없이 비벼대더니 조엘의 귓가로 몰려들어 왱왱 노래를 불렀다. 두 시간 후, 5시처럼 보이는 2시가 되자 조엘은 벽시계에서 우그러진 판을 떼냈다. 시계가 즉시 박동을 멈추자 부엌에서 뭔가 살아 있다는 느낌은 모두 다 점점 희미해졌다. 구부러진 시계는 3시 20분을 가리켰다. 3시, 끝없는 오후 한가운데 공허한 시간. 에이미 양은 오지 않았다. 조엘은 손가락으로 머리카락을 훑었다. 에이미 양은 오지 않았다. 다 미친 속임수였다.

오랫동안 같은 자세로 앉아 있었더니 다리가 저렸다. 조엘은 피가 통하지 않아 쥐가 난 다리로 일어나 부엌에서 비척비척 나가 복도를 내려가며 처량하게 불렀다. "에이미 양, 에이미 양."

조엘은 라벤더색 커튼을 활짝 젖히고 황량하지만 반들반들 닦은 방을 가득 채운 칩칩한 빛 속에서 움직였다. 수면 같은 거울에 그의 영상이 떠다녔다. 열을 받아 말랑해진 밀랍 형상처럼 형체 없는 얼굴은 입술을 크게 벌렸고 눈은 하나밖에 없었다. 입술은 거즈처럼 얇게 비치는 선으로 보였고, 외눈은 이글거리는 거품 같았다. "에이미 양……. 누구 없어요!"

조엘이 배웠던 교과서 어딘가에 한때 지구도 태양처럼 아마도 하얗고 뜨거운 구였다는 설명이 있었다. 이제, 후끈한 정원에 서서 조엘은 그 문장을 기억했다. 조엘은 집 정문에서 집을 빙 두른 얼기설기 얽힌 나무들의 잔해를 지나 정원에 이르렀다. 여기, 정신없이 웃자란 나무들 속에 조엘보다도 키가 크고 면도날처럼 날카로운 가시가 있는 식물이 있었다. 햇볕에 말라 바스러지기 직전인 이파리들은 조엘이 조심스레 발걸음을 내디딜 때마다 바삭바삭했다. 서로 얽힌 마른 잡초들은 허리 높이까지 자랐다. 여름의 짠내와 덤불에서 나는 달콤한 향, 흙냄새가 짙게 깔려 있었다. 호박벌이 간지럽게 윙윙거리는 소리만이 침묵을 찔렀다. 하늘이 순수한 푸른색 불로 타올라서 조엘은 눈을 쳐들 수도 없었다. 정원 위로 솟은 집 벽은 거대한 노란색 벼랑 같았고, 버지니아 담쟁이들이 위에서 내려다보는 창문 여덟 개의 가장자리 선을 푸르게 둘렀다.

조엘은 자라다 만 거친 덤불들을 밟으며 집의 정반대편으로 갔다. 심심했고 협박 놀이를 하는 편이 좋을지도 모른다고 생각했다. 비밀 요원 9인조가 달리 할 일이 없을 때 돌아다니면서 하던 훔쳐보기 놀이였다. 햇빛은 놀이하는 사람에게 위험한 만큼 뉴올리언스에서는 해진 뒤에만 할 수 있는 게 협박 놀이였다. 즉, 모르는 집에 다가가 눈에 띄지 않게 창문 안을 들여다보는 게 규칙이었다. 이처럼 위험한 저녁 순찰을 돌 때면 조엘은 특이한 광경을 여럿 목격하곤 했다. 가령 어떤 밤에는 축음기 음악에 맞춰 알몸으로 왈츠를 추는 어린 소녀를 보기도 했다. 또 생일

케이크에 꽂은 촛불을 불다가 급사한 할머니를 본 날도 있었다. 무엇보다도 당황했을 때는 어른 남자 둘이 어떤 지저분한 방에서 서로 키스하던 모습을 보았을 때였다.

스컬리스 랜딩의 응접실은 1층 전체 길이를 차지했다. 새틴 술로 묶인 황금색 커튼은 침침하고 괴괴한 실내의 대부분을 가렸지만, 조엘은 유리창에 코를 바짝 대고 차 탁자에 둘러앉은 뚱뚱한 과부들처럼 뭉쳐 있는 무거운 의자들을 분간할 수 있었다. 라일락색 벨벳을 씌운 금색 2인용 의자, 대리석 난로 옆에 놓인 엠파이어 스타일 소파, 벽장이 보였다. 벽장 세 개 중 하나만 분간할 수 있었고, 그 안에는 도자기 인형과 상아 부채, 장식품들이 번득였다. 바로 앞에 있는 식탁 위에는 일본식 탑과 양치기 지팡이 모양의 장식 등이 놓여 있었고, 그 위에는 보석 고드름처럼 샹들리에 장식용 크리스털이 공 모양 제라늄 화분에 대롱대롱 매달려 있었다.

조엘은 창문에서 슬그머니 떨어져 정원 저편에 서 있는 버드나무의 비스듬한 그늘 속으로 들어갔다. 다이아몬드같이 반짝이는 오후의 햇살이 눈을 찔렀고 기름 낀 레슬러처럼 땀에 젖어 온몸이 미끌거렸다. 이치를 따지자면 이런 날씨는 변하기 마련이었다. 정원 너머에서 수탉이 꼬끼오 울었다. 조엘에게는 한밤에 우는 기차 소리처럼 슬프고 비탄에 잠긴 소리로 들렸다. 기차. 조엘은 그런 기차를 타고 여기서 떠나고 싶었다. 아버지를 볼 수만 있다면! 에이미 양은, 못되먹은 아줌마였다. 계모들은 언제나 그런 법이니까. 뭐, 어디 내게 손이라도 대보라지. 그 여자를 보자마자 따져야겠다. 조엘은 아주 용감했다. 작년 10월에 새미 실버스타인을 늘씬하게 패준 게 누구더라? 음, 하지만 새미는 좋은 아이였으니까, 그럭저럭. 조엘은 새미가 지금은 무슨 악마 같은 장난을 꾸밀지 궁금했다. 아마도 네모 극장에 앉아서 배를 팝콘으로 가득 채우고 있겠지. 그래, 거기 가면 개를 찾을 수 있을 거야. 지금은 낮 상영 시간이니까 정신 나간 과학자가 러키 로저스를 살인 고릴라로 개조하는 괴기 영화를 상영할 테지. 모든 영화 중에서도 조엘은 그 영화가 특히 그리웠다. 젠장! 갑자기 길을 떠나기로 하면 어떨까? 차라리 손풍금과 원숭이를 데리고 돌아다니는 편이 재미있을지도 몰라. 게다가 언제든 탄산음료 가게에서 일할 수 있다. 조엘처럼 아이스크림을 좋아하는 사람이라면 잘 만들 수도 있을 테니까. 망할!

"따다다다다." 조엘은 다섯 개의 무너진 현관 베란다 기둥 사이로 기관총을 장전하고 쏘았다. 바로 그때, 기둥과 미역취 무리 사이에서 조엘은 종을 발견했다. 노예들이 있던 시절, 들판에서 일하는 일꾼들을 불러 모으는 용도로 썼던 종이었다. 금속은 곰팡이 낀 녹색으로 변했고 받침대는 썩어 있었다. 흥미가 동한 조엘은 인디언처럼 주저앉아 종의 벌린 입 속에 머리를 집어넣었다. 바짝 마른 거미줄 오라기가 여기저기 걸려 있었다. 섬세한 모양의 녹색 도마뱀이 혀를 낼름거리며 녹슨 구멍을 살랑살랑 휙 돌다가 바늘구멍 같은 눈으로 조엘을 빤히 바라보았다. 조엘은 허겁지겁 뒤로 물러섰다.

조엘은 노란 벽을 올려다보면서 일어서며 맨 위층의 창문 중 어느 게 자기 방일지, 아버지 방일지, 랜돌프 사촌 방일지 헤아려보았다. 바로 이때 조엘은 그 이상한 여자를 보았다. 여자는 왼쪽 구석 창문에서 커튼을 살짝 걷고 인사나 승인을 보내듯 그를 보고 웃으며 고개를 끄덕였다. 하지만 조엘이 전혀 모르는 여자였다. 흐릿한 얼굴 특성, 통통한 마시멜로 같은 얼굴 모양이 구부러진 방 거울에 비친 어렴풋한 자기 모습을 떠올리게 했다. 게다가 머리를 높이 올리고 옆에 꼬불꼬불한 머리카락을 많이 내린 하얀 머리는 역사 속 인물이 쓴 가발 같았다. 여자가 누군지 조엘은 전혀 짐작할 수 없었고 갑작스러운 출현은 정원 저편에 환각을 만들어냈다. 달리아 줄기에 살포시 내려앉은 나비가 퍼덕이던 날개를 멈췄고 호박벌들이 내던 거슬리는 파 음은 잦아들어 사라졌다.

커튼이 갑자기 내려지고 창문이 다시 텅 비었을 때, 조엘은 깨어나서 뒤로 한 발 물러나다 종에 걸려 넘어졌다. 쨍그랑하는 쉰 소리가 울리면서 뜨거운 정적을 부수었다.

3

"아아, 주님!" 쿵. "아아, 주님!" 쿵. "악마의 편이 되지는 않겠어요. 주님과 함께 가리!"

주는 장난감 같은 아코디언에서 음악을 짜내면서 삐그덕거리는 오두막 현관 베란다 바닥 위에서 평발을 쿵쿵 굴렀다. "아, 악마는 흐느꼈네. 악마는 울었네. 내 마지막 외로운 여행에서 나와 함께하지 못하리." 끝이 길게 늘어지는 외침. 입에서 화산처럼 무시무시한 소리가 쏟아지는 한가운데 금니가 번들거렸고 우편으로 구입한 작은 아코디언은 주름 잡은 종이와 진주 조개껍데기로 만든 허파처럼 늘어났다 줄어들었다. "함께하지 못하리……."

한동안 비를 알리는 새가 딱총나무 둥지에서 냉정히 예고하듯 깍깍 울어댔고 무덤 같은 구름 떼가 태양을 닫아버렸다. 열대

구름이 낮은 하늘을 가만가만히 가로지르더니 한데 뭉쳐 거대한 회색 산을 이루었다.

지저스 피버는 오래된 통의 막대를 빼서 만든 안락의자에 예쁜 퀼트 베개를 산처럼 깔고 앉아 있었다. 경건한 팔세토 목소리가 망가진 오카리나에서 나오는 음률처럼 떨렸고 간간이 손을 들어 연약하게 소리 없이 박수를 쳤다.

"……나 가는 길에!"

현관 베란다와 같은 높이인, 독버섯으로 덮인 나뭇등걸에 앉은 조엘은 주가 벌이는 북새통과 변화하는 날씨에 번갈아 신경을 쏟았다. 이따금 여름 폭풍이 들이닥치기 직전에 나타나는, 겁에 질려 굳어버린 격한 순간이 잠잠한 마당에 스며들었다. 이 세상 것 같지 않은 가짜 빛 속에서, 덩굴식물을 심은 녹슨 양동이들이 안에서 희미한 녹색 빛을 발하는 듯 빛났다. 베란다 둘레를 마치 파티 등불로 빙 두른 듯했다. 하늘하늘 흔들리는 태산목 줄기에 맞춰 불어오는 축축한 산들바람이 솔향기와 저 먼 들판에 핀 6월의 꽃향기가 섞인 신선한 비 냄새를 몰고 왔다. 오두막 문이 덜컹 열렸다 쿵 닫혔다. 랜딩의 창문 덮개를 덜그덕거리며 닫는 소리가 작게 들려왔다.

주는 마지막으로 현란하게 음률을 짜낸 후 아코디언을 옆으로 치웠다. 위로 올린 머리에는 반들반들한 포마드를 발랐고 물방울무늬 스카프를 낡은 빨간 리본으로 바꾸어 맸다. 하얀 드레스 여남은 군데를 다채로운 실로 장식했고 귀에는 인조 보석으로 만든 귀걸이를 달았다. "목이 마른데 물이 떨어졌거든 주님께 기도해요. 하고 또 하고." 주는 줄타기 곡예사처럼 두 팔을 양옆으로 뻗고 마당으로 내려와 조엘이 앉은 나뭇등걸 둘레를 돌았다. "연인을 바라는데 연인이 없거든 주님께 기도해요, 하고 또 하고."

높이 솟은 멀구슬나무 위로 바람이 강물처럼 훽훽 흘러갔다. 미친 듯 흔들리는 이파리는 그 물결에 떠내려가며 하늘의 해안에 밀려오는 파도처럼 거품을 일으켰다. 땅은 곧 느릿느릿 짙은 심해에 잠기는 듯했다. 덩굴식물들은 해저 식물처럼 살랑살랑 흔들렸고 오두막은 침몰한 갤리언선처럼 신비스러워 보였다. 도도滔滔하고 넌짓넌짓한 우아함을 지닌 익사한 늙은 해적의 인어 신부가 될 수도 있겠다고 조엘은 생각했다.

"허기가 졌는데 먹을 게 없거든 주님께 기도해요, 하고 또 하고."

노란색 줄무늬 고양이가 마당 저 너머에서 깡총깡총 뛰어와 재빠르게 지저스 피버의 무릎 위로 뛰어올랐다. 정원의 라일락 덤불에서 살금살금 기어 다니던 그 고양이었다. 고양이는 노인의 어깨로 타고 올라 교활해 보이는 얼굴을 야윈 뺨 옆에 갖다 대며 애교를 떨었지만 놀란 표정의 황갈색 눈은 조엘을 보고 이글이글 타올랐다. 왜소한 흑인 노인이 줄무늬가 있는 배를 쓰다듬어주자 고양이는 가르랑거렸다. 중산모를 벗으니 지저스 피버의 두상은 좀먹은 모직물처럼 군데군데 머리카락이 돋은 부분을 제외하고는 번들번들한 금속 공 같았다. 섬세한 체구에 걸친, 몸의 두 배는 될 듯한 검은 정장은 곧 허물어질 듯 축 늘어졌다. 그는 오렌지색 가죽에 작은 단추들이 주르르 달린 구두를 신고 있었다. 신명 난 예배에 그도 절로 흥이 돋았고 이따금 손가락으로 코를 팽 푼 후 이물질을 덩굴식물에 닦곤 했다.

주가 노래 반, 고함 반으로 부르는 구절은 리드미컬하게 이어졌고, 발을 구르고 머리를 흔들 때마다 빛의 반점을 되쏘며 달랑이는 귀걸이처럼 오르락내리락했다. "우리가 기도할 때 주님은 들으시고 우리가 해야 할 말을 다정하게 들어주시네……."

고요한 번개가 몇 킬로미터 멀리에서 지그재그로 하늘을 갈랐다. 그러다 그다음 순간 먼 곳에서 또 한 번 번개가 쳤다. 이번에는 탁탁 불을 내뿜는 하얀 용이었다. 이어서 기어가는 천둥소리가 이어졌다. 당닭이 안전한 우물 지붕 밑으로 줄달음했고, 까마귀 떼의 세모난 그림자가 하늘을 갈랐다.

"춥구먼." 지저스가 역정을 내며 불평했다. "비가 오니께 다리가 퉁퉁 부어올랐구먼. 추워라……." 고양이는 그 무릎 위에 몸을 둥그렇게 말고 시든 달리아처럼 머리를 무릎에 턱 기댔다.

주의 입에서 번득이는 빛을 발하는 금니를 보자 조엘의 심장은 갑자기 가슴속에서 바위처럼 달그락거리기 시작했다. 깜박이는 네온사인이 떠올랐기 때문이다. "R. R. 올리버 장의사." 암전. "R. R. 올리버 장의사." 암전. "대놓고 조잡하긴 하지만 터무니없는 가격을 매기진 않으니까." 엘렌 이모는 장의사 유리창

앞에 서서 이렇게 말했었다. 주님의 왕국과 영광으로 가는 길에 함께할, 저렴하지만 준수한 잠자리를 광고하는 전자 글자 아래에서 부채꼴 모양의 글라디올러스가 검푸르게 보였다. 이제 조엘은 다시 그 문을 잠그고 열쇠를 던져버렸다. 여기는 음모가 널리 깔려 있었다. 심지어 아버지조차도 조엘에게 악의를 품고 있었다. 심지어 주님조차도. 여기까지 오는 길 어딘가에서 비열한 속임수에 당한 것이다. 하지만 누구를, 무엇을 탓해야 할지 알 수 없었다. 진짜 자기 자신을 찾지 못하고 분리된 느낌이었다. 썩은 나뭇등걸에 앉은 소년은 돌이 되었다. 땅에 폭포수처럼 떨어지는 딱총나무 이파리, 혹은 저 멀리 솟은 랜딩의 가파르고 정교한 지붕과 자기 자신을 묶어주는 고리는 없었다.

"싸늘혀. 이불 속에 폭 들어가야겄어. 폭풍우가 치겄구먼."

"꼭 싸매고 주무셔라, 할아부지."

그때 특이한 일이 일어났다. 마치 보물지도의 안내를 따라가듯이, 주는 더러운 작은 장미 덤불을 향해 세 발짝을 세며 걸어가더니 찡그린 얼굴로 하늘을 올려다보며 목에 묶은 빨간 리본을 풀었다. 가느다란 흉터가 자줏빛 철사 목걸이처럼 주의 목을 감고 있었다. 주는 한 손가락으로 흉터를 가볍게 쓸었다.

"그 케그 브라운 녀석이 거기 가거들랑, 주님, 그놈을 사냥개로 다시 태어나게 해주셔요. 아무도 관심 갖지 않는 늙은 개로. 귀신 들린 개새끼."

마치 매서운 매 한 마리가 휙 날아 내려와 조엘의 눈꺼풀을 잡아 뜯은 기분이었다. 그래서 입을 떡 벌리고 주의 목을 멍하니 쳐다볼 수밖에 없는 듯한 느낌이 들었다. 주. 어쩌면 그녀도 조엘과 같은 처지일지도 몰랐다. 세상이 그녀에게 악의를 품고 있을지도. 하지만 세상없어도 조엘은 그런 흉터가 생기는 꼴은 피하고 싶었다. 다만 한 손에는 속임수, 다른 손에는 위험이 있는데 무슨 기회가 있을까. 어떤 기회도 없다. 아무것도. 냉기가 등줄기를 타고 흘렀다. 천둥이 머리 위에서 우르르 울렸다. 땅이 흔들렸다. 조엘은 나뭇등걸에서 벌떡 뛰어내려 집으로 향했다. 바지에서 비어져 나온 셔츠 자락이 뒤에서 펄럭였다. 뛰어, 뛰어, 뛰어. 심장이 말했다. 쿵! 조엘은 가시나무 덤불 속에 곤두박질치고 말았다. 희한한 사고였다. 그 덤불을 보고, 그걸 뛰어넘어야 한다는 사실도 알았지만 일부러 그런 듯이 거기 뛰어들고 말았던 것이다. 하지만 가시에 할퀴어 따끔거리는 아픔에 되레 당혹감과 비참한 기분이 씻겨갔다. 어떤 광신적 교단에서 자해를 통해 영혼에서 악마를 몰아내는 행위와 비슷했다. 조엘은 자신을 일으켜주는 주의 얼굴에 다정하게 걱정하는 표정이 어려 있음을 깨닫자 자기가 바보 같다는 기분이 들었다. 어쨌든 주는 그의 친구였으며 무서워할 필요가 없었다. "어이쿠야, 말썽쟁이 도련님 같으니." 주는 정답게 말하며 바지에서 장미 가시를 떼주었다. "어째서 말썽을 피우신다요? 허, 그러면 저랑 할아부지 기분이 안 좋잖어요." 주는 조엘의 손을 잡고 베란다로 데려갔다.

"클클클." 지저스가 킬킬거렸다. "내가 그렇게 넘어졌으믄, 뼈가 온통 으스러졌겄네."

주는 아코디언을 들고 베란다 기둥에 기대더니 잠시 후 대수롭지 않게 머뭇거리는 불협화음을 연주했다. 할아버지는 실망한 아이가 칭얼대며 노래하듯이 불평을 다시 늘어놓았다. 한기로 숨넘어가기 직전이지만 무슨 상관이 있겠는가. 자기가 살든 죽든 누가 눈 하나 깜빡하겠는가? 이제 안식일 의무도 다했는데 주는 어째서 할아비를 따뜻한 잠자리에 누이고 편히 쉬도록 놔두지 않는가? 아, 세상에는 잔인하고 매정한 사람들이 많다.

"조용히 하시고 고개 좀 숙이셔라, 할아부지." 주가 말했다. "모임을 제대로 끝내야 할 거 아니겄어요. 주님께 기도해야 할 시간이어요. 조엘 도련님도 고개 숙이셔요."

베란다 위의 세 사람은 나무 조각에 새겨진 인물 같았다. 화려한 방석을 깐 옥좌에 앉은 노인, 그 무릎 위에 앉아 주인의 발치에 고개를 수그리고 있는 꼬마 하인을 엄숙하게 내려다보는 노란 고양이, 마치 감사 기도를 하듯 팔을 사람들 위로 높이 쳐든 검은 화살 같은 딸.

하지만 조엘의 마음속에는 아무런 기도도 없었다. 한마디 말도 떠오르지 않았다. 과거에 조엘이 했던 모든 기도는 단순히 구체적으로 무언가를 달라는 내용이었다. 주님, 자전거를 주세요. 날이 일곱 개 달린 칼을 주세요. 유성물감 상자를 주세요. 딱 하나, 예외가 있었다. 하지만 어떻게, 어떻게 그렇게 불확실하고 의미 없는 말을 할 수가 있단 말인가. 주님, 제가 사랑받게 해주세요.

"아멘." 주가 속삭였다.

그리고 이 순간, 마치 숨을 훅 들이켜듯, 비가 내렸다.

4

"좀 더 구체적으로 말하면 안 되겠어?" 랜돌프가 셰리주를 나른하게 잔에 따르며 물었다. "뚱뚱했어? 키가 커? 말랐나?"

"뭐라고 말하기 힘들어요." 조엘이 말했다.

한밤, 밖에서는 비가 와 가까이에서 비스듬하게 흘러내리는 소리를 내며 지붕을 씻어 내렸지만, 안에서는 휘발유 등이 가장 침침한 구석에서 은은한 빛을 거미줄처럼 짜 보냈다. 부엌 창문은 황금 거울처럼 이 장면을 비추었다. 랜딩에서 맞은 조엘의 첫 번째 저녁 식사는 이제까지 그럭저럭 무난히 흘러갔다. 랜돌프와 같이 있으면 꽤 편안했다. 대화가 늘어질 때마다 랜돌프는 열세 살 소년의 흥미를 돋우고 비위를 맞출 만한 화제를 끄집어냈다. 조엘은 자기도 모르게, 인간은 화성에서 살 수 있나? 이집트 사람들은 정말로 시체를 미라로 만들었나? 머리를 자르는 사냥꾼들은 아직도 있나? 같은 논란이 될 만한 주제들에 꽤 분명히 의견을 얘기하고 있었다(자기 생각에는). 어느 정도는 셰리주를 과하게 마신 탓이겠지만(맛은 싫었지만 확실히 술에 취할지도 모른다는 희망에 혹해서…… 이젠 새미 실버스타인에게 해줄 얘깃거리가 생기지 않았나! ……골무만 한 작은 잔으로 세 잔이 꿀꺽꿀꺽 들어갔다) 조엘은 그 여자 이야기를 꺼냈다.

"열기 때문이야." 랜돌프가 말했다. "맨머리로 햇빛 아래 오래 있다 보면 가끔 망상 같은 게 생기기도 하잖아. 맙소사, 그래. 언젠가 몇 년 전이었나, 정원에서 바람을 쐬는데 해바라기 한 송이가 남자 얼굴로 변하는 게 똑똑히 보이는 거야. 내가 한때 숭배했던 싸움꾼 권투선수의 얼굴이었지. 페페 알바레스라는 멕시코 선수." 랜돌프는 생각에 잠겨 턱을 긁더니 이 이름에 특별한 의미라도 담는 양 코를 찡그렸다. "대단한 경험이었어. 어찌나 감동을 받았는지 그 꽃을 따서 책에 끼워놨지. 지금도 그 꽃을 볼 때마다 상상해……. 하지만 이건 약간 엇나간 얘기네. 햇빛 때문이었을 거야, 분명해. 에이미는 무슨 생각 중이야?"

음식을 앞에 두고 곰곰이 생각에 빠져 있던 에이미는 살짝 놀란 표정으로 고개를 들었다. "난 이제 됐어, 고마워."

랜돌프는 짐짓 뾰로통하게 얼굴을 찡그렸다. "평소처럼 혼자 넋 놓고 어디 꽃밭에서 헤매다 왔나 보네."

에이미의 갸름한 얼굴이 기분 좋게 누그러졌다. "청산유수처럼 술술 말도 잘하면서 악마처럼 쏘기는." 에이미의 날카롭고 작은 눈이 감출 수 없는 애정으로 빛났고 그 때문에 순간 아름다워 보일 정도였다.

"그럼 처음부터 시작할까." 랜돌프는 말하면서 트림했다("엑스퀴제 무아, 실부플레.* 아시다시피 동부 콩은 소화가 안 되어서요"). 랜돌프는 입술을 꼼꼼하게 닦았다. "어디까지 했더라, 아, 그래……. 조엘은 우리 랜딩에 떠도는 유령이 없다고 해도 믿으려 하지 않네."

"제 말은 그런 뜻이 아니에요." 조엘이 항의했다.

"미주리가 지껄이는 헛소리겠지." 에이미의 차분한 의견이었다. "걔는 흑인들이 하는 미친 생각의 온상이야. 미주리가 그 자리에서 병아리 목을 다 꺾었을 때 기억나니? 아, 웃긴 얘기 아니니까 웃지 마. 가끔 난 그의 영혼이 우리 중 한 사람에게 씌었다고 걔가 착각이라도 하면 무슨 일이 일어날지 궁금하다니까."

"케그요? 케그의 영혼 말이에요?" 조엘이 말했다.

"설마!" 랜돌프는 외치면서 노처녀처럼 새침하게 소리 죽여 킬킬댔다. "벌써 얘기했어?"

"그게 그렇게 웃긴지 몰랐네요." 조엘은 분개했다. "그 사람은 주에게 나쁜 짓을 했잖아요."

에이미가 말했다. "랜돌프는 그냥 말꼬리 잡는 거야."

"괜히 나 헐뜯지 마."

*프랑스어로 '실례합니다'라는 뜻.

"웃기지 않아요." 조엘이 말했다.

랜돌프는 한쪽 눈을 가느다랗게 뜨며 잔을 들어 돌리면서 셰리주에서 소용돌이치는 호박색의 빛살을 찬찬히 살폈다. "웃기지 않지, 세상에, 웃기지 않아. 하지만 그 이야기는 약간 기괴한 재미가 있는데. 듣고 싶어?"

"그게 무슨 상관이라고." 에이미가 말했다. "그거 없어도 그 애 소름 끼치고도 남는다고."

"모든 아이는 다 소름 끼치는 거야. 그게 아이들의 장점이지." 랜돌프는 이렇게 대꾸하더니 곧장 이야기를 시작했다. "10년도 더 된 일이야. 추운, 아주 추운 11월이었어. 그땐 우리 집에서 일하는 건장한 젊은이가 한 명 있었거든. 몸의 비율이 아주 멋지고 피부색이 벌꿀 같았지." 랜돌프 목소리의 기묘한 특질 때문에 조엘은 처음부터 걱정을 했지만 지금까지는 그게 어떤 특질인지 딱 꼬집어 말할 수 없었다. 랜돌프는 말할 때 어떤 지역적 특색도 없었다. 피곤한 목소리에는 사투리 억양도 묻어 있지 않았다. 하지만 그 밑에는 정서가 면면히 흐르고 있었는데, 신랄한 냉소조가 성격을 두드러지게 내보였다.

"하지만 그 남자는 약간 정신박약이었어. 정신박약아, 신경증 환자, 범죄자, 그리고 예술가는 공통적으로 예측할 수 없고 변태적으로 순수한 편이잖아. 아마 그럴걸." 랜돌프의 표정은 자신만만하게 쌀쌀해졌다. 마치 자기 생각에 대단한 관찰을 해냈으니, 그것이 자기 머릿속에서 울려 퍼질 때까지 가만히 멈춰서 감탄하며 들어야 한다는 투였다. "그런 사람들을 중국 상자하고 비교하면 어떨까 싶어. 알잖아, 상자를 열면 다른 상자가 또 들어 있고, 그 상자 안에 다른 게 또 들어 있고. 마침내 마지막 상자가 나오는 거지……. 빗장을 만지면 뚜껑이 탁 튀어 올라 열리는데……, 전혀 생각지도 않았던 물건이 숨어 있지?" 랜돌프는 희미하게 미소를 짓고 셰리주를 한 모금 마셨다. 그러면서 태피터로 된 파자마 윗옷의 가슴 주머니에서 긴 담배를 꺼내 불을 붙였다. 담배에서는 낯설고 약 같은 냄새가 났다. 마치 담배를 톡 쏘는 약초 즙에 오래 담가놓은 듯한 냄새였다. 천식 환자가 많은 집이라는 걸 알 수 있는 냄새였다. 랜돌프가 입술을 오므리고 연기를 고리 모양으로 불자 탤컴파우더를 바른 얼굴 모양이 갑자기 완전해졌다. 얼굴은 그저 동그라미로만 이루어진 것 같았다. 그렇게 통통하지는 않지만 동전처럼 동그랗고 매끈했으며 털 하나 없었다. 거친 분홍색 반점이 두 뺨을 물들였고 코는 마치 격하게 주먹 싸움을 하다 얻어맞은 양 부러진 모양이었다. 환한 금발의 가느다란 곱슬머리는 아이처럼 돌돌 말려 이마까지 내려왔다. 커다랗고 여자 같은 눈은 하늘색 구슬 같았다.

"그래서 둘은 사랑에 빠진 거야, 케그와 미주리. 여기서 결혼식도 했지. 신부는 대대로 내려오는 레이스로 한껏 차려입고……."

"백인 아가씨처럼 예뻤단다. 정말이야." 에이미가 끼어들었다. "그림 같았지."

조엘은 말했다. "하지만 그 사람이 미쳤다면서요……."

"주는 말로 해서 알아듣는 사람이 아니었어." 랜돌프는 한숨을 지었다. "그땐 고작 열넷이었으니까 애였지만 고집이 세서 남의 말을 안 들었거든. 결혼하고 싶다고 그렇게 해버렸어. 우리가 안채 방 하나를 신혼여행용으로 일주일간 빌려줬어. 친구들 불러서 생선튀김 해 먹으라고 마당도 맘대로 쓰게 하고."

"그럼 아빠는…… 아빠도 결혼식에 있었어요?"

랜돌프는 멍한 표정으로 재를 바닥에 털었다. "하지만 어느 날 밤, 아주 늦게……." 졸린 듯 눈을 내리깔며, 랜돌프는 한 손가락으로 잔 둘레를 훑었다. "에이미는 혹시 미주리가 비명 지르는 걸 들었을 때 내가 맨 처음 어떻게 했는지 기억해?"

에이미는 기억이 가물가물하다고 했다. 어쨌든 10년은 긴 시간이니까.

"우리는 지금처럼 응접실에 앉아 있었잖아. 그래도 기억 안 나? 내가 그랬지. 바람 소리야. 물론 그렇지 않다는 건 알았지만." 랜돌프는 말을 멈추더니, 그 기억이 미묘하게 우스워서 태연한 표정을 지을 수 없다는 듯 볼을 홀쭉하게 했다. 랜돌프는 손가락을 총처럼 조엘을 향해 겨누면서 엄지손가락을 까닥했다. "그래서 나는 자동피아노를 돌렸어. 그랬더니 〈인디언 러브 콜〉이라는 음악이 나왔지."

"참 달콤한 노래지." 에이미가 말했다. "무척 슬프고. 네가 나보고 그 피아노를 이젠 틀지 말라는 까닭을 모르겠더라."

"케그가 주의 목을 그었다면서요." 조엘은 말했다. 랜돌프의 이야기가 흘러가는 기묘한 방향을 따라갈 수가 없어서 공포 분위기가 부글부글 끓어올랐다. 알아들을 수 없는 외국어로 하는 이야기를 해독하려고 하는 기분이었다. 조엘은 이제 막 랜돌프에게 친밀감을 느끼기 시작했는데 이렇게 따돌림당하는 기분인 게 싫었다. "나 흉터를 봤어요." 조엘은 관심을 끌려고 고함치다시피 했다. "케그가 한 짓이에요."

"아, 그래, 그렇고말고."

"그 노래 이렇게 되지." 에이미가 흥얼거렸다. "내가 당신을 부를 때면, 후디다덤디다……."

"……이쪽 귀에서 저쪽 귀까지 그었지. 그래서 테네시에 사는 우리 대고모님이 눈을 버리면서 바느질했던 장미 잎 퀼트 이불을 망쳐버렸어."

"주 말로는 케그가 지금 감옥에 있다는데, 다시는 안 나오길 바란다고. 주님이 늙은 개로 환생시켰으면 좋겠다고 했어요."

"대답을 해줄 건가요, 다디다다……. 이런 노래 아니었나, 랜돌프?"

"약간 음이 안 맞아."

"그럼 어떻게 하는 거더라?"

"전혀 모르겠는데."

조엘이 말했다. "불쌍한 주."

"모든 사람이 불쌍하지." 랜돌프는 나른하게 셰리주를 또 한 잔 따랐다.

탐욕스러운 나방들이 깔때기 모양 등에 바짝 날개를 붙였고, 난로 가까이에서는 비가 지붕을 타고 새어 들어와 빈 석탄 통 속에 음울하게 규칙적인 간격으로 똑똑 떨어졌다. "조그만 상자 가지고 장난질 치다 보면 생기는 일이야." 랜돌프가 말했다. 독한 담배 연기가 빙글빙글 돌아 조엘한테 흘러왔고, 조엘은 조심스레 손을 흔들어 다른 데로 보냈다.

"자동피아노 틀어도 된다고 하면 좋을 텐데." 에이미가 서글프게 말했다. "하지만 내가 얼마나 좋아하는지 네가 잘 모르는 것 같더라. 그게 얼마나 위안이 되는지."

랜돌프는 헛기침을 하고 씩 웃었다. 보조개가 양 뺨에 쏙 파였다. 얼굴은 잘 익은 동그란 복숭아 같았다. 랜돌프는 사촌보다도 상당히 젊었다. 대략 30대 중반 정도였다. "그래도 아직 녹스 군이 봤다는 유령을 퇴치하진 못했네."

"유령이 아니었어요." 조엘이 중얼거렸다. "그런 건 전혀 없었어요. 정말로 살아 있는 부인이었어요. 내가 봤어요."

"그래서 그 여자가 어떻게 생겼는데?" 에이미의 어조로 봐서, 생각은 좀 덜 허무맹랑한 문제에 붙어 있는 듯했다. 조엘은 엘렌 이모와 엄마를 떠올렸다. 두 사람도 조엘이 하는 말이 의심스럽긴 하지만 가정의 평화를 위해 계속하도록 놔둘 때 그렇게 특히 동떨어진 어조를 쓰곤 했다. 옛날 죄책감이 금방 살아나 덮쳐왔다. 거짓말쟁이. 두 사람, 에이미와 랜돌프가 지금 하는 생각이었다. 타고난 거짓말쟁이라고. 이렇게 생각하자 조엘은 당황해서 설명을 자세하게 덧붙이기 시작했다. 악마의 눈을 가졌다. 정말로 미친 듯한 마녀의 눈으로 북극 바다 바닥처럼 차가운 녹색이었다. 눈의 여왕의 쌍둥이처럼 얼굴은 얼음으로 깎은 듯 창백하고 겨울처럼 서늘했다. 백발은 마치 결혼식 케이크처럼 머리에 높이 올렸다. 여자는 조엘을 향해 구부러진 손가락으로 신호를 보냈다. 신호를…….

"훌륭한데." 에이미는 수박 피클 조각을 씹으면서 말했다. "정말로 그런 사람을 봤나 보네!"

이야기를 하면서 조엘은 에이미의 사촌이 재미있어하며 즐거워하는 표정을 짓고 있음을 눈치채고 불편해졌다. 조엘이 맨 처음에 평범한 설명을 했을 때, 랜돌프는 식상한 농담을 듣는 사람처럼 무미건조하게 듣고 있었다. 기묘한 태도를 보면 사실을 이미 알고 있는 것 같기도 했다.

"그게 말이지," 에이미는 수박 피클을 입에 가져가다 말고 천천히 대답했다. "랜돌프, 이전에……," 에이미는 말을 멈추었다. 눈은 재미있어하는 매끈한 복숭아 얼굴을 향해 슬쩍 옆으로 돌아갔다. "음, 그 얘기는 마치……."

랜돌프는 식탁 밑에서 에이미에게 발길질을 했다. 어찌나 교묘하게 했는지 에이미가 그렇게 과하게 반응하지 않았더라면 조엘은 미처 눈치채지 못할 뻔했다. 에이미는 마치 번개가 의자를 흔들기라도 한 양 뒤로 몸을 홱 젖히며 장갑 낀 손으로 눈을 가리면서 가련하게 부르짖었다. "뱀, 뱀이다. 분명 뱀 같은 게 식탁 아래로 기어가면서 날 물었어. 내 발을 물었어. 바보, 절대 용서하지 않을 거야. 내 심장을 물었어, 이 뱀이." 이렇게 반복하다 보니 단어는 운율이 맞아떨어지면서 거대한 나방 그림자가 어른거리는 벽에서 벽으로 울렸다.

조엘은 공허함을 느꼈다. 거기에 있다가는 바지에 오줌을 지릴 것만 같았다. 지저스 피버의 집에서처럼 위로 콩콩 뛰거나 달려가고 싶었다. 다만 할 수 없었다, 이번은. 그래서 무화과나무가 촉촉하게 바람 묻은 전갈을 똑똑 두드려 보내는 창문만 빤히 쳐다보며 온 힘을 다해 저 멀리 있는 방을 찾으려 해보았다.

"당장 그만둬." 랜돌프는 혐오감을 감추려는 기색도 없이 명령했다. 하지만 에이미가 여전히 자제하지 못하자 손을 뻗어 입을 찰싹 쳤다. 그랬더니 에이미는 점점 소리를 줄이면서 딸꾹질하며 흐느끼는 소리를 냈다.

랜돌프는 달래듯 에이미의 팔을 건드렸다. "좀 나아졌어?" 랜돌프가 말했다. "맙소사, 깜짝 놀랐잖아." 랜돌프는 조엘을 힐끔 보면서 덧붙였다. "에이미는 흥분을 아주 잘하는 성격이라."

"정말 그렇지." 에이미도 동의했다. "재가 나 때문에 놀라지나 않았나 몰라."

하지만 조엘의 마음속 방 벽은 무척 두꺼워서 에이미의 목소리가 뚫고 들어오지 못했다. 한동안 조엘은 그 멀리 있는 방을 찾지 못했다. 늘 어렵기는 했지만 작년이 특히 어려웠다. 그래서 친구들을 다시 만나는 게 좋았다. 그들은 모두 여기 있었다. '수수께끼 신사'도. 그는 선홍색 망토에 깃털 달린 스페인 모자를 쓰고 반짝이는 외알 안경을 꼈으며 치아는 모두 순금이었다. 우아한 신사였지만 말할 때는 이를 악물고 거칠게 내뱉었다. 예술가이자 위대한 마법사인 그는 일주일에 두 번 뉴올리언스 시내에서 보드빌 쇼를 공연하며 온갖 기괴한 트릭을 다 선보였다. 두 사람이 친구가 된 사연은 이러했다. 언젠가 그 마법사가 조엘을 관람객 사이에서 뽑아 무대 위로 올라오라고 했다. 그러더니 한 바구니는 될 듯한 솜사탕을 조엘의 귀에서 뽑아내는 마술을 선보였다. 그 후 '수수께끼 신사'는 애니 로즈 쿠퍼맨 다음으로 그 다른 방에서 가장 환영받는 손님이 되었다. 애니 로즈는 세상에서 가장 귀여운 아이였다. 칠흑 같은 까만 머리는 파마한 듯 진짜 곱슬머리였다. 일요일이면 그 애 엄마는 윗도리부터 양말까지 눈처럼 하얀 옷을 입혀주었다. 현실에서 애니 로즈는 너무 오만하고 새침을 떨어서 조엘에게는 전혀 말도 붙이지 않았지만, 그 먼 방에서는 귀여운 작은 목소리로 계속 재잘댔다. "사랑해, 조엘! 난 너를 꼭 껴안아주고 싶을 만큼 너무너무 사랑해." 그리고 어김없이 다른 사람도 나왔다. 비록 같은 사람이 두 번 나온 적은 없었지만. 즉, 그 사람은 다양한 의상을 입고 변장을 하고 나타났다. 어떨 때는 서커스의 차력사이기도 했고, 다른 때는 어마어마한 백만장자이기도 했지만 그의 이름은 항상 에드워드

Q. 샌섬이었다.

랜돌프가 말했다. "에이미는 복수하려는 거야. 그렇다면 나도 마음을 착하게 써서 지옥 같은 피아노 연주를 몇 분이라도 참아 보기로 할까. 조엘, 등불 옮기는 것 좀 도와주겠어?"

부엌에서처럼, 등불을 높이 쳐들고 응접실로 향하는 복도를 지나는 동안 '수수께끼 신사'와 애니 로즈 쿠퍼맨은 어둠 속으로 미끄러져 갔다.

래그타임을 연주하는 손가락이 업라이트피아노의 빛바랜 상아 건반 위를 유령처럼 춤추었고, 〈파도 위를〉의 화려한 선율이 흐르자 촛대의 크리스털 장식이 흔들렸다. 에이미는 피아노 의자에 앉아 장식장에서 꺼낸 파란 레이스 부채로 작고 하얀 얼굴을 식히면서 기계적으로 움직이는 자동피아노 건반을 뺏뺏이 바라보았다.

"퍼레이드 노래네요." 조엘이 말했다. "한번은 마르디 그라* 축제 때 수레를 탔었어요. 검은 변발을 길게 땋은 중국인 같은 모양을 장식한 수레였는데, 술에 거나해진 남자가 변발을 잡아떼더니 채찍처럼 대로 한복판에서 자기 여자친구를 후려치더라고요."

랜돌프는 2인용 소파에 앉은 조엘 옆으로 슬금슬금 다가갔다. 그는 파자마 위에 나비 소매가 달린 시어서커 기모노를 입었고

*뉴올리언즈에서 부활절 46일 전에 열리는 사육제. 대규모 가장행렬로 유명하다.

통통한 발은 장식 무늬를 새긴 가죽 샌들에 감싸여 있었다. 샌들 밖으로 나온 발가락에는 투명 패디큐어를 칠했다. 가까이에 오니 랜돌프에게선 은은한 레몬 향이 났고 솜털 없는 얼굴은 조엘보다 딱히 더 나이 들어 보이지도 않았다. 그는 앞을 똑바로 쳐다보면서 조엘의 손을 잡더니 깍지를 꼈다.

에이미는 못마땅하게 부채를 탁 접었다. "나한테 고맙다는 말 안 했잖아." 에이미가 말했다.

"뭘 고마워하라는 거야, 예쁜 누님?"

랜돌프와 손을 잡고 있으려니 희미하게 불쾌한 기분이 들었고, 조엘의 손가락은 뜨겁고 건조한 랜돌프의 손바닥에 손톱을 확 박고 싶다는 생각에 뻣뻣해졌다. 또한 랜돌프는 반지를 끼고 있어서 조엘의 손가락 관절을 아프게 눌렀다. 여자 반지로, 날카로운 은제 받침대가 희뿌연 무지갯빛 오팔을 받친 모양이었다.

"왜, 그 깃털 말이야." 에이미가 기억을 되살렸다. "푸른색 어치 깃털."

"예쁘더라." 랜돌프가 말하면서 입으로 키스를 불어 보냈다.

에이미는 이제 흡족하게 부채를 펴서 격하게 부쳤다. 그 뒤로는 촛대가 바르르 떨렸고, 크리스털은 자동피아노에서 흐르는 쿵쿵대는 소음 때문에 이리저리 흔들리며 탁자 위에 라일락 빛을 산산이 흩뿌렸다. 텅 빈 벽난로 대신 놓은 등은 물결처럼 흔들리는 깜부기불 같은 빛을 발했다. "귀뚜라미가 오지 않은 건 올해가 처음이야." 에이미가 말했다. "여름마다 항상 벽난로 속에 숨어서 가을까지 노래했는데. 기억나, 랜돌프? 앤절라 리가 우리 보고 귀뚜라미를 죽이지 말라 했던 것?"

조엘이 인용했다. "풀숲에서 귀뚜라미 우는 소릴 들어보라. 사사프라스 나무 속에서 세레나데 부르는 소리에 귀를 기울이라."

랜돌프가 몸을 앞으로 숙였다. "참 매력이 넘치는 애란 말이야, 꼬마 조엘은. 귀여운 조엘." 그는 속삭였다. "여기서 행복하게 지내보렴. 나를 약간만 더 좋아하도록 해봐. 그럴 거지?"

조엘은 칭찬에 익숙했다. 머릿속에서 우러나는 상상의 칭찬도 마찬가지였다. 하지만 그렇게 대놓고 칭찬을 들으니 불편한 느낌이 들었다. 놀림당하고 있는 걸까, 비웃는 거야? 그래서 조엘은 순진한 둥근 눈을 향해 질문을 던졌고 자기의 소년 같은 얼굴을 이중 카메라 렌즈처럼 비추는 눈동자들을 보았다. 에이미의 사촌은 진심이었다. 조엘은 오팔 반지를 내려다보았고 감동한 나머지 손톱을 랜돌프의 손바닥에 박고 싶다는 못된 생각을 했다는 것 자체가 미안했다. "벌써 좋아하는걸요."

랜돌프는 미소를 띠며 손을 꼭 쥐었다.

"두 사람 뭘 소곤대?" 에이미가 샘을 냈다. "너무 무례하잖아." 갑자기 자동피아노가 조용해졌고 떨리던 촛대도 잠잠해졌다. "다른 거 하나 더 틀어도 돼, 랜돌프? 아, 그래도 되지?"

"벌써 충분히 들은 것 같은데……. 조엘이 또 듣고 싶다면 모를까."

조엘은 자기 힘을 맛보며 때를 기다리기로 했다. 하지만 다음 순간, 비참하고 외로웠던 오후를 생각하며 멸시하듯 부정적으로 고개를 내저었다.

에이미는 입을 샐쭉했다. "……앞으로 이렇게 망신 주기만 해봐라." 에이미는 랜돌프에게 말하면서 골동품 장식장으로 뛰어가 파란 부채를 도로 넣었다. 조엘은 저녁 먹기 전에 이 장식장의 내용물들을 이미 살펴보았고 자기도 그런 보물을 갖고 싶다고 생각했다. 배가 통통한 웃는 얼굴의 옥 불상, 머리 둘 달린 중국 악어, 1862년에 열렸고 로버트 E. 리의 자필 서명이 있는 리치먼드 무도회 프로그램, 군장을 다 갖춘 작은 밀랍 인디언, 악당 같은 콧수염을 단 남성적인 신사들을 섬세하게 그린 세밀화가 든 플러시 천 액자 여럿. "여긴 네 집이지. 나도 아주 잘 알고 있어……."

하지만 이상한 소리에 말이 끊겼다. 거대한 빗방울 하나가 뚝 떨어지더니 계단을 쿵쿵 두드리며 내려오는 듯한 소리. 랜돌프는 불편하게 몸이 굳어졌다. "에이미." 랜돌프는 이렇게 말하더니 의미심장하게 헛기침을 했다. 에이미는 움직이지 않았다. "그 여자예요?" 조엘이 물었지만 둘 다 대답하지 않았다. 조엘은 셰리주를 마신 것을 후회했다. 애써 집중하고 있지 않을 때는 응접실이 약간 갸우뚱하게 보였다. 폰차트레인의 마법의 집에 있는 거꾸로 된 방 같았다. 쿵쿵대는 소리가 멈추고 순간 정적이 흘렀다. 그러더니 평범한 빨간 테니스공이 조용하게 아치 복도 아래로 굴러왔다.

에이미는 무릎을 살짝 굽혀 공을 주운 후 장갑 낀 손에 세워놓고 면밀히 살폈다. 벌레 먹은 과일을 보는 듯했다. 그러더니 랜돌프와 곤란하다는 눈길을 교환했다.

"같이 갈까?" 에이미가 서둘러 나갈 때 랜돌프가 말했다.

"나중에, 넌 재 좀 침대에 재워." 에이미의 발걸음이 검은 계단 위에 울렸다. 어딘가 머리 위에서 문의 빗장이 딸각거렸다.

랜돌프는 애써 명랑한 표정을 지으며 조엘을 돌아보았다. "너, 인도 주사위 놀이 할 줄 알아?"

조엘은 아직도 테니스공 때문에 어안이 벙벙했다. 하지만 마침내 테니스공이 뜬금없이 방 안으로 굴러오는 일 따위는 아주 평범한 사건인 척하기로 결정을 내렸다. 웃어버리고 싶었다. 하지만 우습지는 않았다. 상황이 이런 식으로 흘러간다는 것이 믿기지 않았다. 실제로 눈앞에서 벌어지는 일과 이전에 가졌던 기대 사이의 차이가 너무 컸다. 서부극 쇼를 보려고 입장료를 냈더니 대신 멍청한 로맨스 영화를 트는 극장으로 들어온 기분이었다. 실제로 그런 일이 일어났다면 속임수에 넘어간 기분이 들었으리라. 그리고 이제 그렇게 속임수에 넘어간 기분이었다.

"아니면 점 봐줄까?"

조엘은 주먹 쥔 손을 들었다. 때 낀 손가락이 피어나는 꽃잎처럼 펼쳐졌다. 분홍색 손바닥엔 땀방울이 알알이 맺혀 있었다. 한번은 점쟁이란 얼마나 이상적인 직업인가 생각하며 관심이 생겨

뉴욕 시에서 《점의 기술》이라는 책을 주문했다. 소위 집시라는 사람이 쓴 책으로, 더러운 귀걸이를 낀 저자의 사진이 표지에 실려 있었다. 하지만 이 계획은 예산 부족으로 중단할 수밖에 없었다. 진짜 점쟁이가 되려면 상당히 비싼 기구들을 사야 한다는 것을 알았기 때문이다.

"자아," 랜돌프는 손을 그늘진 곳으로부터 등불 아래로 끌어냈다. "항해와 모험을 할 운명이 보이는데? 록펠러 가문의 어떤 예쁜 딸과 인연이 있네? 나는 희한하게도 미래에는 별로 흥미가 없어. 오래전에 내 인생은 다른 시대를 위한 것이었다는 사실을 깨달았거든."

"하지만 내가 알고 싶은 건 미래인걸요." 조엘이 말했다.

랜돌프는 고개를 저었다. 조엘을 차분히 쳐다보는 졸린 듯한 하늘색 눈은 또렷하고 진지했다. "현자들이 하는 말씀을 못 들어봤니? 우리 미래는 과거에 존재한다고."

"어쨌든 뭣 좀 물어보면 안 돼요?" 조엘은 대답을 기다리지도 않고 말했다. "제가 물어보고 싶은 게 딱 두 개 있어요. 하나는 언제 아빠를 만날 수 있죠?" 침침한 응접실의 고요 속에 '언제'가 메아리쳤다. 언제?

선웃음으로 얼굴을 굳히며 랜돌프는 손을 부드럽게 놓았다. 그는 일어서서 창가로 천천히 걸어갔다. 헐렁한 기모노가 펄럭거렸다. 그는 중국인처럼 양손을 나비 소매 속에 집어넣고 뻣뻣이 섰다. "네가 완전히 자리를 잡으면. 또 다른 질문은 뭔데?"

눈을 감았다. 별들이 어지럽게 솟아올랐다. 눈을 떴다. 갸우뚱 기울어진 방에선 금발 곱슬머리에 기모노를 입은 쌍둥이가 비뚤어진 바닥 위에서 앞뒤로 움직였다. "나 그 여자 봤어요. 진짜였어요. 그렇지 않나요?" 하지만 이건 조엘이 물어보려던 질문은 아니었다.

랜돌프는 창문을 열었다. 비는 그쳤고 매미는 촉촉한 여름 어둠 속에서 울어댔다. "관점에 따라서는 그렇겠구나." 그는 하품을 했다. "내가 잘 아는 여자기는 하지. 그리고 내게 그 사람은 유령이야." 밤바람이 정원으로부터 불어와 커튼을 빛바랜 황금 깃발처럼 휘날렸다.

5

수요일, 아침을 먹은 후 조엘은 방에 틀어박혀서 고심해가며 편지를 쓰는 업무에 착수했다. 덥고 지루한 아침이었고, 닫힌 문 뒤에선 랜돌프의 기침 소리가 간간이 들려오긴 했어도 평소와 다름없이 너무 고요하고 너무 잠잠했다. 통통한 말파리가 조엘이 대충 끼적이고 있는 레드치프* 공책 위를 향해 돌진했다. 학교에서 이렇게 엉망진창으로 글씨를 썼다간 습자에서 낙제를 했을 것이다. 조엘은 연필을 획 잡아당겨 돌렸다. 두 번 쓰다 말고 방에 있는 사기 요강에 소변을 보기도 했다. 분홍색 엉덩이의 큐피드들이 수채화 담쟁이와 제비꽃 다발을 움켜쥔 장식을 예술적으로 둘러놓은 요강이었다. 마침내 친한 친구 새미 실버스타인 앞으로

*붉은 표지에 인디언 추장이 그려진 공책. 오랜 세월 미국 어린이들 사이에서 큰 인기를 끌었다.

보내는 첫 번째 편지가 완성되었다. 내용은 다음과 같았다.

지금 내가 살고 있는 집은 무척 근사하니까 너도 좋아할 거야. 또 너처럼 우리 아빠도 비행기에 관해선 모르는 게 없으니까 아빠도 좋아할 거고. 하지만 우리 아빤 너희 아빠랑 별로 비슷하게 생기진 않았어. 안경을 쓰지도 않고 시가를 피우지도 않거든. 하지만 '수수께끼 신사'처럼 키가 커(만약 '수수께끼 신사'가 올 여름에 네모 극장에 온다면 편지로 얘기해줘). 또 파이프 담배를 피우고 아주 젊어. 아빠가 내게 22구경 총을 줘서 겨울이 오면 우리는 주머니쥐를 사냥해 주머니쥐 스튜를 먹을 거야. 너도 나를 만나러 왔으면 좋겠다. 그러면 우린 정말로 재미있게 놀 수 있을 테니까. 우리가 뭘 할 수 있냐면, 랜돌프 사촌하고 술을 진탕 먹을 수 있어. 우린 알코올(철자 맞나?) 음료를 마시고, 사촌은 아주 재미있거든. 물론 뉴올리언스와 같진 않아, 새미. 여기선 우리 정도 또래는 어른으로 취급해. 참, 너 나한테 20센트 빚졌다. 하지만 네가 매주 새로운 소식을 전해주면 없던 걸로 할게. 애들에게 안부 전해줘. 친구에게 편지 쓰는 것 잊지 말고…….

그런 후, 조엘은 꼼꼼하게 주의를 기울여 이름을 새로운 방식으로 적었다. J. H. K. 샌섬. 조엘은 편지를 몇 번이고 소리 내어 읽어보았다. 남다르고 어른처럼 들리고, 그 뒤에 어떤 자랑스러운 직함이 붙어도 잘 어울릴 것 같은 이름이었다. 장군, 판사, 주지사, 박사. J. H. K. 샌섬 박사, 저명한 수술 전문의. J. H. K. 샌섬 주지사, 민중의 선택("안녕하신가, 교도소장. 여기는 주지사일세. 주 피버를 사면하려고 전화했네"). 그리고 물론 전 세계와 모든 이가 조엘을 사랑할 것이다. 그럼 새미, 음, 새미는 이 옛 편지를 수천 달러를 받고 팔 수 있겠지.

하지만 점이 찍히지 않은 i와 가로선을 긋지 않은 t를 찾으면서 조엘은 자기가 쓴 내용이 다 거짓이라는 생각이 들었다. 진한 시럽처럼 종이 위에 새빨간 거짓말을 쏟아버렸다. 왜 그런 거짓말을 했는지 설명할 수는 없었다. 조엘이 한 말은 진실이어야만 했지만 그러지 못했다. 집에서는 엘렌 이모가 달갑지도 않은 잔소리를 끝없이 늘어놓았지만, 이젠 눈을 감았다 뜨면 이모가 거기 있었으면 했다. 이모라면 어떻게 해야 할지 알 텐데.

조엘의 연필은 빠르게 이동하며 띄엄띄엄 떠오르는 단어들을 이었다. 더 빨리 편지를 쓰지 못해서 정말 죄송하다, 이모가 안녕히 계시기를 바란다, 아이들도…… 모두 보고 싶다. 그들도 보고 싶어 할까? "여기는 좋아요." 조엘은 이렇게 썼지만 아픔이 저릿하게 밀려왔다. 그래서 일어나 방 안을 걸으며 두 손을 초조하게 맞부딪쳤다. 어떻게 이모에게 말한다지. 조엘은 창문 옆에 서서 정원을 내려다보았다. 지저스 피버의 수고양이가 기둥 폐허 사이를 행진할 뿐, 모두 가만히 고여 있는 가짜 그림처럼 보였다. 께느른한 버드나무는 아침 햇살 속에 그림자도 드리우지 않았다. 옛날 노예들을 부르던 일그러진 종은 높자란 잡초 사이에 가려져 있었다. 조엘은 생각을 제대로 된 순서로 정리하려는 듯 고개를 절레절레 젓고 다시 탁자로 돌아갔다. 그는 화를 내며 "여기는 좋아요"를 싹싹 지워버린 후 이렇게 썼다. "엘렌 이모, 난 여기가 싫어요. 아빠는 어디 있는지도 모르고 아무도 내게 말을 해주지 않아요. 내가 아직도 아빠를 보지 못했다면 믿으시겠어요, 이모? 솔직히 말할게요. 에이미 말로는 아빠가 아프다던데 난 한마디도 믿을 수가 없어요. 그 여자가 싫으니까요. 에이미는 우리 동네 길 아래에 살던 못된 애디 아줌마처럼 생겼어요. 괜한 트집을 잡던 그 사람요. 또 하나는 여긴 라디오도 영화도 재미있는 신문도 없어요. 또 목욕을 하고 싶으면 우물에서 물을 길어다 욕조에 채워야 해요. 랜돌프가 어떻게 지금처럼 깔끔하게 있는지 모르겠다니까요. 그 사람은 그럭저럭 괜찮아요. 하지만 뭉뚱그려보면 여기가 싫어요. 엘렌 이모, 제가 기숙학교에 갈 만한 돈을 엄마가 남겨주셨나요? 사관학교 같은 데요. 엘렌 이모, 보고 싶어요. 이모, 어떻게 해야 할지 말해주세요. 사랑하는 조엘이, XXXXXXXX.*"

이제 기분이 훨씬 좋아지고 마음이 편해졌다. 어떻게 할지 말해주세요. 엘렌 이모는 조엘을 실망시킨 적이 한 번도 없었으니까. 조엘은 어찌나 기분이 좋은지 편지를 봉투에 넣을 때는 휘파람이 절로 나왔다. 쌍둥이들이 가르쳐준 노래였다. "된바람이

*키스를 많이 보낸다는 뜻이다.

불어오면 눈이 올 거야…….” 이름이 뭐였더라? 다른 말괄량이는? 플로라벨과 아이다벨. 종일 여기서 어슬렁거리고 다닐 까닭이 없었다. 자기 집에 놀러 오라고 초대했잖아? 플로라벨과 아이다벨과 조엘. 그는 생각하며 행복하게 휘파람을, 크게 휘파람을 불었다.

“여기선 조용히 해줘.” 랜돌프가 낮은 소리로 불평하는 소리가 날아왔다. “나는 심하게, 정말 심하게 아파…….” 그리고 기침 발작이 일어났다.

하하! 랜돌프는 호수에 뛰어들라지. 하하! 조엘은 속으로 웃으면서 옻칠 상자가 있는 옛날 서랍장으로 갔다. 이제 조엘의 총알과 어치 깃털, 78센트에 달하는 동전이 든 상자는 맨 아래 바닥에 숨겨놓았다. 우표는 없는 만큼, 우체통에 6센트를 넣어놓으면 법적으로도 문제가 없겠지 싶었다. 그래서 조엘은 5센트 동전 하나와 1센트 동전 하나를 화장지에 싸고 편지를 그러모은 후 계속 휘파람을 불며 아래층으로 내려갔다.

아래층 우편함 앞에서 조엘은 주와 딱 마주쳤는데, 주는 혼자가 아니라 머리를 빡빡 민 키 작은 흑인과 얘기하는 중이었다. 이 사람이 바로 리틀 선샤인, 은둔자였다. 조엘이 이 사실을 알고 있는 까닭은 월요일 밤 저녁 시간에 리틀 선샤인이 나타나 부엌문을 두드렸기 때문이다. 그는 랜돌프를 만나러 왔다는데, 랜돌프 말에 따르면 두 사람은 '절친한 친구'였다. 리틀 선샤인이라는 사람은 지나치게 예의가 발랐고 가족 모두에게 선물을 가져왔다. 늪지에서 난 꿀 한 양동이, 집에서 담근 술 두 통, 솔방울과 참나리로 만든 화환. 랜돌프는 저녁내 이 화환을 머리에 얹고 휘돌아다녔다. 비록 리틀 선샤인은 저 멀리 어두운 숲에 살고 일종의 운둔자인 데다, 모든 이가 은둔자란 사악하고 미친 족속이라고 생각하지만 조엘은 그가 두렵지 않았다. "리틀 선샤인은 누구보다도 생각이 제대로 박혔는디요." 주가 말했다. "도련님한테는 솔직히 말하지요. 제 머리가 똑똑하게 돌아가기만 하믄, 대번에 이 사람이랑 결혼해버렸을 거라니께요." 하지만 조엘은 두 사람이 결혼한 모습이 머릿속에 그려지지 않았다. 먼저, 리틀 선샤인은 나이가 너무 많았다. 지저스 피버만큼 할아버지는 아니지만 분명히 그만큼 늙었다. 게다가 못생겼다. 한쪽 눈엔 녹내장이 꼈고 이는 거의 남아 있지 않았으며 고린내가 났다. 그가 부엌에 있는 동안 에이미는 장갑 낀 손을 손수건처럼 코에 갖다 댔고, 랜돌프가 그를 방으로 데려가자(술에 취해 얘기를 나누는 소리가 새벽까지 들려왔다) 안도의 한숨을 내쉬었다.

리틀 선샤인이 한 팔을 들었다. "니도 빨리 혀, 성호를 그으라니께." 그가 트롬본 같은 목소리로 우렁차게 말했다. "나랑 이렇게 대낮에 딱 맞닥뜨렸잖어." 조엘은 놀라서 성호를 그었다. 미소가 떠오르며 은둔자의 두껍고 주름진 입술이 쩍 늘어났다. "돌아보라니께, 꼬마야. 그럼 살아난 것이여."

그동안 주는 그 기린 같은 목에 은둔자가 묶어준 목걸이 같은 장식품을 숨기려 했으나 허사였다. 조엘이 물어보자 주는 무척 산란한 표정이었다. "목에 뭘 걸고 있어, 주?"

"저거 부적이여." 은둔자가 자랑스레 먼저 대답했다.

"입 닥치지 못하겄남." 주가 딱딱거렸다. "동네방네 떠들고 다니믄 효험 떨어진다고 방금 씨부렁거린 게 누군디." 주는 조엘을 돌아보았다. "도련님은 가던 길 가시는 것이 좋겄어라. 저는 이 남자랑 볼일이 쪼금 있으니께요."

좋아. 그러길 바란다면. 조엘에게 친구가 되어주겠다 해놓고! 조엘은 우편함으로 터벅터벅 걸어가 빨간 깃발을 올리고 편지를 안에 넣은 후 화장지에 싼 동전을 문진처럼 올려놓았다. 그런 후, 기억을 되살려 쌍둥이들이 사는 집 방향을 결정하고 터벅터벅 길을 나섰다.

길 가장자리를 따라 물안개가 피어오르는 숲 그늘을 걸을 때 모래가 발 주위에서 회오리쳤다. 우윳빛 유리 같은 하늘에 뜬 태양은 하얗게 보였다. 숲에서 솔랑솔랑 시원하게 흘러나오는 얕은 시내를 지날 때는 걸음을 멈추었다. 꽉 끼는 신발을 벗고 조약돌 위 물살이 소용돌이치며 물에 젖은 나뭇잎이 빙글빙글 돌아가는 물속으로 걸어 들어가고 싶었지만 자기 이름을 부르는 소리가 들리자 겁이 났다. 몸을 휙 돌리니 리틀 선샤인이 있었다.

은둔자는 호두나무 지팡이에 몸을 지탱하며 비척비척 앞으로 걸어 나왔다. 그는 항상 이 지팡이를 들고 다녔지만 조엘은 과연

이게 필요한가 의심이 들었다. 지팡이가 구부러졌다는 사실 말고도 리틀 선샤인의 다리는 전혀 이상이 없어 보였기 때문이다. 하지만 팔은 무척 길어서 손끝이 무릎에 닿을 정도였다. 리틀 선샤인은 셔츠도 없이 그 위에 너덜너덜한 멜빵바지를 입었고, 모자도 쓰지 않고 신발도 신지 않았다. "아이고메, 아 걸음이 어찌 그리 빠른겨." 리틀 선샤인은 헉헉댔다. "나 아니면 이 대낮에 누구겄어. 주가 그 부적을 갖다달라고 하도 조르니까 나온 거제, 아니면 세상 무너지는 한이 있더라도 나오진 않았을 거여."

조엘은 그가 자기 호기심을 일부러 자극하고 있다는 것을 깨달았다. 그래서 관심 없는 척했다. 이윽고 기대대로 리틀 선샤인이 알아서 덧붙였다. "그 부적을 지니고 다니믄 무서운 일들을 막아준다니께. 개구리 가루와 거북이 뼈로 내가 직접 만들었제."

은둔자가 절름발이라 걸음이 굼떠서 조엘도 속도를 늦추었다. 확실히 리틀 선샤인은 여러 면에서 지저스 피버 같았다. 실로 형제 사이일지도 몰랐다. 하지만 넓적한 못생긴 얼굴에는 노인의 얼굴에는 없는 교활한 구석이 있었다. "리틀 선샤인, 나한테도 부적 하나 만들어줄 수 있어요?"

은둔자는 이 빠진 잇몸을 빨았다. 태양이 풀 같은 푸른 눈동자를 탁하게 비추었다. "부적 종류가 솔찬히 많은디, 연애 부적도 있고 돈 붙는 부적도 있고. 무슨 부적 말하는겨?"

"주가 가진 부적 같은 것." 조엘이 말했다. "끔찍한 일들을 막

아주는 부적."

"워메!" 은둔자가 외치더니 가다 말고 우뚝 멈춰 섰다. 그는 지팡이로 길을 툭툭 찌르며 커다란 대머리를 흔들었다. "니같이 쪼끄만 애가 무슨 끔찍한 일이 있다고야?"

조엘의 시선은 지팡이에 기대 까닥거리는 이 못생긴 남자를 지나 저 멀리 길가의 소나무 숲 속으로 향했다. "모르겠어요." 그러더니 다시 시선을 은둔자에게 고정했다. 조엘은 이 부적이 얼마나 의미가 있는지 그에게 알려주려고 했다. "부탁이에요, 리틀 선샤인……."

그러자 리틀 선샤인은 한참 후에 고개를 옆으로 까닥하며 알겠다고, 부적을 만들어주겠다는 표시를 했다. 하지만. "니가 직접 가지러 와야 혀. 리틀 선샤인이 언제 또 이렇게 먼 길을 올지 모르니께. 그리고 수호 부적은 제일 필요할 때 가지고 다니지 않으믄 암 소용도 읎구먼."

하지만 조엘이 어떻게 은둔자의 집을 찾는다지? "나, 길 잃어버릴 텐데요." 조엘은 리틀 선샤인과 함께 길을 계속 따라가며 우겼다. 두 사람 주위에서 먼지가 일었고 태양은 빙빙 돌며 정오를 향해 갔다.

"아녀, 잃어버리지 않을 거여. 사람들이 리틀 선샤인을 찾으러 오믄 악마가 갈 길을 안내하니께." 리틀 선샤인은 하늘을 향해 지팡이를 들고, 헤엄치는 상어 같은 구름 한 점을 가리켰다. "저기 봐야. 서쪽으로 가지 않어. 저기 드라우닝 폰드 바로 위를 지날 거여. 드라우닝 폰드까지 오믄 호텔 놓칠 일은 없는겨."

조엘이 이제까지 들어본 은둔자에 관한 이야기로는, 그들이 쌀쌀맞을 정도로 말이 없다고 했다. 리틀 선샤인은 달랐다. 타고난 수다쟁이임이 분명했다. 조엘은 그가 숲 속에서 외로운 밤을 보낼 때면 두꺼비와 나무, 차가운 파란 별과 이야기를 나누리라는 생각에 이 노인이 정겹게 느껴졌다. 리틀 선샤인은 이제 어째서 드라우닝 폰드가 그런 이름인지 설명을 늘어놓고 있었다.

몇 년 전, 세기가 바뀌기 얼마 전에 바로 이 숲에는 호화로운 호텔이 있었다고 리틀 선샤인은 자랑했다. 클라우드 호텔이라는 이름으로 주인은 지미 밥 클라우드라고, 스컬리 가와도 친척인 과부였다. 그때는 이 호수 이름이 클라우드 호수였는데, 지하의 석회암 분수에서 솟아나는 수정같이 맑고 차가운 다이아몬드 눈目 같았다. 지미 밥 부인의 호텔에는 저 너른 하얀 홀을 행진하려고 먼 곳에서 온 무도회 손님들이 묵었다. 여름내 호수 주변의 잔디밭 위에는 실크 드레스를 입은 부인들이 높이 쳐든 오디색 양산들이 떠다녔다. 하얀 깃털 부채들이 공기 중에서 바스락거리고, 하얀 벨벳 무도화가 무도회장 바닥을 닦았으며, 선홍색 상의를 입은 하인들이 은쟁반 위에 붉은 포도주를 흘리면서 손님들 사이를 쓱쓱 헤치고 다녔다. 손님들은 5월에 와서 10월에 추억을 안고 떠나며 산더미 같은 금화를 남기고 갔다. 당시 리틀 선샤인은 마구간지기로 가장 좋은 말들의 털을 반들반들하게 빗어주는 일을 맡았다. 별들이 반짝이는 밤이면 그는 한데 섞여 여러 번 웅웅거리는 목소리들을 들으며 깨어 있곤 했다. 오, 하지 만 그때! 그렇지만 그때! 1893년, 어느 8월의 오후였다. 조엘 또래의 아이, 크리올* 소년 하나가 30미터는 될 듯한 참나무에서 호수 속으로 무모하게 뛰어내리다 물속에 가라앉은 통나무 두 그루 사이에 조개처럼 끼어 머리가 박살이 났다. 곧이어 두 번째 비극이 일어났다. 이번에는 큰 죄를 저지른 사기꾼 도박사가 호수로 헤엄쳐 들어가 돌아오지 않았다. 그렇게 겨울이 왔고 지났으며 또다시 봄이 왔다. 신혼여행을 온 부부가 배를 타고 호수로 나갔다가 루비가 번쩍이는 손 하나가 물속에서 쑥 올라와(그 도박사는 루비 반지를 끼고 다녔다고 한다) 보트를 뒤집었다고 주장했다. 다른 사람들의 목격담도 잇따랐다. 수영하던 사람 하나는 힘센 두 팔이 자기 다리를 올가미처럼 옭아맸다고 했다. 또 다른 사람은 둘 다, 즉, 도박사와 아이가 수면 아래서 떠다니는 모습을 대낮 햇빛처럼 선명하게 봤다고 주장했다. 두 사람은 이제 벌거벗었고 머리카락은 수초처럼 길고 녹색이며 뒤엉켜 있었다고 했다. 성난 부인들은 부채를 탁 접고 두려운 나머지 허겁지겁 실크 스커트를 그러모으고 떠났다. 이제 고요한 밤들이 이어졌고 잔디밭은 황량해졌으며 손님들은 영원히 사라졌다. 지미 밥 부인의 가슴은 무너졌다. 부인은 빌럭시에서 그물을 주문해 호수 바닥을 훑었다. "나는 부인에게 아무 소용이 없을 거라

*미국 남부의 프랑스나 스페인계 이민자와 흑인 사이에서 태어난 혼혈인.

고 했구먼. 그래봤자 두 놈을 못 잡을 거라고. 악마 놈이 지키고 있는디 어떻게 찾남." 그래서 지미 밥 부인은 세인트루이스로 가서 방을 하나 빌리고 침대 위에 휘발유를 흠뻑 뿌린 후 누워서 성냥을 그었다. 드라우닝 폰드.* 흑인들이 붙인 이름이었다. 오래된 수로의 오물이 천천히 석회암 분수 속으로 스며들어 물을 사악한 빛깔로 물들였다. 잔디, 대로, 오솔길 모두 황폐해졌다. 너른 쪽마루는 함몰되었다. 굴뚝은 늪이 된 땅에 가라앉았다. 폭풍우에 뿌리가 뽑힌 나무들은 현관 베란다 앞으로 기울어졌다. 분수 사이를 기어 다니던 물뱀들은 무도회장의 썩어가는 피아노 위에서 야상곡을 연주했다. 그곳은 끔찍하고 기이한 몰골의 호텔이 되었다. 하지만 리틀 선샤인은 남았다. 여기야말로 그가 있어야 할 집이라고 말했다. 옛날에 그랬듯이, 여길 떠난다면 다른 목소리, 다른 방, 잃어버리고 구름에 가려진 목소리들이 그의 꿈속에서 울릴 테니까.

이 이야기를 들으니 조엘의 머릿속에는 유령들이 떠도는 정원, 배배 꼬인 담쟁이가 무너진 기둥을 타고 내려오는 석양의 세계, 명주실 같은 거미줄이 수의처럼 감긴 나무들의 세상, 이 모든 것들이 깨진 유리창에 비쳐 뒤죽박죽된 그림이 되어 떠올랐다.

플로라벨 톰킨스는 허리까지 내려오는 긴 빨강 머리를 빗었다.

*익사 연못이라는 뜻이다.

무딘 정오의 햇살이 머리카락 가닥마다 쏟아졌다. "내가 너 보고 싶어서 얼마나 근질거렸는지 모를걸. 왜 오늘 아침만 해도 동생에게 말했어. '동생아, 오늘 손님이 올 것 같은 예감이 들어.' 그러고 이랬지. '그러니까 우리 머리 감자.' 당연히 그래도 아무 소용 없었지. 뭐 하나 씻는 법이 없으니까, 걘. 아이다벨? 아, 걔는 시냇가에 갔어. 우리 멜론을 거기 담가서 차갑게 해놓거든, 초여름에는. 아빠가 올해 일찍 심으신 거야." 플로라벨은 달빛을 받았을 때만큼 예쁘게 보이진 않았다. 얼굴은 납작하고 동생처럼 주근깨가 있었다. 치열이 약간 삐뚤빼뚤했고 입술은 못마땅한 양 새침하게 삐쭉 튀어나와 있었다. 플로라벨은 마당 구석 그늘에 서 있는 호두나무 사이에 매어놓은 그물침대에 등을 반쯤 기댔다. ("엄마가 직접 만드신 거야. 내 예쁜 옷들도 다 엄마가 만드셨어. 물방울무늬 스위스 모슬린 옷만 빼고. 하지만 동생에겐 아무것도 안 만들어줘. 엄마 말로는, 아이다벨은 아무거나 걸치고 돌아다니는 편이 낫다나? 옷이 멀쩡한 날이 없으니까. 솔직히 말할게, 녹스 군. 아이다벨 때문에 우리 속상해죽겠어. 엄마랑 나랑. 우리가 똑같은 드레스를 입으면 얼마나 귀엽겠어. 하지만…….") 플로라벨은 크레스* 핀셋을 들어 아픈 표정으로 분홍색 눈썹을 뽑기 시작했다. "동생이 장래 희망으로 선언한 게…… 아야! ……뭐냐면 농부가 될 거라나."

*상표명이다.

조엘은 풀밭 위에 다리를 쭉 뻗고 앉아 풀잎을 뜯다 물었다. "그게 뭐가 나쁜데?"

"참, 녹스 군도. 그냥 놀리려고 하는 말이지?" 플로라벨이 말했다. "농부가 되고 싶다는 얌전한 백인 소녀 얘기 들어봤어? 엄마도 나도 창피스러워. 물론 나는 걔 꿍꿍이속을 알지만." 플로라벨은 뭔가 계획을 꾸미는 듯한 얼굴을 지으며 목소리를 낮췄다. "걘 아빠가 돌아가시면 여길 자기 맘대로 할 수 있게 남겨줄 거라고 생각하는 거야. 어디 나를 속이려고."

조엘은 아이다벨이 물려받고 싶어 한다는 곳을 휙 둘러보았다. 집은 그늘진 나무숲 멀리 서 있었다. 멋진 집이었다. 소박하면서도 견고해 보였고 하얀 칠은 이제 약간 회색으로 변했다. 탁 트인 샷건 홀*이 앞부터 뒤까지 이어져 있고 현관 베란다 위에는 제라늄을 심은 화분들과 그네가 있었다. 1934년형 녹색 쉐보레가 주차된 작은 차고가 한쪽 옆에 붙어 있었다. 화단을 만들고 바위를 두른 깨끗한 마당에서 병아리들이 여기저기 모이를 쪼며 다녔다. 뒤편에는 훈제실과 양수 펌프 풍차가 있었고 완만히 솟은 첫 번째 목화 언덕이 보였다.

"아얏!" 플로라벨이 소리지르며 핀셋을 옆으로 던졌다. 플로라벨은 그물침대를 한 번 휙 밀어 앞뒤로 흔들면서 입술을 갑자기 앞으로 내밀었다. "난 있잖아, 배우가 되고 싶어……. 아니

*앞문부터 뒷문까지 바로 연결되는 일직선형 복도.

면 학교 선생님이나." 플로라벨이 말했다. "다만, 내가 배우가 되면 동생을 어떻게 해야 할지 모르겠어. 유명한 사람이 하나 있으면 언론에서 과거 생활에 관한 사실을 다 파헤치지 않니? 내 동생을 정말 나쁘게 말하고 싶진 않지만 말이야, 녹스 군. 하지만 내가 이 문제를 끄집어내는 건 걔가 녹스 군에게 반했기 때문이지……." 플로라벨은 얌전하게 눈을 내리깔았다. "그런데, 뭐, 그 불쌍한 애 소문이 어지간해야 말이지."

조엘은 결코, 비밀리에라도 속마음을 인정하지 않을 테지만 기분이 풀리며 우쭐해졌다. "무슨 소문?" 조엘은 미소를 띠지 않으려 조심하며 물었다.

플로라벨은 등을 쭉 폈다. "어머나, 신사분이." 플로라벨은 읊조리듯 말했다. 노부인 같은 틀에 박힌 태도는 겁이 날 정도로 정확했다. "난 녹스 군이 세상에서 인정받는 신사인 줄 알았는데." 플로라벨은 갑자기 약간 놀란 표정을 지으면서 다시 그물 침대 위로 드러누웠다. 그러더니 "아, 어이, 동생……. 여기 누가 왔나 봐."

"안녕." 아이다벨의 우물거리는 목소리에선 놀라워하거나 즐거워하는 기색이 전혀 없었다. 아이다벨은 거대한 수박을 안고 있었는데, 검정과 하양의 사냥개가 발 아래서 아이다벨을 졸졸 따라왔다. 아이다벨은 수박을 땅에 굴리며 위로 솟은 앞머리를 문질러 누른 후, 나무에 쿵 기대어 입고 있는 데님 바지의 허리띠 고리에 엄지손가락을 찔러 넣었다. 농부들이 신는 장화를 신고, "코카콜라를 마셔요"라는 전설적인 문구가 희미하게 변색된 스웨트셔츠를 입고 있는 아이다벨은 처음에는 조엘을, 그다음엔 언니를 보더니 무슨 무례한 말이라도 던지듯 손가락 사이로 능숙하게 침을 뱉었다. 늙은 개는 그 옆에 벌렁 드러누웠다. "여기는 헨리." 아이다벨은 발로 개의 갈빗대를 살살 쓰다듬으며 말했다. "얘는 지금 낮잠 자려고 하니까 큰 소리 내면 안 돼, 알겠지?"

"칫!" 다른 쌍둥이가 코웃음을 쳤다. "내가 잠시 눈이라도 붙이려고 할 땐 어떻게 되는지 녹스 군에게 보여줘야겠는데. 쿵, 쾅, 철썩!"

"헨리 기분이 안 좋아." 아이다벨이 설명했다. "아픈 게 아닌가 걱정돼."

"뭐, 나도 아픈데. 나도 이런저런 병에 걸렸단 말이야."

조엘은 아이다벨이 자기를 보고 미소를 지었다고 생각했다. 아이다벨은 보통 사람들처럼 미소를 짓지 않았고, 입꼬리 한쪽을 씩 올리며 냉소적인 표정을 띠었다. 랜돌프가 눈썹을 치키는 기술이나 비슷했다. 아이다벨은 바지 자락을 추켜올리고 무릎의 상처에서 딱지를 떼기 시작했다. "너, 랜딩에선 어떻게 지내냐?"

"그래." 플로라벨은 약간 교활하게 히죽 웃으며 몸을 앞으로 숙였다. "뭐 알아낸 거 없어?"

"좋은 곳이라는 것 말고는." 조엘은 신중하게 대답했다.

"하지만……," 플로라벨은 그물침대에서 내려와 그의 옆에 앉아 한쪽 팔꿈치를 수박에 괴었다. "하지만 내 말뜻은……."

"조심해." 아이다벨이 경고했다. "그저 널 슬슬 꼬여내려는 거니까."

이 말에 조엘은 웃음이 터졌고 긴장을 풀 수 있는 기회가 생겼다. 조엘이 지은 죄에는 거짓말, 절도, 나쁜 생각 등이 있었지만, 배신만은 조엘의 천성이 아니었다. 플로라벨에게 비밀을 털어놓아봤자 뭐 하나 생기는 거 없다는 사실을 잘 알았다. 비록 동정을 보이며 자기 얘기를 잘 들어줄 귀가 지금 절실하기는 했지만.

"아프니?" 조엘은 감사를 표하려고 상처에 관심이 있는 척 동생에게 물었다.

"뭐, 이 옛날 상처?" 아이다벨은 딱지를 뗐다. "젠장, 이전에는 야구공만큼 큰 종기가 엉덩이에 생긴 적도 있는걸. 하지만 그게 뭐든 난 눈 하나 깜짝 안 했어."

"흠, 엄마가 너 때려서 종기가 확 터졌을 때는 빽 소리를 질러놓고." 플로라벨이 새침하게 입술을 내밀며 기억을 깨우쳐주었다. 플로라벨이 수박을 콩콩 두드리자, 수박이 잘 익었는지 텅 빈 소리가 났다. "아, 아주 신선한 소리가 나는 것 같은데." 플로라벨은 손톱으로 수박 껍질에 자기 머리글자를 긁어 새기고 울퉁불퉁 하트를 그린 후, 화살로 가운데를 찌르고 옆에 M. S.라고 새겼다. 그런 다음 애교 있게 조엘을 쳐다보면서 M. S.는 수수께끼의 이방인Mysterious Stranger의 약자라고 말했다.

아이다벨은 잭나이프를 보여주었다. "봐." 아이다벨은 얇고 사악한 날을 휙 꺼냈다. "이걸로 사람도 죽일 수 있겠지, 그렇지 않냐?" 한 번 매섭게 휙 찌르자 수박은 쩍 금이 갔다. 아이다벨이 큼지막한 덩어리로 수박을 가르자 얼음같이 차가운 즙이 사방으로 퍼졌다. "아빠에게 한 덩이 남겨둬야지." 아이다벨은 마음 편하게 먹으려고 나무 아래로 들어갔다.

"차갑네." 조엘이 말했다. 빨간 물이 뚝뚝 떨어져 셔츠를 물들였다. "이 시내는 냉장고처럼 차가운가 봐. 그거 어디서 흘러나오는 거야? 드라우닝 폰드에서 흘러나오는 거 아냐?"

플로라벨은 아이다벨을 보았고, 아이다벨은 플로라벨을 보았다. 둘 다 어느 쪽이 대답할지 마음을 정하지 못한 것 같았다. 아이다벨이 과육을 뱉으면서 대답했다. "누가 말해줬어?"

"말해주다니?"

"드라우닝 폰드 말이야."

아이다벨의 목소리에 적대감이 서려 있어 조엘은 정신이 바짝 들었다. 하지만 이 경우엔 거짓말을 하는 것보다 진실을 말해서 손해 볼 건 없을 듯했다. "아, 거기 사는 사람이. 내 친구야."

아이다벨은 거친 비웃음으로 대답했다. "이 근방에서 그 소름끼치는 호텔 근처에 가본 사람은 나뿐이야. 야, 나도 심지어 그 사람은 잘 보지도 못했다고."

"얘 말이 옳아." 플로라벨이 덧붙였다. "항상 그 운둔자를 보고 싶다고 했다니까. 엄마는 우리가 착하게 굴지 않으면 그 사람이 잡아갈 거라고 했어. 하지만 요새 생각해보면 어른들이 그냥 만들어낸 사람 같아."

이제 조엘이 비웃을 차례였다. "한 시간 전에 저 길에 있었다면 내가 기꺼이 소개해주었을 텐데. 그 사람 이름은 리틀 선샤인이야. 그리고 나한테 약속을……." 하지만 조엘은 부적 얘기를 해서는 안 된다는 것을 떠올렸다.

그런 증언에 아이다벨은 대꾸할 말이 없었다. 말문이 막힌 것이다. 또 샘도 났다. "치." 아이다벨은 코웃음을 치고 수박 덩어리를 입에 넣었다.

나무 사이로 스며드는 햇빛 고리가, 떨어진 황금 열매처럼 짙은 풀 위에 어른거렸다. 금파리가 수박 껍질 위에 몰려들었고 풍차 너머 어딘가에서 워낭 소리가 나른하고 길게 울렸다. 헨리는 악몽을 꾸는 듯했다. 끙끙대는 콧소리에 플로라벨은 언짢은 모양이었다. 플로라벨은 한 손에 씨를 뱉고 읊었다. "고약한 늙은 개." 그러면서 씨를 개에게 세게 던져버렸다.

아이다벨은 잠시 아무 짓도 하지 않았다. 그러더니 일어서서 나이프의 날을 접어 주머니에 넣었다. 아이다벨은 천천히, 무표정하게 언니에게로 다가갔다. 플로라벨은 얼굴이 진분홍빛이 되어 초조하게 킥킥대기 시작했다.

아이다벨은 양손을 허리에 얹고 화강암 같은 눈으로 언니를 쏘아보았다. 아이다벨은 한마디도 하지 않았지만 앙 다문 잇새로 숨소리가 거칠게 새어 나왔고 목에 우묵하게 파인 자리에서 혈관이 불뚝거렸다. 늙은 개는 앞으로 터덜터덜 걸어 나오더니 적개심 어린 눈으로 플로라벨을 보았다. 조엘은 몇 미터 뒤로 물러섰다. 가족 간의 싸움에 휘말리고 싶지 않았다.

"그러다가 언젠가 그 눈알이 앞으로 튀어나오겠다." 플로라벨이 건방지게 쏘아붙였다. 하지만 아이다벨이 바위 같은 시선으로 계속 쏘아보자 뻔뻔한 자세가 점차 사라졌다. "네가 왜 이런 식으로 저 고약한 늙은 개를 싸고도는지 모르겠어." 플로라벨은 딸기색 곱슬머리를 손으로 돌돌 말면서 순진하게 눈을 깜박였다. "엄마가 언제든 아빠한테 쟤를 쏴버리라고 할걸. 우리한테 병을 옮길지도 모르니까."

아이다벨은 숨을 헉 들이켜고 몸을 앞으로 날렸다. 두 아이는 풀밭 위에서 서로 드잡이를 하며 데굴데굴 굴렀다. 플로라벨의 치마가 위로 추켜올라가자 조엘의 뺨이 벌게졌다. 플로라벨은 할퀴고 발로 차고 비명을 지르면서 간신히 빠져나왔다.

"야, 진정해……. 제발 동생아……. 부탁이야!" 플로라벨은 호두나무 뒤로 숨었다. 회전목마 위에 올라탄 인형처럼 여자아이들은 나무 둘레를 빙글빙글 돌았다. 이쪽으로 돌다가 반대로 돌다가. "엄마, 엄마 좀 데려와……. 아, 녹스 군, 쟤 미쳤나 봐……. 어떻게 좀 해!" 헨리는 시끄럽게 짖으며 소동을 피우기 시작했고 자기 꼬리를 잡으려고 빙빙 돌았다. "녹스 군……."

하지만 조엘도 아이다벨이 무서웠다. 이제까지 본 사람 중에서 가장 미친 사람 같았고 가장 재빨랐다. 고향에서는 여자애가 이렇게 빨리 움직일 수 있다는 말을 믿지 않으리라. 또한 끼어들었다간 비난의 손가락이 끝내는 자기에게로 돌아오리라는 걸 경험상 잘 알았다. 그가 먼저 시비를 걸었다고, 얘기가 그렇게 될 것이었다. 게다가 플로라벨은 그 씨를 던질 까닭이 없었다. 조엘의 마음속 깊은 곳에서는 플로라벨은 혼쭐이 좀 나도 상관없다는 기분이었다.

플로라벨은 마당을 가로질러 필사적으로 집으로 뛰어갔지만 아이다벨이 막아서는 바람에 아무런 소용이 없었다. 두 소녀는 한데 엉켜서 소리를 지르며 조엘 옆으로 왔다. 조엘은 갑작스레 호두나무처럼 자기 잘못도 아닌데 방패막이가 되고 말았다. 아이다벨은 조엘을 옆으로 밀치려 했다. 조엘이 꿈쩍도 않자, 아이다벨은 땀에 젖은 머리카락을 넘기면서 화를 벌컥 내며 용감한 푸른 눈으로 조엘을 노려보았다. "비켜, 빙충이 같은 게."

조엘은 아이다벨의 주머니 속에 든 칼을 떠올리고 플로라벨이 아무리 뭐라 애원하든 다른 데로 피하는 게 똑똑한 짓이겠다는 결론을 내렸다. 그래서 두 소녀는 다시 빙글빙글 돌면서 멀어져 갔고 나무 사이를 지그재그로 왔다 갔다 했다. 플로라벨의 머리카락은 등 뒤에서 펄쩍거렸다. 호두나무 두 그루 중 더 큰 나무에 이르자, 플로라벨은 위로 기어오르기 시작했다. 아이다벨은 꼴사나운 장화를 벗었다. "하, 그렇게 해서 얼마 멀리 못 갈걸!" 아이다벨은 고함을 치더니 원숭이처럼 민첩하게 나무 몸통을 잡고 올라갔다.

나뭇가지가 흔들리고 작은 가지들이 부러지더니 뜯긴 이파리가 조엘의 발치에 소나기처럼 내렸다. 조엘이 좀 더 잘 보려고 나무 둘레를 빙 돌자, 하늘은 가지 사이로 파랗게 무너져 내리는 듯했고, 태양에 더 가까이 올라가는 쌍둥이의 모습은 더 작고 환해서 어지러워 보였다.

플로라벨은 할 수 있는 한 멀리 꼭대기까지 올라갔다. 그곳은 안전한 요새 같은 위치였다. 거기서는 갈라진 나뭇가지에 걸터앉아 균형을 잡으면 어떤 공격도 막을 수 있었다. 적을 물리치려면 발로 차기만 하면 되니까.

"내가 못 기다릴 줄 아냐." 아이다벨은 말하면서 한 나뭇가지 위에 올라탔다. 그러면서 짜증스러운 얼굴로 조엘을 내려다보았다. "넌 집에 가."

"재 말은 무시해버려, 녹스 군."

"집에 가서 종이 인형이나 오려, 빙충아."

조엘은 아이다벨을 향한 증오를 품고 거기 서 있었다. 아이다벨이 나무에서 떨어져 목이 부러져버리기를 바랐다. 다른 말괄량이들처럼 아이다벨도 성질이 못됐다. 그저 속속들이 못된 아이였다. 눈시티의 이발사는 아이다벨의 속을 꿰뚫어본 것이었다. 우락부락한 사마귀 여자도 마찬가지였다. 플로라벨도 알았다. 다음 순간, 조엘은 어깨를 으쓱하고 고개를 들었다.

"애가 없을 때 다시 와." 조엘이 집으로 떠나자 플로라벨이 외쳤다. "녹스 군, 내가 혼자 알고 있으라고 한 얘기 기억해. 음, 똑똑한 사람은 척하면 삼천리니까…….”

말똥가리 한 쌍이 저 멀리 피어오르는 연기 위에서 날개를 빳빳이 펼치고 빙그르르 돌았다. 희누런 연기는 랜딩의 부엌 굴뚝에서 소용돌이처럼 위로 솟았다. 주가 저녁을 하나 봐. 조엘은 죽은 개구리를 뜯어 먹는 개미 떼를 피하려 길에 멈춰 섰다. 이제 주의 요리는 지겨웠다. 언제나 똑같았다. 콜라드, 참마, 동부 콩, 옥수수빵. 지금 당장은 스노우볼맨이라도 만났으면 싶었다. 뉴올리언스 고향에 있을 때면 매일 오후 스노우볼맨이 종을 맛나게 딸랑딸랑 울리면서 맛있는 먹을거리가 가득한 수레를 밀고 왔다. 단돈 몇 페니만 내면 체리와 초콜릿, 포도와 블랙베리가 무지개처럼 섞여 있는 여러 시럽 맛이 나는 빙수를 먹을 수 있었다.

개미들은 하늘로 쏜 스파크 폭죽처럼 허둥지둥 움직였다. 조엘은 아이다벨을 생각하며 쿵쿵 뛰어 개미 떼를 발로 뭉개버렸다. 하지만 이런 사악한 춤은 아이다벨에게서 받은 모욕 때문에 상처받은 마음을 전혀 달래주지 못했다. 두고 봐! 주지사가 되면 두고 보자고. 경찰들에게 아이다벨을 체포하게 해서 천장에 작은 문이 달린 지하 감옥에 가둬버려야지. 그러면 조엘은 그 문 아래로 내려다보며 비웃어줄 수 있으리라.

하지만 랜딩의 모습, 나뭇잎에 가려 어둑해진 흐릿한 윤곽선이 한눈에 들어오자 조엘은 아이다벨을 그저 잊어버렸다.

도로 감겨 들어오는 연처럼 말똥가리는 낮게 돌았고, 그 그림자는 비스듬한 널지붕 위에서 빙빙 회전했다. 굴뚝에서 나오는 연기 기둥은 바람 한 점 없는 뜨거운 대기 속에서 끊어짐 없이 솟았다. 일종의 신호였다. 적어도 거기 사람이 산다는 신호. 조엘은 이 사실을 깨닫고 텅 비어 고요한 다른 집들을 살폈다. 하지만 어느 집 하나 그렇게 황폐하게 보이지도 않았고 잠잠하지도 않았다. 이곳은 마치 유리 원뿔 안에 갇힌 것 같았다. 그를 차지하려고 기다리는 원뿔 안은 끝없이 지루한 오후였다. 계단을 한 단씩 오를 때마다 집에 점차 가까워졌고 신발은 돌로 밑창을 댄 듯 무거웠다. 한 번의 오후도 이런데. 앞으로 몇 달 동안 몇 번의 오후를 더 지내야 할까?

하지만 우편함에 가까워졌을 때, 명랑한 빨간 깃발이 여전히 올려져 있는 모습을 보자 좋은 기분이 돌아왔다. 엘렌 이모가 상황을 바꾸어주리라. 이모가 문제를 해결하면 조엘은 모든 사람이 다른 모든 사람과 똑같은 학교에 갈 수 있을 것이다. 눈과 된바람에 관한 노래를 부르면서 조엘은 발길을 멈추고 우편함을 휙 열었다. 우편함 깊숙이 편지 한 무더기가 쌓여 있었다. 물빛 봉투 안에 넣어 봉한 편지들이었다. 아버지가 엘렌 이모에게 보낼 때 썼던 편지지와 똑같았다. 거미 같은 손글씨도 동일했다. 멕시코 주 몬테레이, 우체국장 전교轉交, 페페 알바레스 씨 앞. 다음으로는 일본 후쿠오카, 우체국장 전교, 페페 알바레스 씨에게. 일곱 통 모두 곳곳의 우체국장을 통해 페페 알바레스 씨에게 보내는 편지였다. 뉴저지 주 캠던, 인도의 라호르, 덴마크의 코

펜하겐, 스페인의 바르셀로나, 아이오와 주 키어커크.

하지만 조엘의 편지들은 이 사이에 없었다. 조엘은 분명히 편지들을 우편함 안에 넣었던 기억이 있었다. 리틀 선샤인이 보지 않았나. 주도. 하지만 그 편지들은 어디에 있지? 물론 집배원이 벌써 왔다 간 게 분명하다. 그렇다면 어째서 우편배달 차 소리를 듣거나 보지 못했을까? 그 차는 반쯤 부서진 포드라서 상당히 요란한 소리가 나곤 했다. 그때 조엘의 발치 흙먼지 속에서 화장지 포장에서 떨어져 나온 동전들이 보였다. 5센트와 1센트짜리 동전이 짝짝이 눈처럼 그를 향해 반짝거렸다.

바로 이 순간 총소리가 채찍처럼 정적을 갈랐다. 조엘은 몸을 숙여 동전을 주우며 굳어버린 얼굴을 집 쪽으로 돌렸다. 현관 베란다나 길에는 아무도 없었다. 어디든 사람의 흔적 하나 없었다. 또다시 총소리가 울렸다. 나무우듬지로 날아오르는 매들은 날개를 사납게 퍼덕였고, 그들의 그림자가 어둠의 섬처럼 타는 듯 뜨거운 모랫길 위를 쓸고 지나갔다.

2부

6

“가만히 계셔라.” 부엌 등불 아래 주의 눈은 공단 같았다. “이렇게 꼼지락거리는 사람 첨 보네. 제가 이 머리카락 자르게 가만 계셔라. 다시는 계집애같이 하고 돌아다니는 꼴 내 놔둘 수 없으니께요. 이것부터 명심하셔요. 사람들은 도련님이 오줌도 앉아서 눈다고 할 거여라.” 정원 가위가 싹둑싹둑 소리를 내며 그릇 둘레를 돌았다. 파란 대접은 조엘의 머리에 헬멧처럼 딱 맞았다. “머릿결이 당밀처럼 고운 것이, 가발 만드는 사람한테 팔아도 되겄구먼요.”

조엘이 꿈틀거렸다. “그래서 에이미 양이 그 말을 한 다음에 주는 뭐라고 했어?” 조엘은 주가 아까 하던 얘기로 돌아가기를 초조하게 바랐다.

“뭘 말혀요?”

"랜돌프가 그렇게 아픈데, 장총을 쏘다니 참 배짱도 대단하다고 했다면서."

"아이고." 주가 툴툴댔다. "그러니께, 제가 바로 나가서 에이미 아씨에게 그랬어라. 이렇게 말했지라. '에이미 아씨, 저 매 새끼들일랑은 우리가 쏴서 쫓아버리지 않으면 여길 죄다 도적질해갈 거구먼요. 올봄에만도 벌써 병아리를 통통한 놈으로 세 마리나 낚아채 갔다니께요. 게다가 랜돌프 씨도 쫄쫄 굶으면 아파서 누워 있는 와중에 재미날 일이 하나도 없지 않겄어요.'"

주는 대접을 치우고 두 손을 망원경처럼 모아서는 조엘의 의자 주위를 빙글빙글 돌며 여러 각도에서 새로 자른 머리를 보았다. "이젠 머리가 단정하니 잘 다듬어졌구먼요. 가서 창문에 비춰보셔요."

저녁 유리는 은색으로 빛났고 조엘의 얼굴은 투명하게 비쳤다. 그 얼굴은 변해서 나방들이 도는 등불의 노란색과 섞였다. 자기 모습이 보였다. 자기 모습을 지나 그 너머까지 보였다. 밤새 한 마리, 쏙독새가 무화과 나뭇잎 속에서 휘파람을 불었다. 반딧불이는 푸른빛이 넘치는 대기 속에서 반짝였으며 배의 등불처럼 어둠 속을 나아갔다. 자른 머리는 볼품이 없었다. 윤곽만 봤을 때는 거대한 지구본 형태의 머리를 한 그런 얼간이들과 비슷했다. 게다가 조엘은 요새 랜돌프의 아부 때문에 자기 외모를 의식하고 있었다. "이상해." 조엘이 말했다.

"거참." 주는 남은 저녁 음식 찌꺼기를 돼지 먹이로 쓸 쓰레기

통에 버렸다. "도련님도 케그 브라운처럼 뭐 하나 아는 게 없다니께." 주가 중얼거렸다. "그 사람은 제가 아는 사람 중에서 제일로 무식할 거여라. 하지만 도련님도 만만치 않게 무식하구먼요."

조엘은 랜돌프를 흉내 내어 한쪽 눈썹을 치키며 말했다. "내 감히 말하는데, 네가 깜깜 모르는 것도 난 알고 있지."

부엌을 어슬렁거리면서 청소하는 주에게서 우아한 아름다움이 사라졌다. 동물 같은 걸음 아래서 마루는 삐그덕삐그덕 소리를 냈고 등불을 내리려 허리를 굽히자 긴 얼굴에 어린 상처 입은 슬픔이 가면처럼 언뜻 스쳤다. "제가 감히 말하는디," 주는 조엘을 똑바로 보지 않으면서 목에 건 수건을 잡아당겼다. "도련님이 주보다야 똑똑할지 모르지요. 하지만 주는 사람들이 무슨 기분인지는 훨씬 더 잘 알지라. 적어도 공연스레 아무 까닭도 없이 딴 사람들 맘 상하게 하고 다니진 않으니께."

"뭐," 조엘이 말했다. "뭐, 그냥 농담한 거야, 솔직히," 조엘은 주를 껴안으며 얼굴을 주의 배에 꼭 묻었다. 주에게서는 달콤한 냄새가 풍겼다. 이상하도록 짙은 새콤달콤한 냄새였다. 또 조엘의 머리카락을 빗어주는 손가락은 시원하고 힘찼다. "난 주가 좋아. 주는 나를 좋아해야만 해서 좋아해주니까."

"어이쿠야, 하느님." 주는 몸을 떼며 말했다. "지금이야 새끼 괭이지만, 도련님이 어른처럼 훌쩍 크면…… 솔찬한 수괭이가 되겄구먼요."

조엘은 문간에 서서 주가 든 등불이 어둠을 가르는 것을 바라보았다. 지저스 피버의 창문들에 색이 물드는 것이 보였다. 조엘은 여기에 있고, 주는 거기에 있고. 둘 사이에는 한밤이 펼쳐져 있었다. 기묘한 저녁이었다. 랜돌프는 방에 틀어박혀 있고 에이미는 저녁상을 따로 차렸다. 하나는 랜돌프에게 줄 모양이었고 다른 하나는 아마도 샌섬 씨 몫인 듯했다(에이미는 이렇게 말했다. "샌섬 씨는 차가운 콩은 안 먹을 거야"). 에이미도 탈지유 한 잔만 꿀꺽 삼키고 금방 식탁을 떴다. 하지만 조엘은 이야기를 계속 늘어놓았다. 이야기를 해야 걱정을 몰아낼 수 있었다. 또 주도 이야기를 해주었다. 우습고도 슬픈 허풍 이야기들. 이따금 두 사람의 목소리가 한데 어우러져 노래, 여름 부엌의 발라드를 만들어냈다.

처음부터 조엘은 이 집에서 복잡하게 섞인 소리들을 인식하고 있었다. 침묵의 가장자리에 있는 소리, 돌과 나무가 내는, 마음을 가라앉히는 한숨. 마치 오래된 방들이 일정하게 바람을 들이쉬고 내쉬는 듯했다. 랜돌프가 이런 말을 한 적도 있었다. "우리는 가라앉고 있어. 지난해에는 10센티미터나 내려앉았는걸." 이 집은 흙 속에 빠져들고 있었다. 이 집, 그들, 모두가 그와 함께 가라앉고 있었다. 조엘은 방을 통과해 가면서 은빛 굴을 따라 내려가 그늘에 가려진 홀로 들어가는 두더지를 상상했다. 흙이 꽉꽉 들어찬 방 사이를 미끄러져 가는 가늘고 긴 패랭이꽃, 해골의 눈알 구멍에서 피처럼 쏟아져 내리는 라일락. 가버려, 조엘은 계단 위에 신경질적인 빛을 던지는 등불을 향해 올라갔다. 가벼려, 조엘의 상상은 너무 애매하고 끔찍했다. 하지만 집 전체가 가라앉는다는 게 가능할까? 그래, 그런 이야기를 들어본 적 있었다. '수수께끼 신사'는 손가락만 탁 튕기면 뭐든지 휙 사라지게 할 수 있었다. 인간도 마찬가지였다. 지상 위에서 바로 사라져버릴 수 있었다. 조엘의 아버지가 그렇게 되었던 것이다. 사라져버렸다. 어머니처럼 슬프지만 점잖은 방식이 아니라 그저 사라져버렸다. 조엘은 아버지를 찾아야 할 이유도 없었다. 그런데도 어째서 사람들은 연극을 하는 걸까? 어째서 그냥 대놓고 말하지 않을까? "샌섬 씨라는 사람은 없어. 넌 아버지가 없단다." 그러고 조엘을 보내버리면 되지 않나. 엘렌 이모는 항상 신실한 기독교인이 해야 할 일을 구구하게 강조했다. 그때는 그게 무슨 뜻이었는지 궁금했지만 지금은 알았다. 진실을 말하는 것이 신실한 기독교인이 해야 할 행동이었던 것이다. 조엘은 깨어 있지만 꿈꾸는 기분으로 계단을 천천히 올랐다. 조엘은 꿈속에서 클라우드 호텔을 보았다. 곰팡이가 낀 기울어진 방, 흑거미가 친 거미줄 커튼이 걸린, 바람에 부서진 창문. 하지만 갑자기 여기가 호텔이 아니라는 것을 깨달았다. 실로 호텔이었던 적도 없었다. 여기는 사람들이 지상에서 사라질 때 오는 곳이었다. 죽었지만 죽지 않았을 때 머무르는 곳. 조엘은 리틀 선샤인이 묘사한 무도회장을 생각했다. 밤이 내려와 벽을 태피스트리처럼 덮었다. 꽃다발의 이파리가 말라비틀어져 잎맥만 남은 잔해가 물결진 바닥에 흐트러져 있다가 꿈에 취한 발걸음 아래서 가루로 부서졌다. 조엘은 가시 먼지가 날리는 어둠 속을 걸으며 어떤 이름, 자기 이름을 부르는 소리에 귀를 기울였지만 여기 그를 부를 아버지는 없었다. 그랜드피아노의 그림자가 긴꼬리산누에나방의 날개 무늬처럼 둥근 천장 위에 점점이 어렸다. 건반 앞에는 달빛에 하얗게 적셔진 눈을 하고, 차가운 백발 고수머리 가발을 삐뚤게 쓴 그 여자가 앉아 있었다. 그 여자는 지미 밥 클라우드 부인의 유령일까? 세인트루이스의 하숙집에서 분신했다던 클라우드 부인일까? 이게 대답일까?

무언가 조엘의 무릎에 부딪혔고 지금 일어나는 모든 일은 무척 빠르게 일어났다. 흐릿한 빛이 순간 번득이는가 싶더니 위층 복도에서 문이 쾅 열렸다. 그때 무언가 조엘을 치는 느낌이 들었다. 휙 스치고, 계단을 쿵쾅쿵쾅 내려갔다. 갑자기 몸의 주요 부위가 망가진 시계의 스프링처럼 풀려나간 양, 조엘은 뼈가 다 빠진 느낌이었다. 작은 빨간 공이었다. 공은 구르면서 방바닥에서 통통 튀었다. 조엘은 아이다벨을 생각했다. 아이다벨처럼 용감했으면 좋겠다고 생각했다. 조엘에게도 형이나 누나나 누구라도 있었으면 좋겠다고 생각했다. 죽었으면 좋겠다고 생각했다.

랜돌프가 맨 위 난간 위로 몸을 숙였다. 포개진 두 손은 기모노 소매 속으로 들어가 있었다. 눈은 기운 없이 흐릿했으며 술에 취한 듯했다. 조엘을 보았는지는 모르나 아무런 표시도 하지 않았다. 이윽고 랜돌프는 기모노를 부스럭거리며 복도를 지나 어떤 방문을 열었다. 방에서 나오는 기이한 촛불 빛이 그의 얼굴에 떠다녔다. 그는 안으로 들어가지 않고 거기 서서 두 손을 이상하게 꼼지락거렸다. 그러더니 몸을 휙 돌려 계단을 내려오기 시작했다. 마침내 조엘과 마주했을 때 랜돌프는 단지 이 말만 했을 뿐이었다. "물 한 잔만 갖다 줘." 그다음 말없이 도로 올라가 방 안으로 들어갔다. 조엘은 꼼짝도 하지 못하고 오랫동안 계단 위에서 기다렸다. 벽에서는 목소리가, 돌과 나무가 내뱉는 안도의 한숨 소리가, 고요의 가장자리에 맞닿는 소리가 들렸다.

"들어와." 에이미의 목소리가 집 안에 울려 퍼졌다. 문지방에 서서 기다리던 조엘은 심장이 갈라지는 기분이었다. "거기 조심하렴, 얘야." 랜돌프는 차양 달린 침대 발치에 맥없이 늘어져 있었다. "물 엎지르지 마."

하지만 조엘은 떨리는 손을 진정할 수도 없었고 눈의 초점을 제대로 맞출 수도 없었다. 에이미와 랜돌프. 약간 거리를 두고 떨어져 있긴 해도, 마치 샴쌍둥이처럼 한데 붙어 있었다. 두 사람은 일종의 기형 동물 같았다. 반은 남성, 반은 여성. 방 안에 켜진 여남은 자루의 촛불은 밤의 열기 때문에 힘없이 휘어져 있었다. 석회암으로 된 벽난로는 희미하게 빛을 발했고, 조엘이 들어가자 난로 선반에 놓인 크리스털 야생동물들이 시냇물이 흐르듯 짤랑거렸다. 공기에는 천식 진정용 담배와 쓰던 리넨, 위스키의 냄새가 짙게 배어 있었다. 시계처럼 규칙적으로 벌레들이 날아와 들이받는, 닫힌 유리창 앞에 보이는 에이미의 얼굴은 풀을 먹인 듯 딱딱해서 동전에 새긴 옆모습 같았다. 에이미는 작은 바느질 의자에 앉아 자수 견본을 만드는 일에 골몰하면서 몸을 앞뒤로 까닥거렸다. 장갑 낀 손에 들린 바늘이 라일락색 천을 리듬에 맞게 찔러댔다. 에이미는 일종의 밀랍 기계, 전신 크기의 인형처럼 보였고 일에 부자연스러울 정도로 집중하고 있었다. 에이미는 책을 거꾸로 들고 읽는 척하는 사람 같았다. 랜돌프는 거위 깃털 펜으로 손톱을 손질하면서 에이미와 비슷한 태도를 꾸미고 있었다. 조엘은 그들이 자기가 여기 있는 게 점잖지 못한 행동인 양 받아들인다는 느낌을 받았지만, 이제 와서 물러날 수도 없고 앞으로 나아갈 수도 없었다. 침대 옆 탁자 위에는 관심을 사로잡는 물건 두 개가 있었다. 그중 하나는 베네치아의 경관을 조각한 장밋빛 반투명 유리공 램프였다. 하늘색 운하 위 호화로운 궁전을 유유히 떠가는 황금색 곤돌라, 짓궂은 표정의 곤돌라 뱃사공, 그리고 연인들. 다른 하나는 우윳빛 유리로 만든 누드 조각상으로 작은 은거울을 들고 있었다. 이 거울에 두 눈이 비쳤다. 조엘은 즉시 그 눈을 알아채고 그 외에는 어떤 것에도 시선을 두지 않았다.

눈물이 고인 회색 눈이었다. 그 눈은 멍한 광채를 담고 조엘을 바라보았다. 그러다 곧 그를 알아봤다는 듯 엄숙하게 눈을 두 번 찡긋 감았다 시선을 돌렸다. ……그래서 조엘은 오직 머리의 일부분밖에 볼 수 없었다. 불결한 베개 위에 무기력하게 놓인, 머리카락을 다 밀어버린 머리.

"물을 마시고 싶대." 랜돌프가 엄지손가락 손톱 아래를 깃털펜으로 긁으며 말했다. "네가 직접 먹여줘야겠다. 불쌍한 에디, 완전히 맥을 못 추네."

그때 조엘이 물었다. "이분이세요?"

"샌섬 씨야." 에이미의 입술은 수를 놓고 있는 장미 봉오리처럼 꼭 다물어졌다. "이분이 샌섬 씨야."

"하지만 저한테는 아무 말 하지 않았잖아요."

랜돌프는 침대 기둥을 붙잡고 몸을 일으켜 세웠다. 기모노가 펄럭이며 분홍색의 튼실한 허벅지와 털 하나 없는 다리가 드러났다. 덩치 큰 남자들이 많이들 그렇듯이 예상치 못하게 민첩하게 움직일 수 있었지만, 지금 필요 이상으로 술을 많이 마신 터라 얼굴에 한껏 주름이 지도록 멍한 미소를 띠며 조엘을 향해 다가올 때는 금방이라도 넘어질 것만 같았다. 랜돌프는 몸을 숙여 조엘과 눈높이를 맞추고 속삭였다. "뭘 말 안 했다는 거야, 아가?"

그 눈이 다시 거울을 덮었고 떨어지는 빛 속에서 두 눈의 영상이 실룩였다. 금으로 된 결혼반지를 낀 손이 퀼트 이불 아래서 쑥 나와 빨간 공을 밀어 보냈다. 그 동작이 마치 신호, 도발과 같아 조엘은 랜돌프를 무시하고 씩씩하게 공을 잡으러 앞으로 나갔다.

7

여자아이는 발로 돌을 걷어차고 휘파람을 불며 길을 따라 올라왔다. 어깨에 얹은 대나무 막대기는 늦은 오후의 태양을 향했다. 두 손으로는 당밀 양동이를 들고 장난감 같은 색안경을 썼다. 사냥개 헨리가 옆에서 느실느실 따라오며 더운지 빨간 혀를 쑥 내밀었다. 집배원을 기다리던 조엘은 소나무 뒤에 숨었다. 잠깐, 이게 좋을 거야. 그러면 깜짝 놀라게 해줄 수 있겠지……. 저기, 거의 가까이 왔다.

그때 여자아이는 멈추어 서더니 색안경을 벗어 카키색 반바지에 문질렀다. 눈을 가리면서 조엘이 숨은 나무를, 그리고 그 너머를 똑바로 쳐다보았다. 랜딩의 현관 베란다에는 아무도, 살아있다는 기척 하나도 없었다. 여자아이는 어깨를 으쓱했다. "헨리." 여자애가 개를 부르자 개가 슬프게 눈을 흡떴다. "헨리, 너한테 맡길게. 개를 같이 데리고 갈까 말까?" 헨리가 하품했다. 그 바람에 파리 한 마리가 입속으로 윙 날아 들어갔고 헨리는 꿀꺽 삼켜버렸다. "헨리." 여자아이는 어떤 소나무 한 그루를 찬찬히 살피면서 말을 이었다. "어떤 소나무는 그림자가 좀 웃기지 않니?" 잠깐 침묵. "좋아, 도련님, 나오시지."

조엘은 수줍게 햇빛 속으로 나왔다. "안녕, 아이다벨." 조엘이 인사하자 아이다벨이 웃었다. 이 웃음소리는 철조망보다 더 거칠었다. "야, 그거 아냐?" 아이다벨이 말했다. "지난번에 아이다벨을 속여먹으려 했던 남자애는 아직 뼈도 못 추리고 있어."

아이다벨은 색안경을 다시 끼고 반바지를 한 번 휙 추켜올렸다. "헨리와 나는 메기 잡으러 가던 참이야. 네가 도움이 될 수 있다면 같이 가도 좋아."

"도움이 된다는 게 무슨 뜻이야?"

"아, 낚싯바늘에 미끼를 끼운다거나 하는 거지……." 아이다벨은 양동이를 기울여 그 안에 든 하얗고 꿈틀거리는 벌레를 보여주었다.

조엘은 징그러워서 시선을 돌렸지만 생각했다. 그래, 아이다벨이랑 같이 가야겠다. 그래, 혼자 있지 않는다면 뭐든 하겠어. 바늘에 미끼를 끼우든지, 아이다벨의 발에 입을 맞추든지 중요하지 않았다.

"옷 갈아입는 게 좋을 거야." 아이다벨이 말했다. "무슨 주일처럼 옷을 빼입고 있냐."

실로 조엘은 가장 좋은 옷, 무도 수업에 가려고 산 하얀 플란넬 양복을 입었다. 이 옷을 입은 까닭은 랜돌프가 조엘의 그림을 그려준다고 약속했기 때문이었다. 하지만 저녁 식사 때 에이미는 랜돌프가 아프다고 했다. "불쌍한 애 같으니. 이런 더위에. 내가 보기엔 살만 조금 빼면 그렇게까지 힘들지는 않을 텐데. 앤절라 리도 그런 식이었어. 열기에 나가떨어졌지." 앤절라 리에 대해선 주가 이런 이상한 이야기를 한 적이 있었다. "그 마님에겐 참말로 이상한 일이 일어났구먼요. 돌아가시기 전에 생긴 일인디. 턱수염이 돋았지 뭐여라. 첨에는 얼굴에서 송송 솟아나더니만 나중엔 징하게 많이도 났어라. 누런색에 철사처럼 어찌나 질기던지. 제가 마님 수염을 깎아드리곤 했는디요, 머리부터 발끝까지 마비가 돼 꼼짝도 못하신 데다 피부는 꼭 죽은 사람 같았구먼요. 하지만 이 턱수염이라는 게 어찌나 빨리 자라는지, 제가 도저히 따라잡을 수가 없지 않았겄어요. 그래서 마님이 돌아가셨을 때 에이미 아씨가 읍내에서 이발사를 불렀어라. 뭐, 이 남자가 한번 쓱 보더니만 그대로 계단을 내려가 현관으로 갔다니께요. 거, 참는데도 어찌나 웃음이 나던지!"

"그냥 오래된 옷이야." 조엘은 돌아가 갈아입기 싫어서 이렇게만 말했다. 에이미가 가면 안 된다고 막고 대신 아버지에게 책을 읽어주라고 할까 두려웠다. 아버지도 앤절라 리처럼 마비되어 꼼짝도 할 수 없었다. 오로지 몇 단어만(남자아이, 왜, 친절, 나쁘다, 공, 배) 말할 수 있었고 고개를 약간 움직이거나(그래,

아니야), 한 팔만(관심을 끌기 위해 공을 떨어뜨리는 정도) 움직일 수 있었다. 모든 기쁨, 모든 고통은 눈으로만 전했고 그의 눈은 여름의 창문처럼 감기는 법 없이 항상 뜨여 있거나 응시하고 있었다. 잠을 잘 때조차도.

아이다벨은 조엘에게 벌레가 든 양동이를 맡겼다. 사탕수수 들판을 가로질러, 실처럼 가늘게 뻗은 길을 올라, 마당에서 벌거벗은 아이가 새끼 흑염소를 어루만지고 있는 어떤 흑인 집을 지나, 아이들은 씁쓰름한 산벚나무가 죽 늘어선 대로를 통과해 숲 속으로 들어갔다. "저거 먹으면 술에 취해 해롱거리게 돼." 산버찌를 의미하는 것이었다. "욕심 사나운 늙은 살쾡이가 저걸 먹고 취해서 밤새 울어댄다니까. 그 소릴 들어봐야 하는데……. 달과 버찌 즙을 마시고 미쳐서 우는 거지." 눈에는 보이지 않지만 새들이 나뭇잎 사이를 돌며 바스락거리고 노래를 불렀다. 고요해 보이는 숲의 전면 아래에선 쉴 새 없이 바삐 움직이는 발들이 플러시 천 같은 이끼를 밟으며 돌아다녔고, 라임 같은 빛이 스며들어 자연의 어둠에 얼룩을 남겼다. 아이다벨의 대나무 막대기는 낮게 드리운 나뭇가지를 긁었고, 열의와 의심에 찬 개는 그물처럼 얽힌 블랙베리 덤불숲 옆을 몸을 비스듬하게 기울여 달려갔다. 헨리는 보초, 아이다벨은 정찰대, 조엘은 포로. 세 탐험가는 땅 위의 엄숙한 길을 밟으며 꾸준히 아래로 내려갔다. 날개가 까맣고 가장자리가 주황색인 나비가 빗물이 고여 만들어진 바퀴 크기의 웅덩이 위를 빙빙 돌았다. 날개가 스칠 때마다 그림자가 어른거리는 녹색 수면 위에 흔적을 남겼다. 셀로판지 같은 방울뱀 허물이 길 위에 흩어져 있었고 은색 거미줄이 끊어져 태아의 대망막大網膜처럼, 떨어진 나뭇가지를 덮었다. 아이들은 작은 사람 무덤을 지나쳤다. 쪼개진 비석 십자가에는 비문이 쓰여 있었다. "토비, 고양이에게 살해당하다." 무덤은 푹 내려앉았고 플라타너스 뿌리가 깊은 곳에서부터 자라 뻗어 있었다. 분명히 오래된 무덤임을 알 수 있었다. "저게 무슨 뜻이야? 고양이에게 살해당하다니?" 조엘이 물었다.

"내가 태어나기 전에 있었던 일이야." 그걸로 모든 게 설명된다는 듯 아이다벨이 대답했다. 아이다벨은 길을 벗어나 지난겨울의 이파리들이 높이 쌓인 터로 들어섰다. 저 멀리 스컹크 한 마리가 휙 달려가자 헨리가 앞으로 튀어 나갔다. "이 토비란 애는 흑인 아기였어. 그 애 엄마가 주처럼 스컬리 집에서 일했지. 지저스 피버의 부인이었어. 그리고 토비는 두 사람 아기였고. 옛날 스컬리 할머니가 커다랗고 예쁜 페르시아 고양이를 키웠거든. 그런데 어느 날 토비가 자고 있는 새, 고양이가 슬금슬금 다가와서 주둥이를 토비의 입에 대고 숨을 다 빨아들여 버렸어."

조엘은 그 말을 믿지 않는다고 했다. 하지만 그 말이 사실이라면 분명히 이제까지 들어본 이야기 중 가장 끔찍한 이야기였다. "지저스 피버가 결혼한 적이 있는지도 몰랐는데."

"네가 모르는 건 많아. 온갖 이상한 것들……. 대부분 우리가 태어나기 전에 일어났던 일이야. 그래서 내겐 훨씬 더 현실적으로 느껴져."

태어나기 전. 그래, 그때는 어떤 시대였지? 지금 같은 시대 아니었나? 그때 사람들은 죽었어도 여전히 지금과 같았을 것이다. 이 나무, 저 하늘, 이 땅, 저 도토리 씨, 태양과 바람은 모두 같았다. 오로지 사람만이, 먼지로 변해버린 심장만이 달라졌을 뿐이었다. 이제 열세 살이 된 조엘은 앞으로 올 어느 나이보다도 죽음에 대한 지식에 더 가까이 다가갔다. 꽃 한 송이가 마음속에서 피고 있었다. 곧 꽉 다문 꽃잎들이 펼쳐지고 청춘의 정오가 하얗게 타오르면 그도 다른 사람들처럼 다른 문이 열리기를 돌아보며 찾을 것이었다. 아이들이 걷는 숲 속에선 종달새의 지치지 않는 노랫소리가 100년 혹은 그 이상 울려 퍼졌었고, 헤적헤적 돌아다니던 흑인들은 기타를 연주하며 산적들이 묻어놓은 황금에 관한 연가나 슬픔에 관한 유령 같은 노래들을 불렀었다. 오래전의 연가. 태어나기 전.

"나는 아냐. 그렇다고 별로 현실적으로 보이지 않는걸." 조엘은 이 말의 진실성에 여전히 사로잡혀 우뚝 멈췄다. 에이미, 랜돌프, 그의 아버지, 모두 다 시간을 벗어나 유령처럼 현재를 빙빙 돌고 있었다. 그래서 그들 모두 꿈처럼 보였던 것일까? 아이다벨은 손을 뒤로 뻗어 조엘의 손을 끌었다. "잠 깨." 조엘은 놀라서 눈을 크게 뜨고 아이다벨을 쳐다보았다. "하지만 안 돼. 그럴 수 없어."

"뭐가 안 된다는 거야?" 아이다벨이 톡 쏘았다. "아니, 아무것도 아니야." 그들은 초기의 항해자들이 되어 함께 내려갔다.

"내 색안경 써봐." 아이다벨이 선뜻 말했다. "모두 더 예쁘게 보일 거야."

불안한 피라미 떼가 바늘처럼 물을 수놓는 시내를 풀빛 렌즈가 물들였다. 더 깊은 여울엔 이따금 우연히 햇빛이 비쳐들어 더 큰 물고기가 보이기도 했다. 수면 아래서 천천히, 까맣게 움직이는 통통하고 둔한 농어. 아이다벨의 낚싯줄이 시내 한가운데 물살 속에서 떨렸다. 한 시간 후에도 입질 한 번 없자, 아이다벨은 낚싯대를 두 개의 그루터기 사이에 꽉 끼워 넣고 몸을 젖혀 머리를 이끼 무더기에 기댔다. "좋아. 도로 줘." 아이다벨이 요구했다.

"어디서 났어?" 조엘은 자기도 갖고 싶어서 물어보았다.

"순회공연단 쇼에서." 아이다벨이 대답했다. "매년 8월이면 공연단이 와. 그렇게 크진 않지만, 하늘을 나는 요정도 있고 대관람차도 있어. 병 안에 머리 둘 달린 아기도 있어. 이 색안경은 상품으로 탄 거야. 이전엔 항상 쓰고 다녔지. 밤에도. 하지만 아빠가 그러면 눈 버린다고 했어. 담배 피울래?"

담배는 한 개비밖에 없었다. 우그러진 윙 담배. 아이다벨은 담배를 둘로 나누고 성냥을 그었다. "봐, 나 큰 고리 속에 작은 고리 넣을 수 있다." 연기 고리가 하늘로 올랐다. 파란색에, 완벽한 모양. 무척 잠잠했지만 사위에는 무언가 움직이는 느낌이 있었다. 미묘하고 비밀스럽게 변하는 움직임. 잠자리가 물 위를 미끄러졌고, 보이지 않는 갑작스러운 동작이 이제 모두 시들고 향기를 잃은 은방울꽃 송이를 쓱 떨어뜨렸다.

조엘이 말했다. "뭐 잡힐 것 같지 않은데."

"처음부터 그럴 거라고 생각도 안 했어." 아이다벨이 말했다. "그냥 여기 와서 걱정거리를 생각해보고 싶었어. 여기라면 아무도 나를 찾으러 오지 않을 테니까. 그냥 누워서 편히 쉬기 좋은 곳이거든."

"무슨 걱정이 있는데?"

"그거야 내 일이고. 너 그거 아냐……? 너 재수 없게 오지랖 넓다. 꼬치꼬치 캐묻는다고 날 잡을 수 있을 거 같아? 이 시골엔 그럴 수 있는 사람은 하나도 없지. 다들 널 산 채로 잡아먹을걸. 넌 이방인이고 랜딩에 사니까. 플로라벨을 봐. 걔가 얼마나 염탐꾼인지."

"난 걔가 아주 예쁘다고 생각하는데." 그저 약을 올리려고 한 말이었다. 아이다벨은 아무 대꾸도 하지 않았다. 대신 담배꽁초를 휙 던지더니 손가락을 입술 사이에 넣고 소년처럼 휘파람을 불었다. 헨리는 시내의 얕은 가장자리를 따라 토닥토닥 걸으면서 강둑을 따라 올라갔다. 털은 물에 젖어 빛났다. "겉으로 보면 예쁘지, 물론. 하지만 중요한 건 안에 있는 거잖아." 아이다벨은 개를 껴안으며 말했다. "항상 아빠한테 헨리를 없애야 한다고 그래. 헨리가 죽을병에 걸렸다고. 속이 그런 애야."

오후의 하얀 얼굴이 하늘에서 형체를 갖췄다. 적은 저기 있다고 조엘은 생각했다. 유리 같은, 연기 같은 구름 뒤에. 적이 누구든, 무엇이든, 환히 빛나기만 할 뿐 텅 빈 이미지의 얼굴이었다. 이런 면에서 아이다벨이 부럽기도 했다. 적어도 아이다벨은 자기 적이 누군진 아니까. 너랑 너. 이렇게 말할 수 있을 테니까. 그건 그렇고 이건 이렇고. "너 정신 나갈까 봐 두려워해본 적 있어?"

"생각해본 적 없는데." 아이다벨은 웃음을 터뜨렸다. "사람들 말로는 난 아예 나갈 정신이 없대."

조엘이 대답했다. "농담하지 말고. 내 말뜻은 이거야. 그런 거 본 적 있어? 사람이나 집이나 뭐 그런 걸 보고 느끼고 진짜라는 것도 확실히 알지만……, 그런데……."

"진짜가 아니라는 거지." 아이다벨이 말을 받았다. "그 뱀이 물었을 때 난 일주일 동안 사방 모든 게 다 기어 다니는 끔찍한 곳에 사는 기분이었어. 바닥이든 벽이든, 모든 게 다. 그냥 다 멍청한 생각이었지. 하지만 그땐 특이한 일이 있었어. 지난여름 어거스트 삼촌이랑 같이 갔었거든(삼촌은 여자애를 아주 무서워해서 쳐다보지도 않으려 해. 하지만 난 여자애가 아니라고 했어. 어거스트 삼촌 참 좋아. 우린 형제 같아). ……펄 리버에 갔었어……. 어느 날 이 어두운 데를 노를 저어 가는데 뱀들이 우글우글한 섬이 나온 것 있지. 정말 작은 섬이었어, 나무 한 그루밖에 없는. 그런데 늙은 살모사가 넘쳐나는 살아 있는 섬이었어.

심지어 나뭇가지에도 걸려 있고 그랬어. 얼마나 으스스했다고. 사람들이 꿈이 현실이 된다고 할 때 그게 무슨 말인지 알겠더라."

"내가 말하는 건 그런 게 아니야." 조엘의 목소리는 당황스러워서 나지막했다. "꿈은 달라. 꿈은 잃어버릴 수도 있지. 하지만 뭔가 실제로 본다면 말이야……. 어떤 부인을 봤다고 하자. 아무도 있어서는 안 될 장소에 그 여자가 있는 걸 본 거야. 그 후에는 머릿속에서 떠나지 않고 계속 따라다녀. 이런 식이야. 요전날 밤 주가 겁을 냈어. 개가 우는 소리를 들었다나? 주는 남편이 돌아오는 거라며 창문으로 갔어. '그 사람이 보여요.' 주가 말했어. '무화과나무 아래에 쭈그려 앉아 있어요. 눈이 어둠 속에서 샛노랗게 보여요.' 하지만 내가 봤을 땐 아무것도 없었어."

이 모든 이야기를 아이다벨은 대수롭지 않게 받아들이는 듯했다. "야, 됐다!" 아이다벨이 고개를 흔들자 짧게 자른 빨강 머리가 근사한 불처럼 흔들렸다. "주가 진짜로는 미쳤다는 거 모르는 사람이 없어. 한번은 오늘처럼 뜨거운 날이었어. 내가 길을 가는데 주가 그 멍청한 표정으로 우편함 옆에 서 있더라. 그러면서 이러는 거야. '간밤에 참 곱게도 눈이 왔구먼요.' 항상 눈 얘기를 하잖아. 항상 뭔가 보인다고 하고. 그 주는, 미친 주는."

조엘은 적의를 품고 아이다벨을 노려보았다. 얼마나 못된 거짓말쟁이인가. 주는 미치지 않았다. 그러지 않았다. 하지만 첫 대화에서 주가 눈 이야기를 한 것이 기억났다. 주위의 모든 것이 휙 무너졌다. 숲은 하얗게 어지러웠고, 이제 말을 하는 아이다벨의 목소리는 부드럽고 눈처럼 고요했다. "아이보리야. 이거 물에 뜬다."

"뭐 하라고?" 조엘은 아이다벨이 주머니에서 꺼내준 비누 덩어리를 받아들었다.

"씻으라고, 바보야." 아이다벨이 말했다. "그렇게 계집애처럼 새침한 얼굴 할 거 없어. 난 여기 올 때마다 항상 때를 미니까. 자, 저 낚싯대가 있는 그루터기에 옷을 두면 돼."

조엘은 수줍게 지정된 장소를 쳐다보았다. "하지만 넌 여자잖아."

아이다벨은 지나치게 경멸 어린 표정을 지으며 허리를 쭉 폈다. "야." 아이다벨은 손가락 사이로 침을 뱉었다. "네가 바지 입고 다닌다는 건 내게 새삼스럽지도 않고, 딱히 내가 상관할 일도 아냐. 난 1학년 때부터 남자애들이랑만 어울려 다녔거든. 난 내가 계집애라고 생각한 적 없어. 너도 똑똑히 알아둬라. 아니면 우린 절대 친구가 될 수 없으니까." 이런 허세를 부리기는 했지만 아이다벨은 특별히 강렬한 순진한 표정으로 선언했다. 아이다벨은 얼굴을 찡그리며 두 주먹을 맞부딪쳤다. "나도 정말 남자애가 되고 싶은데. 그러면 선원이 될 거야. 나중에……." 그 목소리에 어린 허탈한 느낌은 마음에 와 닿았다.

조엘은 일어서서 셔츠 단추를 풀기 시작했다.

조엘은 침대처럼 쭉 깔려 있는 차가운 조약돌 위에 누웠다. 시원한 물이 살랑살랑 물결치며 몸을 씻어주었다. 조엘은 자신이 하나의 나뭇잎이면 얼마나 좋을까 싶었다. 물살에 실려 흘러가는 나뭇잎. 나뭇잎 소년, 가볍게 떠내려가리라. 떠내려가서 강으로, 바다로, 세계의 가장 큰물 속으로 사라져버리리라. 조엘은 코를 잡고 머리를 물속으로 집어넣었다. 조엘은 여섯 살이었고 1페니 동전 색깔이었던 눈은 무서워서 휘둥그레졌다. 성령이시여, 목사는 이렇게 말하며 조엘의 머리를 침례수 속으로 들이밀었다. 조엘은 비명을 질렀고 신도석 맨 앞줄에 앉아 있던 어머니가 앞으로 돌진해서 아들을 두 팔에 안고 부드럽게 속삭였다. 사랑하는 아가, 사랑하는 아가. 거대한 고요로부터 고개를 들어보니 아이다벨이 장난스럽게 물장구를 쳤고 동시에 7년이 휙 사라졌다.

"너, 털 뽑은 닭 같다." 아이다벨이 말했다. "삐쩍 말라갖고 희멀겋기는."

조엘은 의식이 된 나머지 어깨가 움츠러들었다. 조엘의 알몸에 아이다벨은 진정으로 관심이 없긴 했지만 조엘은 아이다벨의 기대만큼 이 상황에 스스럼없이 적응할 수가 없었다.

아이다벨이 말했다. "이제 가만히 있어. 내가 머리 감겨줄게." 아이다벨 본인의 머리카락은 케이크 위의 설탕옷처럼 곱슬곱슬한 비누 거품으로 잔뜩 덮여 있었다. 옷을 벗으니 아이다벨의 몸매는 한층 더 소년 같았다. 학이나 개량 죽마에 탄 사람처럼 다리가 길었고 섬세한 어깨까지 얼룩덜룩 덮은 주근깨 때문에 묘하게 서글픈 인상을 주었다. 하지만 가슴은 벌써 부풀어 오르기 시작했고 엉덩이도 풍만해지리라는 기운을 살며시 풍겼다. 조엘은 아이다벨을 우울하고 괴팍한 아이로 여겼던지라 이 소녀가 이처럼 웃기고 명랑하게 굴 수 있다는 데 깜짝 놀랐다. 아이다벨은 조엘의 두피 위에서 손가락을 리듬 있게 움직이며 계속 웃고 농담을 했다. 어떤 농담은 약간 천박하기도 했다. "……그래서 그 농부가 그런 거야. '분명 그 여자애는 참 예쁘지. 그럴 수밖에. 실크 손수건을 걸러 나왔으니까.*'"

조엘이 웃지 않자 아이다벨이 말했다.

"왜 그래? 무슨 말인지 몰라?" 조엘은 고개를 저었다. "참, 너 도시 출신이지." 아이다벨은 한숨을 지었다.

"그게 무슨 뜻이야……? 실크 손수건을 걸러 나왔다는 게?"

"됐다, 야." 아이다벨은 머리를 헹궜다. "넌 너무 어려." 그때 조엘은 아이다벨도 자기가 한 농담의 요점을 잘 모른다는 것을 눈치챘다. 아이다벨이 말하는 태도도 원래 그 애의 말투와는 사뭇 달랐다. 누군가를 흉내 내고 있었다. 조엘은 누군지 궁금해져서 물었다. "너 그 농담 어디서 들었어?"

"빌리 밥이 말해줬어."

"그게 누구야?"

"그냥 빌리 밥이야."

*오래전 프랑스에서 유래한 농담으로 피임 기구가 없었을 때 실크 손수건을 대신 썼다는 데서 유래했다.

"너 걔 좋아해?" 조엘은 어째서 그렇게 질투가 나는지도 알지 못한 채 물었다.

"그럼 좋아하고말고." 아이다벨은 일어나서 물을 향해 첨벙첨벙 걸어갔다. 수면에 눈을 고정하고 천천히, 무척 우아하게 걸어가는 아이다벨은 먹이를 찾는 새 같았다. "그럼, 빌리 밥은 진짜로 나의 가장 친한 친구인걸. 참 강한 애야, 빌리 밥은. 우리가 4학년 때 아주 못된 에이킨스 선생님이 우리 담임이었는데 빌리 밥의 손바닥을 자로 막 때렸지만 걘 한 번도 울지 않았어."

두 아이는 몸을 말리려고 양지바른 곳에 앉았고 아이다벨은 색안경을 썼다.

"나도 운 적 없어." 조엘은 거짓말을 했다.

아이다벨은 엎드려서 이끼를 손가락으로 만지작거리며 부드럽게 사실 그대로 말하듯이 말했다. "뭐, 나는 우는데. 가끔 울어." 아이다벨은 조엘을 빤히 쳐다보았다. "하지만 다른 사람에게 말하면 안 돼, 알겠지?"

조엘은 말하고 싶었다. 그래, 아이다벨. 귀여운 아이다벨. 난 너의 진정한 친구야. 그리고 아이다벨을 만지고 싶었다. 두 팔로 안고 싶었다. 갑자기 이것만이 지금 조엘이 느끼는 감정을 표현할 수 있는 유일한 수단처럼 보였다. 조엘은 더 가까이 다가가서 손을 뻗은 후, 숨이 막힐 듯 부드럽게 아이다벨의 뺨에 입을 맞췄다. 소리가 스러졌다. 빛과 그늘의 희박한 분위기가 두 사람 몸 위에 어른거리는 이파리의 그림자처럼 그들 사이로 지나가는 듯했다. 그때 갑자기 아이다벨이 바짝 긴장했다. 아이다벨은 조엘의 머리카락을 잡아당기기 시작했다. 아이다벨의 행동에, 무시무시하고 당황스러운 분노가 조엘을 타고 지나갔다. 이것은 진정한 배신이었다. 그래서 조엘은 저항했다. 두 아이는 얽혀서 몸싸움을 했다. 하늘이 뒤집혔다, 내려갔다, 빙글 돌았다. 아이들은 구르고 또 굴렀다. 색안경이 땅에 떨어졌다. 조엘은 뒤로 떨어져 나오다 안경을 깔고 앉는 바람에 엉덩이를 베이고 말았다. "그만." 조엘은 헐떡였다. "그만둬. 나 피 나." 아이다벨이 조엘을 타고 앉았다. 강한 손이 조엘의 손목을 잡아 꼼짝 못하게 땅에 대고 눌렀다. 아이다벨은 빨갛게 달아오른 화난 얼굴을 조엘의 얼굴 가까이 갖다 댔다. "항복이냐?"

"나 피 나." 조엘이 할 수 있는 말은 이뿐이었다.

이윽고 아이다벨은 조엘을 놓아주고 물을 가져다 베인 상처를 씻어주었다. "괜찮을 거야." 아이다벨은 아무 일 없었던 양 말했다. 곧, 어설프지만 아무 일도 없었던 듯 되었다. 물론 왜 싸웠는지는 둘 다 설명할 수 없었다.

조엘이 말했다. "안경 깨서 미안해."

깨진 조각이 마치 녹색 빗방울처럼 땅 위에서 반짝거렸다. 아이다벨은 몸을 굽혀 조각을 줍기 시작했다. 그러다 생각을 고쳐먹고 도로 쏟아버렸다. "네 잘못 아냐." 아이다벨은 슬프게 말했다. "어쩌면…… 어쩌면 언젠가 다른 안경을 상품으로 탈지도 모르니까."

8

랜돌프는 물을 채운 작은 식초 단지에 붓을 담갔다. 보라색 물감이 빨리 자라는 덩굴손처럼 스르르 퍼져갔다. “웃지 마라, 귀염둥이.” 랜돌프가 말했다. “난 사진사가 아냐. 그렇다고 화가라고 할 수도 없지. 즉, 사물을 보고 취해서 전달하는 사람을 화가라고 정의한다면 아니라는 거야. 나한텐 항상 왜곡의 문제가 있어. 난 본 것보다 생각한 걸 더 많이 그리거든. 가령 몇 년 전 베를린에서 있었던 일인데, 너랑 비슷한 또래의 소년을 그린 적이 있어. 그런데 그림에서는 지저스 피버보다 더 늙어 보이는 거야. 현실에선 눈이 아이 같은 파란색인데 내가 본 눈은 흐릿하고 멍했어. 하지만 내가 본 게 진실이었지. 꼬마 커트는, 그게 개 이름이었는데, 알고 보니까 공포 그 자체였거든. 두 번이나 나를 죽이려고 했지……. 두 번 다 감탄이 절로 나올 만큼 창의적인 방

법이었어. 불쌍한 아이. 걔가 어떻게 되었는지 궁금하네…….
아니면 말이 났으니 말이지, 나는. 그래, 이게 정말 흥미로운 질문이지. 나는 어떻게 된 걸까?" 랜돌프는 말하는 동안 줄곧 자기 문장에 부호를 찍듯 붓을 단지 속에 푹 찔러 넣었다. 물은 점점 진해지면서, 한가운데에서 붉은 밧줄이 숨겨놓은 꽃처럼 풀려나갔다. "아주 좋아. 등을 기대라. 잠깐 쉬자."

조엘은 한숨을 쉬며 랜돌프를 흘긋 보았다. 랜돌프의 방에 들어온 건 처음이었다. 그렇게 두 시간이 지났건만 아직도 제대로 적응하지 못했다. 이제까지 보던 방과는 전혀 달랐다. 장식 거울에는 빛바랜 황금과 얼룩진 실크가 비쳐서 조엘은 사탕을 너무 많이 먹은 느낌이었다. 방이 크긴 했으나 어디 발 한 짝 둘 데가 마땅치 않을 정도로 빈 공간이라고는 없었다. 조각 탁자, 벨벳 의자, 가지가 뻗은 촛대 들이 많았고 독일산 뮤직박스가 하나 있었다. 책과 그림은 홍수에 실려 온 물건들이 창문으로 들어와서 여기 가라앉은 양 서로 뒤죽박죽 쏟아져 있었다. 사람의 간 모양으로 생긴 책상 뒤에는 액자도 없이 외국 우편엽서들을 벽에 덕지덕지 붙여놓았다. 이 중 여섯 장은 일본에서 온 시리즈로 조엘에겐 교육용으로 쓸 만했으나 조엘은 이미 어느 정도 각각의 우편엽서가 묘사하는 것의 중요성을 알고 있었다. 미술관 전시품처럼, 기다랗고 어마어마하게 무거운 검은 장식 탁자 위에는 골동품 인형의 부위들이 죽 놓여 있었다. 어떤 것은 팔이나 다리가 없었고 어떤 것은 머리가 없었다. 유리처럼 멍한 구슬 눈의 인형들은 상처를 떡 벌려놓고 밀짚과 톱밥으로 가득 찬 내장을 드러내고 있었다. 하지만 모두 의상을 입었는데 벨벳과 레이스, 리넨으로 만들어 참으로 섬세했다. 이 탁자의 정중앙에는 너무 정교해서 이상할 정도인 은제 사진 액자가 놓여 있었다. 싸구려 사진은 분명히 사육제나 놀이공원에서 찍은 것이었다. 사팔뜨기 비비와 비웃는 표정의 캥거루를 그린 웃긴 배경 앞에서 세 남자와 한 소녀가 포즈를 취하고 있었다. 이 사진에서는 좀 더 마르고 훨씬 더 잘생기긴 했으나, 조엘은 별 노력을 들이지 않고도 랜돌프를 알아볼 수 있었다. 또 다른 남자 한 명도 어딘가 모르게 낯익었다. ……이 사람이 아버지인가? 분명히 이 얼굴에는 복도 건너에 있는 남자의 흔적이 희미하게 남아 있었다. 세 번째 남자는 동행들보다 키가 컸으며 인상적인 외모였다. 강건한 체격이었고 이처럼 빛바랜 사진 속에서도 피부가 아주 거무스름해서 거의 흑인에 가까웠다. 교활한 빛이 어린 좁다랗고 검은 눈이 콧수염처럼 짙은 눈썹 아래서 번득였다. 어떤 여자보다도 도톰한 입술에는 오만한 미소가 떠올라 있어서 쓰고 있는 밀짚모자, 들고 있는 지팡이의 근사하지만 약간 보드빌 쇼 같은 효과를 한층 더 강하게 했다. 그는 한 팔을 여자의 어깨에 둘렀고, 빈혈 걸린 목양신 같은 생명체인 여자는 완전한 애정이 넘치는 시선으로 남자를 올려다보았다.

"아, 그래." 랜돌프는 다리를 뻗으며 멘톨 담배에 불을 붙였다. "여기서 보는 걸 진지하게 받아들일 필요 없어. 내가 나한테 거는 농담일 뿐이니까……. 웃기고 무섭기도 하지……. 약간 조잡하게 음울하다고 할까. 이 방엔 낮도 밤도 없지. 여기선 계절도 바뀌지 않아. 해도 가지 않지. 내가 죽으면, 만약 내가 벌써 죽은 게 아니라면 말이지, 그러면 따뜻한 피 같은 어둠 속에서 술에 취해 엄마의 자궁 속처럼 웅크린 채로 죽게 해줘. 저주받은 영혼을 가졌지만 달콤하도록 깨끗한 팔다리로 살아가고자 했던 사람에게 걸맞는 역설적인 종말 아니겠니? 빵과 물, 사랑하는 사람과 함께할 지붕 하나면 충분해." 랜돌프는 미소를 지으며 뒤통수의 머리를 다듬더니 담뱃불을 끄고 붓을 들었다. "애초에 태어나기를 죽어서 태어났는데 다시 죽어야 하다니, 얼마나 역설적이냐. 그래, 말 그대로 죽어서 태어났지. 산파가 끈질기게 나를 찰싹 때려서 삶을 불어넣었어. 아니, 그랬던가?" 랜돌프는 재미있다는 듯이 조엘을 바라보았다. "대답해봐. 산파가 그렇게 한 것 같니?"

"뭘 해요?" 조엘은 여느 때처럼 이해할 수 없었다. 랜돌프는 항상 보이지 않는 사람과 불가해한 언어로 비밀 대화를 하는 듯 보였다. "랜돌프," 조엘이 말했다. "저한테 화내지 마세요. 랜돌프 말하는 게 너무 이상해서 그래요."

"신경 쓸 것 없어." 랜돌프가 말했다. "어려운 음악은 모두 한 번 이상 들어야 해. 내가 하는 말이 허무맹랑하게 들릴지 모르지만 나중에 회상해보면 무척 명료해질 거야. 그렇게 되거든, 네 눈 속의 꽃들이 모두 시들어 다시 돌이킬 수 없게 되거든, 아무리 눈물을 흘려봤자 나 자신의 누에고치를 녹일 순 없겠지만, 너를 위해 약간 울어주도록 할게." 랜돌프는 일어서서 거대한 바로크식 화장대로 가서 레몬 향수를 조금 찍어 바르고 멋지게 만 고수머리를 빗은 후 자세를 취하며 거울에 비친 자기 모습을 찬찬히 살폈다. 전신을 비추는 프랑스 골동품 거울은 모든 본질적인 면에서는 랜돌프의 모습을 그대로 복제했다. 그렇지만 그의 피부색을 흡수하고, 외모의 특징을 잘라 다듬고 바꾸어버린 듯했다. 거울에 비친 남자는 랜돌프가 아니었고, 어떤 개인적 상상을 했든 닮길 바랐던 모습이었다. 그런 이론을 확인하기라도 하듯 랜돌프가 말했다. "우리를 저렇게 낭만화하지, 거울이란. 그게 거울의 비밀이야. 세상에 있는 모든 거울을 파괴해버린다면 얼마나 미묘한 고문이 될는지. 그러면 우리 정체를 재확인할 수 있는 도구를 어디서 찾겠어? 이거 말해줄까, 귀염둥이. 나르키소스는 이기주의자가 아니었어……. 그저 우리 중 한 명이었을 뿐이야. 깰 수 없는 고립 속에서 자기 그림자를 보고 아름다운 동지 한 명, 헤어질 수 없는 유일한 사랑을 찾아낸 사람일 뿐이지. 불쌍한 나르키소스. 아마도 이 점에선 정직했던 유일한 인간일 거야."

수줍게 문을 두드리는 소리에 대화가 끊겼다. "랜돌프." 에이미였다. "걔 너랑 같이 있니?"

"우리 바빠. 가버려, 가버려……."

"하지만 랜돌프," 에이미는 칭얼댔다. "걔가 가서 아버지에게 책 읽어줘야 할 것 같지 않아?"

"말했잖아. 가버리라고."

조엘은 안도감도 감사도 얼굴에 내비치지 않았다. 감정을 감추는 것은 조엘에게는 자연적 반사작용이 되었다. 가끔은 아무것도 느끼지 않도록 하는 데 도움이 되었다. 그래도 여전히 할 수 없는 것이 한 가지 있었다. 마음을 완전히 텅 비우는 법이 알려져 있지 않아서, 낮에는 어떻게든 지울 수 있었던 것이 밤이면 꿈속에서 일어나 강철 같은 팔로 조엘을 꼭 껴안고 잠들었다. 아버지에게 책을 읽어주는 것으로 말하자면, 조엘은 이상한 발견을 했다. 샌섬 씨는 정말로 전혀 듣고 있지 않았다. 시어스로벅*의 가격 목록을 읽어주나 서부 소설을 읽어주나 관심은 별반 다르지 않다는 것을 조엘은 실험으로 알아냈다.

"그런 일이 생기기 전에는," 랜돌프는 다시 자리에 앉았다. "그전에 에드는 아주 달랐어……. 아주 유쾌했고, 썩 남다른 잣대를 들이대지 않는다면 잘생긴 사람이었지(저기, 사진 보면 너도 알 거야). 하지만 솔직히 말해서 나는 별로 좋아하지 않았어. 되레 반대였지. 먼저, 에드가 페페를 소유한 것, 즉, 그의 매니저가 된 것이 우리 관계를 복잡하게 만들었거든. 페페 알바레스는 여기 밀짚모자를 쓴 사람이야. 그리고 저 여자는 돌로레스라고 하지. 물론 아주 정확한 사진은 아니야. 너무 순진하거든. 누가 상상이나 했겠어? 고작 이틀 후에 우리 중 한 사람이 등에 총알

*우편주문으로 유명해진 미국의 종합 유통업체.

을 맞고 계단에서 굴러떨어질 줄은?" 랜돌프는 화판을 맞추다가 말고, 시계공처럼 한쪽 눈을 가늘게 뜨고는 조엘을 바라보았다. "이젠 조심해, 말하지 마. 네 입술을 그릴 테니까." 인형들의 리본 달린 드레스를 바스락거리며 산들바람 한 줄기가 창문 사이로 불어오면서 바깥의 벨벳 그늘 같은 햇볕의 냄새를 끌고 들어왔다. 조엘은 지금 당장 아이다벨이 풀밭을 헤치며 발치에 따라오는 헨리와 함께 달려가고 있을 바깥으로 나가고 싶었다. 동글동글하게 생긴 랜돌프의 얼굴은 집중을 하니 길어졌다. 그는 한참 말없이 그림만 그리다 마침내 전에 했던 모든 말이 이루 형언할 수 없게도 이런 결론으로 이어진 양 입을 열었다.

"내가 사랑에 빠졌던 이야기부터 해주도록 하지. 평범한 이야기야, 분명히. 하지만 평범한 사실은 아니지. 오직 우리 몇 명만이 사랑은 다정함이라는 걸 알지, 적잖은 수의 사람들이 의심하듯이 동정이 아니라. 그렇지만 사랑에서 행복이란 다른 사람에게 절대적으로 모든 감정을 집중하는 것임을 아는 사람들은 그보다도 더 적어. 사람은 연인이 상징하게 된 수많은 것을 항상 사랑해야 해. 이 세상의 진정한 연인은, 사랑하는 사람의 눈에는 라일락의 개화, 배의 등불, 학교 종, 풍경, 기억되는 대화, 친구, 어린이의 일요일, 잃어버린 목소리, 가장 아끼는 양복, 가을과 모든 달의 모양, 기억이야. 그래, 존재의 흙과 물이 되는 게 기억이지. 향수 어린 목록. 하지만 물론, 어디서 더 그리운 대상을 찾을 수 있겠어? 너만 한 나이일 땐 미묘한 것들은 못 보고 지나치기 마련이야. 그렇더라도 지금 내 모습을 보면서 너는 아마도 믿을 수 없겠지. 내가 그런 사랑을 느낄 정도로 순수했던 시절이 있었다니 말이야. 그래도, 내가 스물세 살 때 일이었어…….

상대는 이 사진에 있는 여자, 돌로레스야. 우린 마드리드에서 만났지. 하지만 스페인 여자는 아니었어. 적어도 내 생각엔 아니었지. 실제로는 어디 출신인지 정확히 모르지만. 영어는 아주 완벽했거든. 나로 말하자면, 유럽에 2년 정도 머무르던 때였어. 대부분 미술관에서 살았다고 해야겠지. 그렇게 많은 대가들의 그림을 복제할 수 있지 않을까 정말로 궁금했거든. 내가 아주 온 정신을 쏟는다면 복제하지 못할 그림은 없었으니까……. 그런데도, 그렇게 되자 난 죽은 사람이 되었지. 마치 내겐 개인적 지각이 없고, 내면의 생명이라든가 그런 게 없는 것 같았어. 난 수분을 못하는 풍매화와 같았지.

반면 돌로레스는 내가 이따금 활력을 빌릴 수 있는 그런 사람 중 하나였어. 그 여자와 함께 있으면 덩달아 나도 살아 있음을 느낄 수 있었고, 마침내 나 자신의 타당성을 믿을 수 있게 되었지. 처음으로 나는 왜곡 없이 사물을 보고 완성할 수 있었어. 그해 가을, 우리는 파리로 갔고 나중에는 쿠바로 갔어. 거기선 마탄사스 만 위 높은 곳에 있는 집에서 살았지……. 어떻게 묘사해야 하지? ……높다란 복도와 무너져가는 푸른 계단이 덩굴처럼 얼기설기 얽혀 있는 분홍 구름색의 집 속에는 황금색과 하얀

색 꽃처럼 방이 띄엄띄엄 흩어져 있었어. 창문은 널찍했고, 바람이 그리로 들어와 집은 시원하고 대개는 조용한 섬 같았지. 돌로레스는 거기서 아이와 같았어. 오렌지처럼 달콤했고 게을렀어. 맛깔스럽게 게을렀지. 햇볕 속에 발가벗은 채로 앉아 있기를 좋아했고. 작고 귀여운 동물, 두꺼비와 벌, 다람쥐를 즐겨 그렸어. 점성술 잡지를 즐겨 읽고 별자리 지도를 그렸어. 머리를 자주 감았고(하루에 세 번 넘게 감았지). 또 도박사이기도 해서 우리는 매일 오후 마을로 내려가 복권이나 새 기타를 샀지. 돌로레스는 기타가 30대 넘게 있었고 그 모두를 다 연주했는데, 솔직히 아주 서툴렀다고 할 수밖에 없겠군.

다른 특이한 점도 있었어. 우린 거의 얘기를 안 했지. 돌로레스와 대화를 지속했던 기억이 거의 없어. 우리 둘 사이에는 소리를 죽인, 목소리를 낮춘 무언가가 항상 있었던 것 같아. 그렇다고 우리 침묵이 비밀은 아니었어. 그 자체로 서로 아주 잘 이해하는 사람들만이 성취할 수 있는 근사한 평화를 나눌 수 있었거든……. 그렇긴 해도 둘 다 상대를 진정으로 알진 못했지. 그때 우린 자기 자신도 몰랐으니까.

그렇지만……, 겨울이 끝날 무렵, 나는 꿈의 책을 발견했어. 매일 아침 돌로레스는 간밤에 꾼 꿈을 커다란 스크랩북에 적어 매트리스 아래 숨겨놓았더군. 가끔은 프랑스어로 썼지만 그보다는 독일어나 영어로 더 자주 썼어. 하지만 어떤 언어든 간에 내용은 악의에 차 있었고, 난 무슨 뜻인지 이해도 할 수 없었어. 돌로레스와 그녀가 꾸는 몰인정한 꿈을 동일시하기는 불가능했거든. 게다가 난 항상 그 꿈에 나왔어. 언제나 돌로레스 앞에서 도망치거나 그림자 속에 숨어 있더군. 매일 돌로레스가 벌거벗고 해바라기하고 있을 때 나는 새로 쓴 페이지를 찾아서 돌로레스가 얼마나 더 가까이 따라왔는지 읽어보았어. 왜냐하면 이전에 꾸었던 꿈에서 돌로레스는 마드리드에서 L이라고 하는 연인을 살해했기 때문이지. 그리고 난 알았어……. 돌로레스가 R을 찾으면…… 그도 죽이고 말 거라고.

우리는 침대 차양에 너울을 치고 잤어. 너울은 모기를 막아주고 달빛을 걸러 들여보냈지. 나는 어둠 속에서 깬 채로 누워 돌로레스가 자는 모습을 바라보았어. 꿈에 질식한 그 머릿속에 갇혀버릴까 두려웠지. 아침이 오면 돌로레스는 웃음을 터뜨리며 지분거리고 머리카락을 잡아당겼어. 그러다가 내가 가버리고 나면 글을 썼어……. 음, 기억나는 게 있다. 'R은 거대한 시계 뒤에 숨어 있다. 똑딱거리는 시계 소리는 신의 맥박처럼 천둥이 치는 듯하다. 시곗바늘은 손가락질하는 손가락처럼 3시 17분에 서 있다. 6시가 되면 그를 찾을 거다. 그는 나를 피해 숨어 있다는 것을 모르고 자기 자신을 피했다고 생각하니까. 그를 해치고 싶진 않다. 할 수 있다면 도망치겠다. 하지만 시계가 희생양을 요구한다. 바치지 않으면 시계는 절대로 멈추지 않을 테고, 삶은 어딘가에서 멈춰야 한다. 우리 중 누가 그렇게 오래 시계의 굉음을 참을 수 있을까?'

이 모든 것을 제쳐놓더라도 여기에는 어떤 진실이 있었지. 실로 시계는 희생양을 받아야 하니까. 죽음이란 시간과 영원에 바치는 제물이 아니고 뭐겠어?

이제, 참으로 기이하게도 우리의 삶은 얽혀 있는 것 이상이었어. 몇 번이고 떠날 기회가 있었지. 영영 가버려서 다시 그녀를 보지 않을 수도 있었어. 하지만 버린다는 건 사랑을 부정하는 것이고, 내가 돌로레스를 사랑하지 않는다면 내게는 거짓 사랑 외에는 아무 감정도 남지 않았지. 지금 돌이켜보니 돌로레스는 인간도 아니었고(그런 게 있을 수 있다면 환각의 아이, 그 자체가 꿈이었을걸), 나조차도 인간이 아니었다는 생각이 들어……. 젊다는 이유가 있고, 젊은이는 인간이 아닌 거나 다름없기는 하지만. 젊은이들이 인간이 될 순 없지. 자기들이 죽을 거란 생각은 절대 못하니까……. 특히 그들은 죽음이 다가온다는 사실을 절대로 믿지 못하지. 종종 죽음이 자연스러운 것이 아니라 다른 형태로 올 때는.

봄에 우리는 배를 타고 플로리다로 갔어. 돌로레스가 이전에는 미국에 와본 적이 없다고 해서 뉴욕으로 갔지. 하지만 돌로레스는 좋아하지 않더군. 그래서 필라델피아로 갔지만 거기도 마찬가지로 피곤하다고 생각했어. 마침내 뉴올리언스로 갔을 때 우리는 멋진 테라스가 있는 아파트를 얻었고 돌로레스는 행복해했지. 그래서 나도 정말 행복했어. 우리의 유람 기간 동안에 꿈의 책은 사라졌더라. 돌로레스가 어디에 숨겼는지, 있을 만한 곳을 샅샅이 뒤져봤지만 찾을 수가 없었어. 어떤 면에서는 차라리 찾지 못하는 게 안심이었지. 그러던 어느 오후, 시장에 갔다가 살아 있는 암탉 한 마리를 안고 돌아오는데, 돌로레스가 대성당 옆 그늘에서 어떤 남자와 이야기를 나누는 걸 보았어. 두 사람 태도가 친밀해 보여서 내 마음이 갑자기 고요해지더라고. 단순히 여행객이 길을 물어보는 게 아니라는 건 알았어. 그래서 나중에 돌로레스에게 봤다고 얘기했더니 이러더군. 아, 그것도 아주 태연하게, 그냥 친구였어, 카페에서 만난 사람, 직업 권투선수라고. 나도 만나보고 싶냐고.

사람이 신체적이든 정신적이든 간에 한번 상처를 입고 나면, 항상, 불길한 예감을 따랐더라면 아무 일도 일어나지 않았을 거라 생각하게 돼(보통 그런 경우엔 언제나 상상 속의 예감이 있기 마련이니까). 그래도 내가 만약 절대적인 선견지명이 있었더라면 곧장 앞으로 나갔어야만 했을 거야. 모든 인생에는 실 한 오라기만큼의 실마리밖에 없는 상황이 일어나기 마련이거든. 누군가 의지를 갖고 짜낸 계획에서 말이야. 그걸 누구라고 해야 할까, 신?

그래서 어느 일요일에 그 사람들이 왔어. 직업 권투선수인 페페 알바레스와 그 매니저인 에드 샌섬. 무자비할 정도로 뜨거운 날이었다는 기억이야. 우리는 부채와 찬 음료를 들고 테라스에 앉았지. 우리 네 사람보다도 더 공통점이 없는 모임을 찾기란 어려울 거야. 익살꾼 노릇을 해서 정신을 계속 산란하게 하는 샌섬

이 없었더라면 분위기가 약간 굳을 뻔했지. 돌로레스와 젊은 멕시코인이 별로 조심하는 기색도 없이 서로 시시덕대는 걸 무시할 수가 없었으니까. 두 사람은 연인이었어. 눈치가 없는 에이미조차도 알아챌 수 있었고, 나는 별로 놀라지 않았지. 페페는 아주 특이했어. 얼굴은 생생하게 살아 있었지만, 꿈꾸는 듯했고, 잔인하지만 소년 같았고, 외국인이었지만 익숙했지(어린 시절의 기억처럼 익숙한 기분이랄까). 수줍었지만 공격적이었고, 졸린 듯하면서도 번쩍 깨어 있는 것 같았어. 그와 돌로레스가 연인이라고 하면 아마 과장인지도 몰라. 연인이란 어느 정도는 상호적인 감정을 내포하니까. 하지만 돌로레스가 누구도 사랑할 수 없는 사람임은 점점 확실해 보였으니, 그녀가 일종의 환각에 사로잡혀 있었다고 봐야겠지. 그리하여 두 사람이 유쾌한 의식을 연출하긴 했지만, 돌로레스는 남자들이나 남성적 개성에 개인적 감정이나 존경을 갖고 있진 않았지……. 그런 개성이란, 전설에도 불구하고, 비슷한 부류의 사람들이나 가장 민감하게 진가를 알아볼 수 있는 거야. 테라스가 점차 어두워지자 나는 페페를 보았어. 인디언 같은 피부는 대기에 남아 있는 모든 빛을 다 받아들였고, 납작하고 동물처럼 영민한 눈은 눈물을 머금은 듯 반짝거리면서 오로지 돌로레스만 바라보았지. 그래서 갑자기 나는 슬며시 충격을 받으면서 내가 질투심을 느끼는 이유는 돌로레스가 아니라 그 사람이라는 것을 깨달았어.

그 후, 처음에는 내 감정의 본질을 드러내지 않으려고 조심하긴 했지만 돌로레스는 본능적으로 무슨 일이 벌어졌는지 눈치를 채더군. '우리 자신을 발견하기까지 이렇게나 오래 걸리다니 놀랍네. 처음 당신을 봤을 때부터 알았는데.' 돌로레스가 이러더니 덧붙였어. '하지만 그 사람이 당신에게 어울린다고는 생각하지 않아. 나는 페페 같은 사람을 너무 많이 알거든. 마음에 들면 그 사람을 사랑해. 그런다 해도 아무 결실 맺지 못할 테니까.' 머리는 그 충고를 받아들이라고 하는데 마음은, 지리를 모르는 사랑은 경계선을 알지 못하고 선을 넘었어. 무게가 있는 것을 깊이 가라앉히면 무엇이 되었든 다시 수면 위로 떠오르기 마련이지. 왜 안 그러겠어? 어떤 사랑이든 그건 사람의 천성 안에 있는 자연스럽고 아름다운 감정이야. 오로지 위선자만이 사람에게 특정 대상을 사랑한 책임을 묻지. 감정을 모르는 문맹과 정당한 시기심을 가진 사람은 말이지, 근심으로 마음이 어지러워진 나머지 자기들을 지옥으로 이끄는 사람 대신 하늘에 화살을 돌리는 실수를 하는 거야.

내가 페페에게 느끼는 사랑은 달랐어. 돌로레스에게 느낀 감정보다 훨씬 더 강렬했고 더 외로웠지. 하지만 우리는 원래 외롭단다, 귀여운 꼬마야. 무섭도록 서로 고립되어 있지. 세상의 비웃음이 어찌나 강렬한지 우리의 다정함을 말하거나 보여줄 수 없어. 우리에게 죽음은 삶보다 더 강해. 어둠 속에서 불어오는 바람처럼 우리를 끌어당기지. 우리의 울음소리는 기쁨 없는 웃음소리 속에서 희극이 돼. 외로움의 잔여물이 몸에 쌓여 창자가 녹색 피를 흘리며 터지고, 우리는 고함을 지르며 전 세계를 돌아다니다 셋방에서, 악몽 같은 호텔 방에서, 덧없는 마음의 영원한 집에서 죽어가는 거야. 가끔 어떤 순간들, 멋진 순간들도 있었어. 내가 자유롭다고 생각했을 때, 그를 잊고 그 나른하고 난폭한 얼굴을 잊을 수도 있다고 생각했을 때가. 하지만 내가 그러도록 그가 놔두질 않았어. 항상 거기 테라스에 앉아 있었지. 아니면 돌로레스가 기타를 연주하는 걸 들으며 웃고 이야기했어. 가깝고도 멀리, 항상 그 자리에서. 내가 돌로레스의 꿈속에 항상 있는 것처럼. 나는 그가 고통받는 모습을 차마 볼 수가 없었어. 그가 싸우고, 재빠르고 잔인하게 움직이는 모습을 보는 건 고통이었지. 그가 얻어맞는 모습, 이글이글 타오르는 눈빛, 붉은 피와 푸른 멍. 나는 그에게 돈을 주고 크림색 모자를 사주고 황금 팔찌를 선물했어(이 선물을 어찌나 좋아했는지 여자처럼 항상 차고 다녔지). 신발은 환한 검정색, 셔츠는 사탕 같은 실크. 난 이 모든 걸 에드 샌섬에게도 주었어. 그들 두 사람이 나를 얼마나 경멸했든 간에 선물을 거절할 정도로 경멸하진 않았던 모양이야. 아, 한 번도 그런 적이 없었지. 돌로레스는 특유의 기이하고 강박적인 방식으로 페페와의 관계를 이어갔어. 이런 식이든 저런 식이든 진짜로 관심을 보이지 않고, 그가 있든지 말든지 상관없다는 태도였지. 돌로레스는 뇌가 없는 식물처럼 그 무모한 꿈의 책 안에서 자기 통제를 넘어 살고 있었던 거야. 아니, 그냥 존재했다고 해야겠지. 돌로레스는 나를 도울 수 없었어. 우리가 가장 원하는 건 모든 게…… 모든 게 괜찮다는 확신을 받는 것…… 그런 말을 듣는 것이었어(모든 것이라는 말은 우습지. 아기의 우유와 아빠의 눈, 추운 날 아침에 활활 타오르는 통나무, 올빼미, 방과 후 나를 울렸던 소년들, 엄마의 긴 머리카락, 침대 벽 위에 어린, 무서워하는 비틀린 얼굴들인 거야).

어느 날 밤, 페페가 고주망태가 되어 집으로 오더니 아주 뻔뻔하리만큼 거리낌 없이 허리띠로 돌로레스를 때리고, 양탄자와 내 그림 위에 오줌을 누고, 내게 심한 욕설을 퍼붓고 내 코를 부러뜨리는 등등, 갖은 만행을 저질렀지. 그날 밤 나는 거리로 나가 부두를 따라 걸으며 소리 내어 이제 떠나자고, 다시 혼자가 되자고 나 자신에게 애원했어. 나 혼자가 아닌 양 말했지. 다른 방을 빌리고 다른 삶을 시작하자고. 난 잭슨 스퀘어에 앉았어. 이따금 울리는 전차 종소리 말고는 조용했고 카빌도* 전체는 귀신 나오는 궁전 같았어. 내 옆에는 금발의 신비스러운 소년이 앉아 나를 바라보았지. 나도 그를 바라보았어. 우리는 낯선 사람들이 아니었어. 우리는 손을 움직여 서로 맞잡았지. 그 애의 목소리는 결코 듣지 못했어. 우리는 말을 나누지 않았거든. 안타까운 일이지. 그 기억을 무척 좋아했을 테니까. 외로움은 열병처럼 밤이면 더욱 왕성해졌지만 거기 그 애와 앉아 있으려니 동이 트고 빛이 새들의 노랫소리처럼 나무 속으로 파고들었어. 해가 뜨자

*루이지애나 주가 스페인 식민지 시절 때 식민지 정부 청사로 사용했던 건물.

아이는 내 손을 잡았던 손가락을 풀고 걸어가 버리더군. 신비스러운 소년, 내 친구.

그때 우리는 항상 같이 지냈어. 돌로레스, 페페, 에드와 나. 에드와 그의 농담, 우리 다른 세 사람과 우리의 침묵과 함께. 기괴한 네쌍둥이(어떤 환상적인 부모 아래 태어났을까?), 우리는 서로를 뜯어먹고 산 거야, 암이 자기 자신을 뜯어먹고 사는 것처럼. 하지만 그래도 믿을 수 있겠니? 이렇게 조각조각 모인 순간들을 원래는 더 다정한 추억에서나 느낄 수 있는 그리운 마음으로 떠올리곤 하지. 페페가 손톱으로 성냥을 그으려고 하거나, 맨손으로 연못에 있는 금붕어를 낚아채려 하는 모습이 보여. 우리가 극장에서 같은 통에 든 팝콘을 나눠 먹고, 그가 잠에 빠져 내 어깨에 기대던 순간이 떠올라. 시합하다 그의 입술에 생긴 생채기 때문에 내가 움찔하면 그가 웃는 모습이 보이기도 해. 그가 계단에서 휘파람을 불던 소리가 들리고, 그가 나를 향해 올라오는 소리가 들려. 그의 발소리보다도 내 심장 소리가 더 크게 들리지. 눈송이처럼, 가을의 눈보라처럼 빠르게 스러져간 나날들은 11월의 낙엽처럼 주변에 떨어지고, 겨울이 되어 추위로 붉게 물든 하늘은 빛을 떨구며 겁을 주지. 나는 커튼을 내리고 이불을 눈 위까지 덮은 채 온종일 자. 이제 마르디 그라 축제 때가 돌아오면 무도회에 갈 거야. 다들 의상을 골랐지만 나는 아직 고르지 못했어. 에드는 프란체스코회의 수도사로(시가를 질겅질겅 씹으면서), 페페는 무법자 강도로, 돌로레스는 발레리나로 분장하지.

하지만 난 무슨 옷을 입을지 모르고, 이건 균형이 맞지 않는 중요한 딜레마가 되어버려. 돌로레스는 무도회 밤에 거대한 분홍 상자와 함께 등장해. 변신한 나는 백작 부인이고 내 왕은 루이 16세지. 나는 은색 가발을 쓰고 새틴 구두를 신어. 녹색 가면을 쓰고 피스타치오색과 분홍색으로 된 실크 의상을 입어. 처음 거울 앞에 섰을 때는 이 모습에 겁이 나지만 곧 환희에 사로잡혀. 나는 무척이나 아름답거든. 왈츠가 시작되면 페페는 춤을 추는 법도 모르면서 한 곡 청하지. 나는, 오, 교활한 신데렐라는 가면 아래서 살며시 미소 지으며 생각해. 아, 이게 정말 나였으면! 개구리가 왕자님으로, 양철이 황금으로, 파리가 날개 달린 뱀으로. 시간은 점점 나이가 들어가고 내 무용담의 한 부분도 끝이 나지.

다시 봄이 왔을 때, 그들은 사라졌어. 4월이었지. 비 내리는 라일락 4월의 여섯 번째 날, 폰차트레인으로 행복한 여행을 하고 돌아온 지 고작 이틀밖에 안 되었을 때야……. 이 사진을 찍었을 때지. 그곳에서 우리는 상징적 어둠 속에서 사랑의 터널을 통과했어. 좋아, 들어봐. 그날 오후 늦게 잠에서 깨어나니 창문과 지붕 위에 비가 내리고 있더군. 어떤 고요라고 해야 할까, 그런 기운이 집 안을 걸어 다니고 있었어. 대부분의 고요와 마찬가지로 전혀 고요하지 않았지. 문을 두드리기도 하고, 시계 속에서 메아리치기도 하고, 계단 위에서 삐걱거리기도 하고, 몸을 앞으로 내밀어 내 얼굴을 들여다보며 폭발하기도 했어. 아래층 라디오에선 말과 노랫소리가 흘러나왔지만 듣는 이가 아무도 없다는 건 알 수 있었어. 그녀는 떠난 거야. 페페도 함께.

돌로레스의 방은 뒤집혀 있었어. 엉망진창이 된 잔해 속을 뒤져보는데, 기타줄 하나가 끊어져 띵 하는 소리를 내며 내 몸 안 신경을 울렸어. 서둘러 계단 꼭대기로 나가면서 입을 벌렸지만 아무 소리도 나오지 않더군. 내 마음속 모든 조정 기관이 다 멍하니 마비되었어. 공기는 물결쳤고 마룻바닥은 아코디언처럼 넓어졌어. 누군가 내게 다가오고 있었지. 마치 어떤 압력이 계단을 올라오는 느낌이었어. 미처 알아보지도 못했는데, 그들이 내 눈앞으로 똑바로 걸어왔어. 처음에는 돌로레스라고 생각했고, 다음엔 에드, 그다음엔 페페라고 생각했지. 그게 누구였든 간에 나를 흔들면서 애원하고 욕설을 퍼부었어. 그 개새끼. 그들이 말했어. 가버렸어, 씹할 놈의 개새끼, 가버렸다고. 차도 가지고, 옷과 돈도 가지고 갔어. 영원히, 영원히 가버렸어. 하지만 이 사람은 누구지? 나는 알아볼 수가 없었어. 주위에 후광이 비쳐 사람 눈을 멀게 한 예수처럼 그를 볼 수가 없었어. 페페, 너냐? 에드? 돌로레스? 난 그 사람을 밀어 빠져나온 후 침실로 뛰어와 문을 닫아걸었어. 소용이 없었지. 문손잡이가 돌아가기 시작했고 갑자기 모든 게 미치도록 단순해졌어. 돌로레스가 마침내 꿈속에서 나를 잡은 거야.

그래서 나는 오래된 양말 속에 싸놓았던 총을 찾아냈어. 비는 그쳤지. 창문은 열려 있었고 방 안은 라일락 향기로 시원하고 달콤했어. 아래층에선 라디오가 노래했고 내 귓가에는 소라 껍데기를 댔을 때처럼 윙윙 포효하는 소리가 들렸어. 그때 문이 열렸어. 나는 한 발 발사했지, 또 한 발. 예수가 녹아내리며 다름 아닌 더러운 마 양복을 입은 에디가 되었어. 에디는 몸을 구부리며 계단으로 쓰러졌지. 마치 인형처럼 계단 위에서 데굴데굴 굴렀어.

이틀 동안 그는 그렇게 피를 흘리면서 소파 위에 웅크리고 누워 있었어. 신음하고 고함치며 손가락으로 묵주를 굴렸지. 너를 부르고 자기 어머니를 부르고 주님을 부르더군. 내가 할 수 있는 일이 없었어. 그때 에이미가 랜딩에서 온 거야. 척척 일을 처리했지. 의사를 불렀어. 딱히 특별할 것 없는 난쟁이 검둥이. 갑작스레 날씨가 7월처럼 변했지만 그 몇 주는 우리 인생의 겨울이었어. 혈관이 추위로 얼어붙고 갈라졌어. 하늘에선 태양이 얼음덩어리 같았지. 이 난쟁이 의사는 15센티미터밖에 안 될 듯한 다리로 아장아장 걸어 다니면서 웃고 또 웃어댔고, 라디오에서 코미디 프로그램을 틀었어. 나는 매일 잠에서 깰 때마다 '내가 죽으면……' 하고 말했지만, 내가 벌써 죽었고 돌로레스와 페페가 어디 있든 간에 나는 그들을 따라다니는 기억일 뿐임을 깨닫지 못했지……. 나는 페페 때문에 애통했어. 그를 잃어서가 아니라 (물론 약간 그랬지만) 종국에는 돌로레스가 그도 찾아내리라는 걸 알았으니까. 낮의 햇빛에서 탈출하기는 쉽지만 밤은 필연적이고 꿈은 거대한 새장이니까.

짧게 말하지. 에드와 에이미는 뉴올리언스에서 결혼했어. 너도 알겠지만 에이미의 환상이 실현된 거야. 에이미는 마침내 자기가 원하는 것이 될 수 있었지. 바로 간호사. 어느 정도 영구적인 지위야. 그래서 우리 모두는 랜딩으로 왔어. 에이미의 생각이었어. 유일한 해결책이기도 했지. 에드는 다시 회복하지 못할 테니까. 우리는 이 집이 가라앉을 때까지 함께 이렇게 살 거야. 정원이 자라고 잡초가 우리를 깊이 숨겨줄 때까지는."

랜돌프는 화판을 옆으로 밀어버리고 책상 위에 웅크렸다. 랜돌프가 이야기하는 동안 땅거미가 내려앉아 방 안을 푸르게 쓸고 지나갔다. 밖에서는 참새가 새집으로 돌아오라고 울어댔다. 새들이 떠는 저녁 수다에 간간이 엄숙한 개구리 소리가 마침표를 찍었다. 이윽고 주가 저녁이 다 되었음을 알리는 종을 울릴 것이었다. 이 어떤 것도 조엘에게는 현실로 보이지 않았다. 한 자세로 그처럼 오래 앉아 있었건만 몸이 뻣뻣하다는 것도 느끼지 못했다. 계속 말을 이어가는 랜돌프의 목소리가 머릿속에서 사실적으로, 그렇지만 믿을 수는 없을 만큼 비현실적으로 울려 퍼졌다. 조엘은 이 영화가 줄거리도 모티브도 없는 것처럼 느껴져서 혼란스러웠다. 랜돌프가 정말로 아버지를 쐈을까? 무엇보다 가장 중요한 것은 그럼 결말은 어떻게 됐지? 돌로레스와 그 끔찍한 페페 알바레스는 어떻게 됐나? 조엘은 알고 싶었고, 그래서 물어보았다.

"나도 안다면야……." 랜돌프는 말을 멈추고 성냥을 들어 초에 가져다 댔다. 갑작스레 빛이 비치자 얼굴이 더 근사하게 보였다. 털이 없는 분홍색 피부는 흠 하나 없이 젊어 보였다. "하지만, 아가, 몇 가지는 충족되었지. 불완전한 에피소드 없는 삶이 얼마나 있겠니? '우리는 어둠 속에서 일하고, 할 수 있는 것을 하고, 가진 것을 준다. 우리의 의무는 우리의 정열이며, 우리의 의무는 우리의 일이다…….'* 끝을 알고 싶어서 우리는 신을 믿게 되지. 아니면 마녀를 믿든가. 적어도 뭔가 믿게 돼."

조엘은 그래도 알고 싶었다. "두 사람이 어디로 도망갔는지 알아볼 생각도 하지 않았어요?"

"저기," 랜돌프는 피곤한 미소를 지으며 대답했다. "지구상에 있는 모든 마을과 촌락이 적힌 2킬로그램 넘는 책이 있어. 이게 내가 믿는 거야, 이 연감이. 매일 나는 이 책을 넘기며 그곳의 우체국장들에게 페페 앞으로 보내는 편지를 써. 그저 짤막한 쪽지지. 편의를 위해 반송 주소와 내 이름을 적어놓은 편지. 아, 나도 답장을 받지 못하리라는 건 알아. 하지만 내게도 뭔가 믿을 게 필요하니까. 그리고 그걸로 평화롭지."

아래층에서 저녁 준비를 알리는 종이 울렸다. 랜돌프는 꼼짝하지 않았다. 그의 얼굴은 슬픈 죄책감으로 일그러져 보였다. "오늘 오후엔 무척 기운이 없구나. 심하게도." 그는 조엘이 자기 두 팔 안으로 들어올 수 있도록 초대하듯 일어섰다. "부디 나를 용서해, 사랑스러운 조엘." 그런 후, 종소리처럼 긴급한 목소리

*헨리 제임스의 《중년》에서 인용한 것이다.

로 덧붙였다. "그리고 부디, 내가 듣고 싶어 하는 말을 해줘."

조엘은 그 말을 떠올렸다. "모두," 조엘은 상냥하게 말했다. "모두 잘될 거예요."

9

지저스 피버는 병에 걸렸다. 일주일 넘게 배 속에 아무것도 담아 두지 못했다. 피부는 오래된 이파리처럼 말라비틀어졌고 눈에는 희뿌연 막이 껴서 헛것을 보았다. 랜돌프의 아버지가 오두막 구석에 숨어 있는 게 분명하다고 하기도 했고, 벽에 붙여놓은 이상한 종이와 코카콜라 사진이 일그러져 거슬린다고 불평하기도 했다. 채찍을 휙 날리는 소리가 머릿속에서 짝짝 울려 퍼진다고도 했다. 조엘이 가져다준 해바라기 꽃다발이 갑자기 카나리아 떼가 되어 미친 듯 우짖으며 방 안을 빙빙 돈다고도 했다. 난로 선반 위에 걸린 음울한 작은 거울 안에서 낯선 사람이 빤히 쳐다본다며 혼이 빠질 만큼 걱정할 때도 있었다. 리틀 선샤인은 힘 닿는 대로 도움을 주겠다며 와서 밀가루 포대로 거울을 덮었다. 설명하기를, 지저스 피버의 영혼이 거기 갇히게 하지 않기 위해서

라고 했다. 그는 노인의 목에 부적을 걸어두고 허공에 마술 생강 가루를 뿌린 후 달돋이 전에 사라졌다. "주, 아가." 지저스가 말했다. "어째 나를 이리 꽁꽁 얼려 죽이려는 거여? 불 좀 지펴라, 아가야. 우물 바닥보다 더 시렵구먼."

주는 차근차근한 말투로 설명했다. "할아부지, 그게 무슨 말이라요? 우리 모두 녹아 죽게 생겼구먼……. 어찌나 더운지 랜돌프 씨는 하루에도 세 번씩 옷을 갈아입으신다니께요." 하지만 지저스는 들으려고도 하지 않고 다리에 덮을 수 있는 퀼트 이불을, 머리까지 푹 들어가는 모직 양말을 달라고 했다. 온 집 안이 바람 소리로 덜그럭거린다고 지저스는 우겼다. 저기 보라고, 옛날 스컬리 씨가 있지 않느냐고, 고운 빨간 수염에 서리가 껴서 허옇게 변했다고. 그래서 주는 컴컴한 마당으로 나가 장작을 한 아름 찾아 냈다.

조엘이 간병 임무를 맡게 되자 지저스는 은밀히 손짓을 했다. 노인은 등나무 의자에 앉아 낡은 꽃무늬 벨벳 퀼트 이불로 무릎을 덮었다. 그는 침대에 누워 있을 수가 없었다. 수평으로 눕는 자세는 호흡에 방해가 되었다. "의자 좀 흔들어야." 지저스는 갈대 피리 같은 소리로 말했다. "그러면 약간 편안하구먼. 마치 한참을 수레 타고 가는 기분이여." 석유등이 방 안에 타올랐다. 벽에 그림자를 드리운 의자는 삐걱삐걱 부드럽게 졸린 소리를 냈다. "아가, 넌 춥지 않은겨?"

"엄마도 항상 춥다고 하셨어요." 등골에 소름이 간질간질 훑렸다. 죽지 마요, 조엘은 생각했다. 의자를 앞뒤로 밀자 안락의자의 다리가 속삭였다. 죽지 마요, 죽지 마. 지저스 피버가 죽으면 주는 떠나갈 테고 여기엔 에이미와 랜돌프, 아버지밖에 남지 않을 것이었다. 하지만 남는 것은 이 세 사람이라기보다 랜딩 집 자체와 유리 종 아래 연약하게 숨죽인 삶이었다. 어쩌면 랜돌프가 조엘을 데리고 떠날지도 몰랐다. 언젠가 여행을 떠난다 어쩐다는 말을 꺼낸 적이 있었으니까. 그러면 조엘은 다시 엘렌 이모에게 편지를 쓸 테고 분명 무슨 결론이든 날 듯했다.

"할아부지." 주가 나무를 한 아름 안고 말했다. "이렇게 컴컴한데 저보고 나가 장작을 주워 오라 하니 생각도 참말로 없으셔라. 저기 바깥엔 온갖 들짐승들이 배를 곯으면서 저 한 입 뜯어먹을라고 돌아다니고 있구먼요. 공기 중에 살쾡이 냄새가 징하게 난다니께요. 게다가 케그 놈이 감옥에서 도망쳐 나왔을지 누가 알겄어요? 조엘 도련님, 문 좀 걸어 잠그셔요."

불이 타오르기 시작하자 지저스는 의자를 난로 가까이 끌고 가달라고 부탁했다. "나도 전엔 바이올린을 켤 줄 알았제." 그는 위로 미끄러지는 불꽃들을 그리운 듯 바라보았다. "……하지만 류머티즘 땜에 이 손가락이 연주를 못하게 됐지 뭐여." 그는 고개를 저으며 잇몸을 쭉 빨더니 불 속에 침을 퉤 뱉었다. "나 땜에 괜히 수선 떨 거 없어야, 아가." 지저스는 이불을 잘 고쳐 덮어주는 주에게 불평했다. "저기, 내 검 좀 갖고 와봐야." 주는 다른 방에 가서 은자루가 달린 아름다운 검을 들고 돌아왔다. 검날에는 가로로 이렇게 새겨져 있었다. "이유 없이 나를 검집에서 뽑지 말라. 명예 없이 나를 검집에 넣지 말라." "랜돌프 도련님의 조부님께서 이걸 주셨구먼. 그게 벌써 60년도 더 된 일인디." 지난 며칠 동안 지저스는 자기의 보물을 하나씩 불러냈다. 먼지 끼고 금간 바이올린, 깃털 달린 중산모, 미키마우스 시계, 단추가 조르르 달린 주황색 구두, 악惡을 보지도 듣지도 말하지도 않는 작은 원숭이 세 마리, 그 외 이런저런 소중한 물건들이 오두막 안에 널려 있었다. 지저스가 자기 눈앞에서 치우지 못하게 했기 때문이다.

주는 조엘에게 피칸을 한 줌 주고 깨 먹을 수 있도록 집게도 주었다. "배 안 고파." 조엘은 머리를 주의 무릎 위에 얹었다. 엘렌 이모의 무릎처럼 편하지 않았다. 지나치게 팽팽히 긴장된 근육과 날카로운 뼈를 느낄 수 있었다. 하지만 주는 손가락으로 조엘의 머리를 어루만져 주었고, 그 손길은 다정했다. "주." 조엘은 노인에게 들리게 하고 싶지 않아 소곤거렸다. "주, 지저스 할아버지는 죽는 거지, 그런 거야?"

"그럴 거 같구먼요." 주의 목소리에는 감정이 거의 없었다.

"그럼 주는 떠날 거야?"

"그럴라고 혀요."

이 말에 조엘은 몸을 꼿꼿하게 펴고 성난 얼굴로 주를 보았다. "하지만 왜, 주?" 소년은 따져 물었다. "왜냐고!"

"쉿, 살살 말하셔요." 주는 느릿한 동작으로 목에 맨 스카프를 고쳐 매고 리틀 선샤인이 준 부적을 손으로 더듬어 찾았다. "이게 언제까지 소용이 있겠는가 말이어요." 주는 부적을 톡톡 건드렸다. "어느 날이 되면 그놈이 돌아와서 저를 반으로 갈라버릴 텐디. 뻔히 보여라. 꿈에서도 봤다니께요. 마룻바닥이 삐걱거리기만 해도 심장이 벌떡 서는구먼요. 개가 컹컹거리면 생각허고. 그놈이 왔구먼. 그놈이 오는 거여. 개들도 케그를 징하게 싫어하는 게 당연지산디, 그놈 냄새만 맡으면 짖어대지 않것냐 말이어요."

"내가 널 보호해줄게, 주." 조엘이 애원했다. "솔직히, 다른 사람이 주를 절대로 해치지 못하게 할게."

주는 웃었다. 그녀의 웃음은 깜짝 놀란 검은 새처럼 방 안을 날아다니는 듯했다. "아이고메, 케그 놈이 한번 째려보기만 해도 도련님은 벌러덩 자빠질 거구먼요!" 주는 숨 막히도록 더운 방 안에서 벌벌 떨기 시작했다.

"어느 날, 케그가 저기 창문으로 기어 들어올 거구먼요. 아무도 그 소리 하나 못 들을 거여라. 그게 아니면 여기랑 저 집이랑 사이 컴컴한 데서 그놈이 기다랗고 번쩍거리는 면도날을 들고 절 기다리고 있다가 딱 마주치지 않겄어요. 맙소사, 그걸 백만 번은 봤다니께요. 그래서 도망친단 말이어요. 눈도 오고 그놈이 날 잡을 수 없는 곳으로 도망갈 거여라."

조엘은 주의 손목을 꽉 쥐었다. "날 좀 데려가줘, 주……. 그러면 우리 정말 재미있게 지낼 수 있을 거야."

"바보 같은 소리 마셔요, 아기같이."

노란색 줄무늬 고양이가 침대 밑에서 휙 튀어나와 불 앞으로 쏜살같이 가더니 등을 동그랗게 휘며 식식거렸다. "뭘 본 거여?" 지저스가 검으로 가리키며 외쳤다. 불빛이 황금 거미처럼 가는 검날 위를 달렸다. "대답혀, 괭이 녀석. 뭘 본 거여?" 고양이는 웅크린 몸을 편안히 펴고 노인을 차갑게 바라보았다. 지저스는 킬킬댔다. "이 늙은이 지저스한테 뭔 장난질을 치려고 그런댜?" 지저스는 손가락을 흔들었다. "어디 겁줄 수 있나 한번 해보라고." 장님 같은 파란 눈이 감겼다. 변발처럼 스타킹을 신은 발이 대롱거리도록 고개를 뒤로 젖힌 지저스는 한숨을 지었다. "괭이야, 나는 이제 장난질 칠 시간도 없다니께." 그러면서 검을 가슴 위로 들어올렸다. "스컬리 주인님이 이걸 내 결혼식 날에 주셨구먼. 나랑 내 마누라한테. 우리가 결혼식 끝나고 막 빗자루 위를 뛰어넘은 다음이었제. 주인님이 이러셨지 뭐여. '이제 됐어, 지저스. 자넨 결혼했네.' 순회 전도사가 나랑 내 마누라한테 와서 이건 제대로 된 게 아니라고 했제. 주님께서 그냥 보고 넘기지 않으실 거라고. 아니나 다를까, 고양이가 토비를 죽였지 뭐여. 마누라는 슬퍼하다가 나무에 목을 매 목숨을 끊었다니께. 덩치가 어지간한 여편네라 나뭇가지가 확 휘고 말았제. 내가 어렸을 때 건방지게 굴면 아버지가 자주 회초리를 꺾어 왔던 나무인디……." 기억을 더듬으면서 지저스의 마음은 시간 속의 한 섬이 되고, 과거가 그 주위를 둘러싼 바다가 된 듯했다. 조엘이 피칸을 깨서 빈 껍데기를 불 속에 던져 넣었다. "주. 알키비아데스*라는 사람 알아?"

"그게 누구여라?"

"알키비아데스. 나도 몰라. 랜돌프가 그러는데 내가 그 사람 닮았대."

주는 생각해보았다. "잘못 들으셨을 거구먼요. 랜돌프 주인님이 말한 이름은 앨리캐스터 아니겄어요. 앨리캐스터 존스라고, 성가대에서 노래하던 파라다이스 채플 남자아이가 하나 있었어라. 하얀 천사같이 생겨가지고, 얼마나 예뻤는지 목사님이고 남자고 여자고 할 거 없이 다 개를 좋아했다니께요. 적어도 사람들 말이 그려요."

"내가 개보다는 노래 잘할걸." 조엘이 말했다. "주도 알잖아. 난 보드빌 쇼에서 노래할 수 있을 정도라고. 그래서 나중에 꼭 돈을 많이 벌 거야. 주에게 모피 코트 사줄 수 있을 만큼 많이. 일요일 신문에 나오는 드레스도 잔뜩 사주고."

"저는 빨간 드레스가 입고 싶구먼요." 주도 흥이 솟았다. "빨간 옷이 진짜 잘 어울린다니께요. 차도 살 수 있겄지라?"

조는 망상에 빠졌다. 현실처럼 생생한 망상이었다. 그 속에서 조엘은 쏟아지는 스포트라이트에 젖어 있었다. 턱시도를 입고

*아테네의 정치가이자 군인. 페리클레스의 조카로 명문 출신에 화려한 말솜씨와 용모, 지적인 소양, 전쟁에서의 공훈 등으로 이름을 떨쳤다. 또한 소크라테스의 제자로서 그와 파이데라스티아(소년애) 관계를 맺기도 했는데, 소설에서 랜돌프와 조엘도 이를 암시하는 것으로 보인다.

옷깃에는 치자꽃까지 꽂았다. 하지만 조엘이 끝까지 부를 수 있는 노래는 딱 한 곡뿐이었다. "들어봐, 주." 조엘은 노래를 시작했다.

"고요한 밤, 거룩한 밤. 어둠에 묻힌 밤. 주의 부모 앉아서……." 여기까지는 여자아이처럼 높고 달콤했던 목소리가 갑자기 흉하고 신비스러운 투로 바뀌었다.

"아하." 주는 알 만하다는 듯 고개를 끄덕였다. "우리 송사리가 어른 물고기가 될라는 갑네."

난로에서는 통나무 하나가 극적으로 쪼개지며 직직거리는 불꽃을 확 내보냈다. 그때 아무런 경고도 없이, 갓 태어난 굴뚝칼새들이 사는 둥지가 불꽃 속으로 툭 떨어지며 불 때문에 순식간에 갈라졌다. 새끼 새들은 소리도 움직임도 없이 타버렸다. 조엘은 아연실색하여 아무 말도 못하고 가만히 있었고 주의 얼굴은 멍하니 놀란 표정을 띠었다. 오직 지저스만이 이렇게 말했을 뿐이었다. "불 속에서는 말이여," 사위가 그렇게 고요하지 않았더라면 미처 듣지 못할 만큼 작은 목소리였다. "처음엔 물이 오는 법이여. 불은 나중에 오제. 성경 어디에도 어째서 우리가 중간에 껴 있는지는 써 있지 않어. 써 있는 거 봤는가? 기억이 안 나는구먼. 암것도 안 나……. 니들," 목소리가 날카롭게 올라갔다. "니들 다! 너무 뜨겁잖어! 불이 나겄구먼!"

10

일주일 후, 흐리고 기이할 정도로 시원한 오후에 지저스 피버는 죽었다. 누군가 그의 갈빗대를 간질이기라도 한 양 필사적으로 킥킥대다가 발작을 일으켜 죽은 듯했다. "어쩌면 주님이 무슨 웃긴 애기를 하셨는지도 모르제." 주가 말했다. 주는 할아버지에게 멜빵 달린 작은 양복을 입히고 주황색 가죽 구두를 신기고 중산모를 씌웠다. 손에는 얼레지 꽃다발을 쥐여준 후 삼나무관에 뉘였다. 에이미가 랜돌프의 도움을 받아 무덤의 위치를 결정하는 이틀 동안, 지저스는 거기 그렇게 있었다. 달나무 아래로 하자, 마침내 그들은 그렇게 말했다. 둥근 아이보리색 꽃송이 때문에 달나무란 이름이 붙은 그 나무는 랜딩에서 한참 뒤편에 있는 한적한 장소에서 자랐다. 여기에 주는 다른 사람 없이 조엘의 도움만 받아 땅을 팠다. 마침내 땅을 웬만큼 파냈을 때, 조엘은 이전에 여름마다 뒷마당을 파서 만들었던 수영장을 떠올렸다. 이젠 아주 오래전 일처럼 느껴졌다. 삼나무 관을 옮기는 일은 고역이었다. 마침내 늙은 노새 존 브라운에게 밧줄을 맸고, 존 브라운이 무덤 발치까지 관을 끌고 갔다. "뭐가 할아부지를 집까지 끌고 가는지 할아부지가 알았더라면 아주 우스워했을 건디." 주가 말했다. "할아부지는 너를 아주 사랑혔어, 존 브라운. 세상에서 제일로 믿을 만한 노새라고 몇 번이고 말했다니께. 이제 너도 그렇게 기억혀라." 마지막 순간에야 랜돌프가 자기는 장례식에 참석할 수 없다고 하자, 에이미는 그 말을 전하면서 그의 이름으로 한마디 정도 되는 기도를 중얼거리며 성호를 그었다. 에이미는 이 행사를 위해 검은 장갑을 꼈다. 하지만 지저스에게 다른 문상객은 없었다. 달나무 그늘 아래 선 세 사람은 친구에게 작별 인사를 하러 역에 모인 산만한 무리 같았고, 그런 모임에 모인 이들이 빨리 기차 기적 소리가 울려 거기서 빠져나갈 수 있기를 바라듯이 이들도 삼나무 뚜껑 위에 흙이 처음으로 쿵 떨어지는 소리를 듣고 싶어 안달이 나 있었다. 이런 엄숙한 사건이 벌어지는데도 자연에는 아무런 변화가 없다는 것이 조엘에게는 이상하게 보였다. 고양이 눈처럼 터무니없이 푸른 하늘에 목화꽃 같은 구름이 지나치게 달콤하게 떠 있는 광경이 망자에 대한 무시의 뜻 같아 거슬렸다. 이 좁은 세상에 100년 넘게 살다 간 사람이라면 더 높은 경의를 받아야 마땅했다. 삼나무 관은 무덤 안으로 내려질 때 뒤집혔지만 주는 이렇게 말했다. "신경 쓰지 마셔라. 우리가 이교도 거인들같이 힘이 센 것도 아니고." 주는 고개를 절레절레 저었다. "불쌍한 할아부지, 엎드려서 천국에 가게 생겼구먼." 주는 다리를 벌리고 고개를 뒤로 젖히면서 아코디언을 쭉 펴며 고함을 질렀다. "주님, 할아부지를 가슴으로 받아주셔요. 어디든지 곳곳으로 데려가서 구경도 시켜주시고, 절대로 절대로 기운을 꺾지 마셔요. 주님, 할아버지는 영광을 보셨어라. 빛도 보셨어라……." 지금 이 순간까지는 조엘 또한 지저스 피버의 죽음을 받아들이지 않았다. 그렇게 오래 산 사람이 죽을 리가 없지 않은가. 마음속 깊은 곳에서는 노인이 자는 체하는지도 모른다고 생각했다. 하지만 주가 연주한 진혼곡의 마지막 음이 잠잠해지자, 지저스가 정말로 죽었다는 현실이 실감났다.

그날 밤의 잠은 적처럼 조엘을 괴롭혔다. 꿈, 날개 달린 복수의 물고기가 새벽녘 빛이 떠오를 때까지 수면 위로 올랐다 자맥질하며 헤엄쳐서 조엘의 눈을 번쩍 뜨게 했다. 조엘은 서둘러 바지 단추를 채우고 조용한 집을 기어 부엌문으로 나갔다. 하늘 위에 선 달이 물 아래 옅어지는 돌처럼 희미해지고 있었다. 얽힌 새벽빛은 하늘 위로 오르며 불분명한 파스텔색으로 떨렸다.

"당나귀처럼 짐도 참 징하게 많지 않어라?" 조엘이 정원을 지나 주가 서 있는 오두막의 현관 베란다로 다가가자 주는 이렇게 소리쳤다. 퀼트 이불로 싼 퉁퉁한 짐 보따리가 등 위에 불룩 튀어나와 있었고, 아코디언은 허리띠에 묶어 송충이처럼 매달려 있었다. 그 외에도 커다란 젤리 단지 상자를 들고 있었다. "워싱턴 DC에 도착할 즈음에는 곱사등이가 되겠구먼요." 주는 포도주 한 통을 벌컥벌컥 들이켠 듯한 목소리였다. 어렴풋한 해오름 속에서 주가 이렇게 기뻐하는 모습은 조엘에겐 혐오스러울 뿐이었다. 대체 무슨 권리로 행복해진단 말인가?

"그거 다 지고 갈 수 없어. 무엇보다 바보같이 보이잖아."

하지만 주는 두 팔을 접었다 폈다 하며 한 발을 굴렀다. "도련님도 참. 저는 기관차 같은 기분이구먼요. 전속력으로 여기서 도망칠 거니께. 뭐, 어둑해지기 전까진 워싱턴 DC에 도착하겠지요." 주는 새침한 숙녀처럼 인사하려는 양 풀 먹인 캘리코 치마를 살짝 들어올리는 자세를 취했다. "예쁘지 않어요?"

조엘은 실눈을 뜨고 비판적으로 뜯어보았다. 얼굴엔 밀가루처럼 허옇게 분을 발랐고 불그스름한 기름 같은 것을 바른 볼은 불난 듯 벌겠다. 바닐라 향을 온몸에 뿌린 데다 머리에는 반들반들하게 기름을 발랐다. 목에는 레몬색 실크 스카프를 둘렀다. "돌아봐." 조엘이 주문했다. 주가 한 번 빙그르르 돌자 조엘은 멀찍이 떨어지며 뾰족하게 기죽이는 말을 했다.

주는 침착하게 지적을 받아들였지만 이렇게 말했다. "어째 그리 샐쭉한 얼굴을 하고 그러신다요? 제 생각을 하면 기뻐하셔야 할 거 아니어요. 우리 친구 하기로 했으믄서."

조엘은 길게 늘어진 담쟁이 덩굴손을 하나 뜯어냈다. 그 바람에 베란다 처마에 매달린 화분들이 흔들렸다. 화분들은 서로 부딪치며 연이어 문이 닫히는 듯한 소리를 냈다. "야, 참 웃긴 말도 하네. 하하하." 조엘은 랜돌프가 그러듯 냉정하게 눈썹을 추켜올렸다. "주는 한 번도 내 친구였던 적 없어. 나 같은 사람이 너 같은 사람이랑 무슨 공통점이 있다고?"

"아기 도련님도 참……." 주가 부드럽게 어르는 목소리로 말했다. "……도련님, 약속 하나 하겄어요. 제가 자리를 잡으믄…… 도련님을 데려가서 평생 돌봐드리겄구먼요. 이 약속을 어기면 저는 천벌을 받을 테니께."

조엘은 움찔 물러서다 베란다 기둥에 부딪혔다. 그는 마치 세상에 자기를 이해하고 사랑하는 것은 그 기둥밖에 없다는 듯 그것을 안고 꼭 붙들었다.

"거기 기다려보셔요." 주는 단호히 말했다. "도련님도 이젠 어른이 다 됐으니께. 아이고메, 어째서 할멈처럼 구신다요! 정말 창피스러워 못살겄구먼요. 자, 여기 제가 할아부지의 근사한 검을 드릴 참인디요……. 지금 보니, 이걸 가질 만큼 제대로 된 남자가 아니구먼요."

조엘은 담쟁이 커튼을 가르며 마당으로 나섰다. 곧장 걸어가서 돌아보지 말아야지. 그게 주에게 내리는 벌이 될 것이었다. 하지만 나무둥치에 다다를 때까지 주가 후회도 하지 않고 뒤에서 부르지도 않자, 조엘은 멈춰 다시 베란다까지 되돌아가서는 심각하게 주의 아프리카 혈통이 흐르는 눈을 들여다보며 말했다. "사람 보내서 나를 데려갈 거야?"

주는 미소를 띠며 조엘을 안아 올리다시피 했다. "머리에 얹을 지붕만 생기믄요." 주는 이불로 싼 보따리에 손을 내려 검을 꺼냈다.

"여기 이건 할아부지가 가장 자랑하던 것이구먼요. 그러니께 도련님도 이 검에 창피를 주면 안 되는겨."

조엘은 검을 허리에 찼다. 이것은 세상에 대항하는 무기였다. 차갑고 장엄한 검집이 다리에 길게 닿자 조엘은 몸이 굳었다. 갑자기 힘이 솟고 두려움이 사라졌다. "고맙게 받을게, 주."

주는 이불과 젤리 단지 상자를 주섬주섬 챙겨서 계단 아래로 아치랑아치랑 내려갔다. 숨소리는 툴툴대는 것 같았고 걸어 내려갈 때마다 아코디언이 위아래로 튀며 불협화음을 빗방울처럼 흩뿌렸다. 두 사람은 황폐한 정원을 지나 길로 나섰다. 태양은 저 멀리 가장자리가 초록빛으로 빛나는 들판을 지나고 있었다. 갓 밝이의 푸른빛이 나무 위에 내리고 여러 겹의 빛이 땅 위로 풀려나갔다. "이슬이 땅에 내리기 전까지는 파라다이스 채플에 도착하겄구먼요. 퀼트 이불을 준비해둔 게 다행이제. 워싱턴 DC에는 눈이 펑펑 올지도 모르니께요." 그것이 주의 마지막 말이었다. 조엘은 우편함 옆에 섰다. "잘 가!" 조엘은 소리치며 그 자리에 서서 계속 바라보았다. 주가 한 점으로 작아졌다가 영영 사라질 때까지. 아코디언 소리가 스러져 들리지 않을 때까지.

"……고마운 줄도 모르고." 에이미가 코웃음을 쳤다. "착하고 친절하게, 우리는 항상 그렇게 대해주지 않았어? 근데 걔는 어떻게 했니. 도망쳤잖아. 온데간데없이. 나한테 병자만 득시글거리는 집을 맡겨두고. 자기 요강 하나 비울 만큼 제정신인 사람이 하나도 없는데. 게다가 내가 뭐야. 숙녀 아니야. 난 숙녀로 자란 데다가 4년제 사범학교를 졸업했다고. 그런데 내가 고아와 백치를 돌보는 간호사 놀음이나 할 거라고 랜돌프가 생각한다면 말이지……. 망할 미주리!" 에이미의 입은 성이 나서 흉하게 움직였다. "검둥이들이란! 앤절라 리가 몇 번이고 신신당부했는데. 절대로 검둥이를 믿지 말라고. 정신이나 머리나 하나 다를 것 없이 별나다고 했어. 그래도 아침이나 해놓고 가도 되었을 거 아냐." 에이미는 오븐에서 비스킷을 한 판 꺼내 굵게 간 옥수수죽 한 대접, 커피잔과 함께 쟁반에 담았다. "자, 이거 쌩하게 랜돌프 사촌에게 가져다주고 쌩하니 돌아와라. 불쌍한 샌섬 씨한테도 뭘 먹여야 하니까. 아, 하늘이여 우리를 도우소서. 그래, 주님이 지혜롭게……."

랜돌프는 벌거벗은 채로 침대에서 윗몸을 일으켰다. 이불이 미끄러져 내려갔다. 아침 햇빛이 비친 피부는 투명에 가까운 분홍색이었고 둥글고 부드러운 얼굴은 기괴할 정도로 젊어 보였다. 다리 위에는 작은 일본식 협탁이 놓여 있었고, 그 위에는 한 무더기의 청색 어치 깃털과 풀 그릇, 마분지 한 장이 놓여 있었다. "정말 즐겁지 않니?" 랜돌프는 조엘을 보고 미소를 지었다.

"그 쟁반 내려놓고 나랑 놀자꾸나."

"시간이 없어요." 조엘은 약간 의뭉스럽게 말했다.

"시간?" 랜돌프가 되뇌었다. "맙소사. 우리에게 넘치는 게 있다면 시간이라고 생각했는데."

잠시 뜸을 들이다 조엘이 말했다. "주가 떠났어요." 조엘은 이 소식에 극적 효과를 주어 전달하고 싶은 마음이 간절했다. 하지만 랜돌프는 만족스러운 반응을 보이지 않았다. 오히려 에이미와는 반대로 전혀 언짢아하는 기색이 없었고 놀라지도 않은 듯했다. "참 피곤하게 산다." 랜돌프는 한숨지었다. "참 멍청하기도 하고. 걔가 돌아오지 않는다면 세상에 돌아올 사람 하나 없을걸."

"어쨌든 돌아오고 싶지도 않을걸요." 조엘이 건방지게 대답했다. "여기서는 행복하지 않았는걸요. 무엇도 다시 주를 돌아오게 하진 못할 거예요."

"귀여운 아가." 랜돌프는 어치 깃털을 풀에 담갔다. "행복은 상대적인 거란다. 그리고," 그는 깃털 하나를 마분지에 붙였다. "미주리 피버는 이제 곧 당황해서 자기의 제자리를 버렸다는 사실을 깨닫게 될 거다. 이처럼." 랜돌프는 조엘이 볼 수 있도록 마분지를 들어 보였다. 깃털들이 마치 살아 있는 새를 고정해놓은 효과를 주도록 배열되어 있었다. "각각의 깃털은 크기와 색에 따라 특정한 자리를 차지하게 되어 있어. 하나만 약간 벗어나도 전혀 진짜처럼 보이지 않을 거다."

어떤 기억이 깃털처럼 대기 중에 떠다녔다. 조엘은 마음의 눈으로 푸른 어치가 벽에 날개를 퍼덕이고 에이미가 숙녀답게 부지깽이를 들던 장면을 보았다. "날 수 없는 새가 무슨 소용이 있어요?" 조엘이 말했다.

"뭐라고?"

조엘도 자기 말뜻이 무엇이었는지 확실히 몰랐다. "다른 새, 진짜는 날 수 있잖아요. 그렇지만 이건 아무것도 할 수 없잖아요……. 그저 살아 있는 것처럼 보이는 것 말고는."

랜돌프는 마분지를 옆으로 치우고 누워서 가슴을 손가락으로 두드렸다. 그는 눈을 내리깔았다. 눈을 감자 그는 기이하리만큼 무방비로 보였다. "어둠 속이 더 유쾌하지." 랜돌프는 잠꼬대를 하는 듯했다. "불편하지 않으면, 아가, 저 장에서 셰리주 병 좀 하나 가져다줄래? 그런 다음에는 까치발로 커튼을 다 내려줘. 그리고 아주 조용하게 문을 닫아." 조엘이 이 요구를 마지막까지 다 완수했을 때, 랜돌프는 자리에서 일어나 말했다. "네 말이 맞다. 내 새는 날 수가 없어."

얼마 후, 조엘은 샌섬 씨에게 아침 식사를 한 입 한 입 떠먹여주느라 뒤틀린 속을 끌어안고 자리에 앉아서 빠르고 단조로운 어조로 책을 읽어나갔다. 늘 그렇듯이 금발 여자와 갈색 머리 남자가 16층 집에서 같이 사는 이야기였다. 이 여자가 한 말 대부분은 반복하기 민망했다. "자기," 조엘은 읽었다. "나는 세상 어느 여자보다도 당신을 사랑해요. 하지만, 사랑하는 랜스. 우리의 사랑이 아직도 반짝이는 동안에 나를 떠나요." 샌섬 씨는 가장

슬픈 부분에서도 계속 미소를 띠었다. 아들은 아버지를 힐끔 보면서 얼굴을 찡그릴 때마다 엘렌 이모가 으름장을 놓았던 것을 떠올렸다. "내 말 명심해라." 이모는 말했다. "얼굴이 그 표정으로 굳어버릴 테니까." 그런 운명은 섀섬 씨에게 내려진 듯했다. 평소의 무표정한 얼굴은 이제 여드레 넘게 싱긋 웃는 표정으로 굳어져 있었다. 아름다운 여자와 멋진 남자가 버뮤다로 신혼여행을 가는 것으로 이야기가 끝나자 조엘은 바나나 커스터드 파이 요리법을 읽어나갔다. 섀섬 씨는 로맨스든 요리법이든 마찬가지로 빤히 쳐다보며 세상 누구보다도 집중해서 들었다.

절대로 눈을 감지 않는다는 건 어떤 기분일까? 항상 같은 천장, 조명, 얼굴, 가구, 어둠만 영원히 비친다는 것은? 하지만 그 눈은 우리에게서 벗어나지 않고, 우리도 그 눈을 피할 수 없다. 그 눈은 실로 가끔은 방 안에 스며드는 듯했다. 축축한 회색이 물안개처럼 사방을 덮었다. 그 눈에 눈물이 고인다 해도 보통의 눈물이 아니었고 무언가 회색, 어쩌면 녹색, 어떤 색깔이든 얼음처럼 단단했다.

아래층 거실에는 옛 책들을 모아놓았는데, 조엘은 이 책들을 훑다가 스코틀랜드 전설 모음집을 우연히 발견했다. 그중 하나는 현명치 못하게도 다른 사람들의 생각을 읽을 수 있고 영혼 깊은 곳까지 볼 수 있는 마법의 약을 제조한 사람에 관한 이야기였다. 그가 본 악, 충격 때문에 그의 눈은 벌어진 상처가 되었다. 그리하여 그는 남은 평생을 그렇게 살았다. 조엘은 이 이야기에서 깊은 인상을 받아 샌섬 씨의 눈은 자기 머릿속에 있는 그대로를 볼 수 있다고 반쯤 확신하게 되었다. 이런 이유에서 조엘은 생각을 비개인적인 방향으로 맞추려고 애썼다. "……설탕과 밀가루, 소금과 달걀노른자를 섞는다. 계속 젓다가 뜨거운 우유를 붓는다……." 이따금 조엘은 죄책감이 들어 마음이 따끔거렸다. 샌섬 씨를 지금보다는 더 동정해야 하는데. 노력해서 사랑해야 하는데. 샌섬 씨를 보지만 않았더라면! 그럼 계속 아버지를 이런저런 멋진 모습으로 상상할 수 있었을 텐데. 부드럽고 강한 목소리로 말을 하고, 조엘의 진짜 아버지 노릇을 하는 모습으로. 어쩌면 이 샌섬 씨는 조엘의 아버지가 아닐지도 몰랐다. 이 샌섬 씨는 그저 미친 눈알 외에 아무도 아닌 것이었다. "……구운 파이 껍질 속에 넣는다. 머랭인지 뭔지…… 그걸로 씌워서…… 굽는다. 그러면 23센티미터 파이가 나온다." 조엘은 에이미가 구독하는 여성 잡지를 내려놓고 샌섬 씨의 베개를 펴주기 시작했다. 샌섬 씨의 머리가 싫어, 싫어, 싫어, 하듯 앞뒤로 흔들렸다. 목에 한 줌 되는 바늘을 꽂은 듯 따끔거리는 목소리가 나왔다. "남자애, 착해, 착한 애, 착해." 목소리는 이어졌다. "공, 착한 공." 샌섬 씨는 빨간 테니스공 하나를 떨어뜨렸다. 조엘이 그 공을 줍자 그의 굳어진 미소는 더 유리처럼 변했다. 회색 해골 얼굴 위에 고통스러운 표정이 떠올랐다. 그때 갑자기 휘파람 하나가 닫힌 창문을 뚫고 들어왔다. 조엘은 몸을 돌려 귀를 기울였다. 세 번, 짧게 굉음이 들리더니 한 번, 올빼미가 활개 치는 울음소리가 들렸다. 조엘은 창문으로 갔다. 아이다벨이었다. 아이다벨이 아래 정원에서 헨리와 함께 있었다. 창문이 열리지 않아 조엘은 신호를 보냈지만 아이다벨이 보지 못하자 서둘러 문으로 갔다. "나빠." 샌섬 씨가 말했다. 그는 침대에 있는 테니스공을 다 떨어뜨렸다. "남자애, 나빠, 나빠!"

조엘은 검을 가지러 빙 돌아 자기 방에 들렀다가 아래층으로 뛰어내려 바깥 정원으로 나갔다. 아이다벨을 안 이래 처음으로 조엘은 그 애가 자기를 만나 반가워한다는 느낌을 받았다. 진지한 안도의 표정이 아이다벨의 얼굴에 어렸고 순간 조엘은 아이다벨이 포옹할지도 모른다는 생각을 했다. 아이다벨은 그러려는 듯 두 팔을 올렸지만, 대신 몸을 구부려 헨리의 목을 꼭 껴안았다. 그러자 늙은 개는 낑낑댔다. "무슨 일 있어?" 조엘이 물었다. 아이다벨이 말을 하지도 않고, 어떤 의미에서는 조엘을 제대로 알은척도 하지 않고, 검에 대해서도 아무런 말을 하지 않았기 때문이다. 마침내 아이다벨이 입을 열어 "우리, 네가 집에 없을까 봐 걱정했어"라고 했을 때는 평소 거친 기운이 목소리에서 다 빠져나간 듯했다. 조엘은 아이다벨보다 훨씬 강해진 기분이었고 이전의 다른 아이다벨, 말괄량이와 있을 때는 느끼지 못했던 자신감까지 생겼다. 조엘은 튤립 줄기가 사방으로 기울어져 있고, 달팽이가 지나간 자리가 은색 줄로 표시된 알로카시아 이파리가 양산처럼 머리 위에 드리운 그늘 속에서 아이다벨 옆에 쭈그리고 앉았다. "어째서 그랬는데?"

아이다벨의 입술이 하얘졌다. 소녀는 대답을 뱉듯 말했다. "플로라벨 때문이야. 그 망할 놈."

"여자애를 놈이라고 하면 안 되지."

"아, 걔도 물론 망할 놈이지. 하지만 걔 얘긴 아니었어." 아이다벨은 개를 끌어다 무릎에 앉혔다. 개는 졸린지 고분고분히 누워 아이다벨이 배에서 벼룩을 뜯도록 가만 놔두었다. "망할 놈은 우리 아빠를 말한 거야. 우린 치고받고 싸웠어. 아빠랑 나랑 플로라벨이랑. 아빠가 여기 있는 헨리를 쏘려고 해서. 플로라벨이 아빠한테 일렀어……. 헨리가 중병에 걸렸다고. 처음부터 끝까지 새빨간 거짓말이야. 내가 걔 코랑 이 몇 개를 부러뜨렸어. 하여간 돼지처럼 피를 질질 흘리길래 나랑 헨리랑 도망쳤지. 우리 밤새 컴컴한 데서 헤매 다녔다." 아이다벨은 갑자기 어렴풋이 익숙한 방식으로 웃음을 떠뜨렸다. "근데 깜짝 놀란 게, 우리가 누굴 봤는지 알아? 주 피버를 봤다. 쓰레기를 바리바리 짊어지고 있어서 숨도 제대로 못 쉬더라. 아, 지저스 할아버지 얘기를 듣고는 금방 미안해지긴 했어. 그렇게 늙은 사람이 죽었는데 아무도 말 한마디 못 듣다니. 하지만 너한테 말했듯이, 랜딩에서 뭔 일이 일어나도 누가 아니?"

조엘은 생각했다. 다른 데인들 무슨 일이 일어나도 누가 알겠는가? 샌섬 씨 빼고는. 샌섬 씨는 모든 것을 다 알았다. 그의 눈은 어떤 속임수를 써서 전 세계를 여행했다. 이 순간에도 그 눈은 조엘을 보고 있으리라, 조엘은 의심 한 점 없었다. 게다가 어쩌면 그럴 마음만 있다면야 샌섬 씨는 랜돌프에게 페페 알바레스의 행선지도 밝혀줄 가능성이 높았다.

"찡찡대지 마, 헨리." 아이다벨은 벼룩 한 마리를 톡 터뜨렸다. "그 사람들이 네게 손 못 대게 할 테니까."

"그럼 넌 어쩔 건데?" 조엘이 물었다. "언젠가는 집으로 가야 할 것 아냐."

아이다벨은 코를 비비더니 눈을 과장되게 크게 떠 애원하는 빛으로 조엘을 쳐다보았다. 아이다벨 말고 다른 사람이었다면 조엘은 애가 자기를 꼬이려 한다고 생각했을 터였다. "어쩌면 갈 수도 있고, 어쩌면 안 갈 수도 있지." 아이다벨이 대답했다. "그래서 너를 만나러 온 거야." 아이다벨은 갑작스레 사무적으로 개를 무릎에서 내려놓고 정다운 동지처럼 조엘의 어깨를 꽉 쥐었다. "너 도망치지 않을래?" 조엘이 뭐라 대답하기도 전에 아이다벨은 서둘러 말을 이었다. "오늘 밤 어두워지면 시내로 갈 거야. 순회공연단이 시내에 와 있거든. 구경꾼이 엄청 많이 모일 거야. 난 한 번 더 순회공연을 보고 싶어. 올해에는 대관람차도 있다고 누가 그러더라……."

"그렇지만 어디로 가는데?" 조엘이 물었다.

아이다벨의 입이 떡 벌어졌다 다물어졌다. 분명히 여기까지는 깊이 생각해보지 않은 듯했고 고를 세상은 넓고도 넓었지만 아이다벨이 할 수 있는 말은 이뿐이었다. "마을 밖으로 나가는 거지. 괜찮은 데가 나올 때까지 돌아다니는 거야."

"우리 캘리포니아로 가서 포도를 딸 수 있어." 조엘이 의견을 냈다. "서부에 가면 열두 살만 되어도 결혼할 수 있어."

"난 결혼하고 싶지 않아." 아이다벨은 얼굴을 붉히며 말했다. "내가 결혼하고 싶다고 누가 그러디? 야, 잘 들어. 너 얌전하게 굴어야 해. 우리가 형제간인 것처럼 행동해야 한다고. 그러지 않으면 아예 움직일 수 없게 해주지. 어쨌든 우린 포도 따기 같은, 계집애 같은 일은 안 할 거야. 어쩌면 우린 해군에 입대할 수 있을지도 몰라. 아니면 헨리에게 묘기를 가르쳐서 서커스에 들어가는 거지. 자, 너 마술 묘기 같은 것 배운 적 없어?"

그 말에 생각이 났다. 리틀 선샤인이 약속한 부적을 찾으러 가지 않았다는 사실이. 아이다벨과 함께 도망치려면 그 마술이 필요할지도 몰랐다. 그래서 조엘은 아이다벨에게 클라우드 호텔에 가는 길을 아느냐고 물었다. "대강." 아이다벨이 대답했다. "숲을 지나가다 보면 소합향나무가 있는 우묵한 공터가 나와. 그런 다음 물레방아가 있는 시내를 건너가면……. 아, 길이 먼데. 어쨌든 거길 왜 가야 하는데?" 하지만 물론 조엘은 대답할 수 없었다. 리틀 선샤인이 부적 얘기는 절대로 하면 안 된다고 신신당부했으니까. "거기 사는 남자한테 중요한 볼일이 있어." 조엘은 이렇게 말해놓고 아이다벨을 약간 겁주고 싶었다. "안 가면 우리에게 뭔가 끔찍한 사건이 일어날 거야."

둘 다 펄쩍 뛰었다. "숨지 마라. 너희들 거기 밖에 있는 거 아니까. 소리 다 들려." 에이미였다. 에이미가 바로 위 창문에서 외쳤다. 하지만 알로카시아 이파리가 위장 역할을 해주어서 아이들의 모습이 보이지는 않았다. "이 곤란한 처지에 샌섬 씨를 놔두고 도망갈 생각을 하다니, 정말 정신이 완전히 나간 거니?" 아이들은 이파리 아래에서 엉금엉금 기어 집 옆으로 돌아가서 길, 숲 속으로 질주했다. "너 거기 있는 것 알아, 조엘 녹스. 지금 당장 올라오라고!"

공터 깊은 곳, 덩굴에 감긴 소합향나무의 껍질에 짙은 진액이 덕지덕지 붙어 있었다. 연한 사과나무 잎처럼 녹색 마녀 나비가 여기저기 내려앉았다 날아올랐다. 산들바람이 부는 길에 쭉 솟아난 나팔백합들이(오직 성인과 영웅만이 이 신비로운 나팔 소리를 들을 수 있다고 한다. 그렇다고 전해져온다) 레이스 장갑을 낀 유령 같은 손처럼 꽃잎을 흔들어 신호를 보냈다. 모기 떼가 극성이어서 아이다벨은 계속 두 팔을 흔들었다. 사방팔방에, 거대한 거울이 깨진 조각들 같은 웅덩이 위에 모인 모기 떼들이 번쩍번쩍 빛났고 발밤발밤 걷는 헨리의 앞길을 방해했다.

"나 돈이 좀 있어." 아이다벨이 말했다. "사실은, 50센트 정도 된다." 조엘은 자기가 상자 안에 넣어놓은 잔돈을 떠올리고 그것보다 더 많다고 자랑했다. "이거 모두 순회공연에 써버릴 수 있어." 아이다벨이 말하며 악어처럼 생긴 통나무를 개구리인 양 펄쩍 뛰어넘었다. "어쨌든 돈이 뭐 필요해? 적어도 지금 당장은 필요 없어……. 콜라 살 돈 말고는. 돈을 충분히 저금해야만 매일 콜라를 사지. 얼음처럼 차가운 콜라가 없다면 내 뇌는 타버릴 거야. 게다가 담배도. 난 정말 담배 피우는 거 좋아하거든. 콜라랑 담배랑 헨리가 내가 이 세상에서 유일하게 사랑하는 거야."

"나도 좀 좋아하지 않아?" 소리 내어 말할 생각은 없었는데 말해버렸다. 그런데도 아이다벨은 노래만 읊조리며 대답하지 않았다. "……커다란 비비가 달빛을 받으며 갈색 털을 빗고 있네……."

아이들은 소합향나무 진액을 벗겨서 씹으려고 잠깐 발길을 멈췄다. 가만히 서 있을 때 아이다벨이 말했다. "우리 아빤 전국 곳곳을 샅샅이 뒤지면서 나를 찾을 거야. 분명 블루이 아저씨에게 가서 늙은 추적견을 빌려달라고 할걸." 아이다벨이 웃음을 터뜨리자 소합향나무 진액이 입가에서 뚝뚝 떨어졌다. 녹색 나비가 머리 위에 가볍게 내려앉아 머리카락에 리본처럼 붙었다. "이전에 한번은 탈주범을 수색한 적이 있었어(바로 여기 이 공터에서). 블루이 아저씨랑 그 집 개, 샘 래드클리프랑 로버타 레이시, 보안관이랑 농장에서 데려온 개들이 다 참가했어. 날이 어둑해지자 수색단의 전등이 저 멀리 숲 속에서 빛나는 게 보였고 개들이 우는 소리도 들렸어. 꼭 명절 같았다. 아빠랑 아저씨들이랑 로버타 레이시가 다 코가 삐뚤어지도록 취해서는 소리를 어찌나 질러대던지. 로버타가 히힝거리며 떠드는 소리가 눈시티 너머까지 똑똑히 들렸을걸……. 그런데 있잖아. 난 그 탈주범이 정말 불쌍하더라. 그 사람 생각하니 무섭기도 하고. 내가 그 사람이고 그 사람이 나 같다는 생각이 자꾸 드는 거야. 사람들이 잡으러 나온 게 우리 두 사람이라고." 아이다벨은 진액을 담배처럼 퉤 뱉더니 엄지손가락을 갈고리처럼 카키색 반바지의 허리띠 고리에 걸었다. "하지만 그 사람 도망갔어. 절대 못 찾았지. 어떤 사람들 말로는 아직도 이 근처에 있을 거래……. 클라우드 호텔에 숨어 있을 거래. 어쩌면 랜딩에 살지도 모른대."

"랜딩에 사는 사람 있어." 조엘은 들떠서 말했다. 하지만 다음 순간 약간 실망감을 느끼며 덧붙였다. "하지만 그 사람은 탈주범이 아냐. 어떤 부인이지."

"부인? 에이미 양 말하는 거야?"

"다른 사람이야." 조엘은 대답하긴 했지만 벌써 그 얘기를 꺼낸 것을 후회하고 있었다. "키가 크고 하얀 가발을 썼어. 예쁜 구식 드레스를 입었고. 근데 그 여자가 누군지, 심지어 진짜 사람인지 아닌지도 모르겠어." 하지만 아이다벨은 조엘이 바보라도 되는 양 쳐다볼 뿐이었다. 그래서 조엘은 불편하게 웃으면서 말했다. "농담한 거야. 그냥 널 좀 겁주고 싶었어." 그러고는 질문에 대답하고 싶지 않아 약간 앞서서 뛰어갔다. 그 바람에 검이 허벅지에 찰싹 부딪쳤다. 조엘이 보기엔 한참 먼 길을 온 듯했고, 그는 이제 길을 잃었다는 생각을 이모저모 따져보았다. 어쩌면 애초에 그런 호텔 따위는 없었는지도 모른다. 숲 속에 안개처럼 떠다니는 물안개 속 하얀 궁전 같은 이름의 호텔이라니. 다음 순간 조엘은 나무딸기 울타리를 마주 보고 검을 뽑아 가지를 쳐냈다. "너 먼저 들어가, 친애하는 아이다벨." 조엘은 인사를 하며 양보했고 아이다벨은 휘파람을 불어 헨리를 부르더니 먼저 통과했다. 반대편 얼마 떨어지지 않은 거리에 거친 자갈 시냇가가 있었는데, 이곳에선 시내라기보다는 강에 좀 더 가까운 물이 느릿느릿 흘렀다. 노랗게 변한 꺾인 줄기가 처음에는 무너진 댐의 광경을 가렸고, 그 아래에는 높은 지주 위에 놓인 기묘한 집 한 채가 물 위에 걸터앉아 있었다. 애초에 칠을 하지 않아 이제는 회색으로 변해버린 판자로 지은 집이었는데, 집을 짓던 사람이 겁을 먹고 도중에 도망가기라도 한 양 마무리가 안 된 묘한 인상이었다. 남아 있는 지붕 위에는 해바라기를 하는 대머리수리 세 마리가 웅크려 있었고 나비들은 밝은 하늘이 비쳐 파란 창문을 드나들었다. 조엘은 마음이 쓰릴 정도로 실망했다. 여기가, 맙소사, 클라우드 호텔이라고 생각했기 때문이다. 하지만 그때 아이다벨이 아니라고, 여긴 버려진 옛 물레방앗간이라고, 몇 년 전까지는 농부들이 옥수수를 빻으러 왔던 곳이라고 설명했다. "이전에는 길이 있었거든. 여기서 클라우드 호텔로 통하는 길. 하지만 지금은 숲 말고는 아무것도 없어. 그 길을 보여주는 오솔길 흔적조차 남아 있지 않네." 아이다벨은 돌멩이 하나를 집어 대머리수리를 향해 위로 던졌다. 새들은 미끄러지듯 지붕에서 날아가 시냇가를 돌았다. 독수리의 그림자가 나른하게 서로 얽히는 동그라미를 그렸다.

여기 물은 조엘과 아이다벨이 목욕을 했던 시내보다 더 깊어서 또한 더 짙기도 했다. 바닥이 보이지 않는 올리브색 흙탕물이었다. 이 물을 헤엄쳐 지나야 하는 건 아님을 알자 안도가 된 나머지 용기가 생겨, 무겁지만 썩은 기둥이 교차하는 물레방앗간 아래로 지나갈 수 있었다.

"내가 먼저 가는 편이 좋겠다." 아이다벨이 말했다. "이거 너무 오래되어서 무너지기 쉽거든."

하지만 조엘이 앞으로 밀치고 나갔다. 어쨌든, 아이다벨이 뭐라 하든, 조엘은 남자고 아이다벨은 여자 아닌가. 아이다벨이 다시 한 번 기선을 제압하도록 놔둘 수는 없었다. "너랑 헨리가 뒤에 와." 조엘의 목소리는 갑작스레 지하 창고처럼 공허해졌다. 갈라지고 벌레 먹은 방앗간 기둥들을 찬란한 윤슬이 뱀처럼 타고 올라왔다. 구릿빛 물벌레들이 다른 곤충들이 실을 자아 짜낸 정교한 거미줄 위에서 흔들렸고, 버섯은 축축하고 노회한 나무 위에서 주먹만 한 크기의 꽃처럼 피어 있었다. 조엘은 조심스레 발걸음을 내디디며 검을 이용해 균형을 잡았다. 아래 가까이 흘러가는 어지럽고 깊은 시내는 쳐다보지 않고, 대신 햇빛 아래 붉은 진흙 속에서 푸르고 탐스럽게 솟아난 박 덩굴이 가득한 건너편 강둑만 쳐다보려 애썼다. 그래도 갑자기 다른 편까지 건너가지 못할 것 같다는 생각이 들었다. 늘 육지 사이에 매달려 아슬아슬하게 균형을 잡고 있을 것 같다는 생각. 어둠 속에서, 홀로. 그때 아이다벨이 건너오기 시작하자 발판이 흔들리는 느낌이 들었고 조엘은 누군가 함께 있음을 기억해냈다. 오로지. 그때 심장이 뒤집히며 쿵쿵 뛰었다. 온몸이 철처럼 굳어졌다.

아이다벨이 외쳤다. "왜 그래? 왜 가다 말아?"

하지만 조엘은 말할 수 없었다. 어떤 소리도 낼 수 없었고 꼼짝도 할 수 없었다. 저 너머 30센티미터도 떨어지지 않은 자리에, 조엘의 종아리만큼 굵고 채찍처럼 긴 살모사 한 마리가 똬리를 틀고 있었기 때문이다. 화살 모양 머리가 스르르 미끄러져 나오면서 씨앗 같은 눈이 날카롭게 쳐다보았다. 조엘의 온몸은 이미 벌써 물리기라도 한 양 따끔거리기 시작했다. 아이다벨은 뒤에서 다가와 어깨 너머로 쳐다보았다. "세상에." 아이다벨은 숨소리처럼 작게 말했다. "맙소사." 아이다벨의 손이 닿자 조엘은 안에서 깨어졌다. 얼어붙은 시내는 수평으로 펼쳐진 우리 같았고, 그들이 서 있는 자리는 유사流沙로 만들어진 듯 발이 가라앉는 기분이었다. 어떻게 샌섬 씨의 눈이 저 살모사의 머리에 붙어 있을 수 있을까?

"내려쳐." 아이다벨이 다그쳤다. "칼로 내려쳐."

이런 식이었다. 아이들은 클라우드 호텔로 향했다. 그래, 클라우드 호텔은 루비 반지를 낀 남자가 수면 아래서 헤엄치고 있는 곳이다. 그래, 랜돌프는 연감을 들여다보며 홍콩 및 포트오브스페인*에 보내는 편지를 쓰고 있을 것이다. 불쌍한 지저스는 죽었다. 고양이 토비에게 살해당했다(아니, 토비가 아기 이름이었

*트리니다드 토바고의 수도로 서인도제도에 위치한다.

지). 지저스가 죽은 건 불을 피우자 굴뚝에서 떨어진 둥지 때문이다. 그리고 주. 이제 워싱턴에 갔을까? 거긴 눈이 올까? 어째서 샌섬 씨는 조엘을 그렇게 빤히 쳐다보는 걸까? 그건 정말로 무척, 무척이나 무례하다(라고 엘렌 이모는 말했겠지). 특히 절대로 눈을 감는 법이 없는 샌섬 씨는 정말로 훨씬 더 무례했다.

뱀은 우아하게 똬리를 스르르 풀더니 아이들 쪽으로 구르듯 몸을 뻗었다. 아이다벨이 소리 질렀다. "내려쳐, 내려치란 말이야!" 하지만 조엘은 물론 샌섬 씨의 시선에만 신경이 쏠려 있었을 뿐이었다.

아이다벨은 조엘을 빙그르르 돌려 자기 뒤로 안전하게 밀어낸 뒤, 조엘의 손에서 검을 빼앗았다. "망할 개자식." 아이다벨은 야유를 보내며 뱀을 찔렀다. 순간, 뱀은 마비된 듯 보였다. 하지만 눈에 보이지 않을 정도로 재빠르게, 팽팽해져서 찡 울리는 철사 같은 몸체가 뒤로 훅 물러섰다가 앞으로 휙 덤벼들었다. "나쁜 놈." 아이다벨은 소리를 지르더니 눈을 감고서 검을 낫처럼 휘둘렀다. 살모사는 공기 중에 철썩 소리를 내더니 물로 뛰어들어 납작하게 수면 위에 떴다. 허연 배를 위로 하고 꿈틀거리는 뱀은 부러진 백합 뿌리처럼 물살에 떠내려갔다. "싫어." 잠시 후 승리감에 차분해진 아이다벨이 조엘을 달래 건너게 하려 하자 조엘이 대답했다. "싫어." 조엘은 말했다. 이제 와 리틀 선샤인을 찾은들 무슨 소용이 있단 말인가? 벌써 위험은 닥쳤었고, 이제는 부적이 필요 없었다.

11

저녁 식사 중에 에이미가 발표했다. "오늘은 내 생일이야." 그러고는 말을 이었다. "정말이야, 그런데 기억해주는 인간 하나 없네. 앤절라 리가 여기 있었더라면 조각마다 상품이 든 거대한 케이크를 받았을 텐데. 작은 금반지라든가, 내 진주 목걸이에 꿸 진주알이라든가, 구두에 다는 작은 은버클이라든가. 아, 생각만 해도!"

"행복한 생일 보내세요." 조엘은 이렇게 말했지만 에이미에게 행복을 빌어줄 마음은 전혀 없었다. 조엘이 집에 오자마자 에이미가 우산으로 조엘 머리를 후려칠 요량으로 뛰어 내려왔기 때문이다. 에이미는 적어도 그럴 작정이었다고 했다. 하지만 랜돌프가 문을 열어젖히더니 에이미에게 경고했다. 그것도 아주 진지하게 만약 조엘에게 손가락 하나라도 대면 목을 졸라버리겠다고 했다.

랜돌프는 계속 돼지 족발을 씹었고, 에이미는 조엘을 무시하고 눈썹을 추켜올린 채 랜돌프만 계속 쏘아보았다. 꽉 다문 입술이 파르르 떨렸다. "먹어, 계속 먹으라고. 돼지처럼 뒤룩뒤룩 살이나 쪄." 에이미는 장갑 낀 손을 쿵 내려쳤다. 탁자를 치자 나무가 부딪치는 소리가 났다. 오래된 괘종시계는 이런 소동에 자극을 받았는지 울리기 시작했다. 세 사람 모두 시계가 저절로 잠잠해질 때까지 꼼짝도 하지 않고 앉아 있었다. 곧이어, 얼굴 주름이 핏줄만큼 도드라지더니 에이미가 뜬금없이 흐느끼며 눈물을 질질 짜고 딸꾹질을 하기 시작했다. "멍청한 자식." 에이미가 끅끅댔다. "나 말고 너 도와주는 사람 있어? 내가 없었다면 앤절라 리 살아생전에 너 교수형당하는 꼴 보고도 남았을걸! 하지만 안 그랬잖아. 내가 인생을 포기한 덕분에." 간간이 "잠깐"이라는 말을 뱉으면서 에이미는 여남은 번 잇달아 딸꾹질을 했다. "이거 하난 말해주지, 랜돌프. 여기 한순간이라도 더 있느니 차라리 역겨운 검둥이 집에 가서 청소를 하는 편이 낫겠어. 내 몸 하나도 건사 못할 줄 알아? 미국 엄마라면 누구든 애들을 나한테 보내고 싶어 할 거라고. 놀이를 짜줄 거야. 까막잡기나 의자 앉기, 당나귀 꼬리 달기* 같은 거 하고 아이 한 명당 10센트씩 받아야지. 그걸로 잘 먹고 살 수 있었을 거라고. 아냐, 너에게 의지할 필요 없어. 사실 내가 생각이 눈곱만큼이라도 있으면 앉아서

*눈을 가리고 몇 바퀴 돈 후에 벽에 붙은 당나귀 그림에 꼬리를 다는 놀이. 표시한 꼬리 위치에 가장 가까이 단 사람이 이긴다.

경찰에 편지를 썼겠지."

랜돌프는 칼과 포크를 엇갈리게 놓고 기모노 소매로 입술을 톡톡 닦았다. "미안해, 누나." 그가 사과했다. "하지만 무슨 얘긴지 잘 못 따라가겠는데. 대체 어느 부분이 내 잘못이라는 거야?"

사촌은 고개를 저으면서 숨을 깊고 초조하게 들이마셨다. 눈물은 이제 더 흐르지 않았고 딸꾹질은 멎었다. 갑자기 에이미는 수줍은 미소를 지었다. "내 생일이야." 에이미의 목소리는 작아지면서 흔들렸다.

"이상하기도 하지, 조엘. 1월인데 유별나게 따뜻한 것 같지 않니?"

조엘은 사람들 목소리 위로 들리는 소리에 귀를 기울였다. 짧은 휘파람 세 번, 올빼미 울음소리 한 번. 아이다벨의 신호였다. 너무 안달이 난 나머지, 감지 않은 시계조차 시간이 멈춘 듯했다.

"1월에 그럴 수가 있을까. 누나는 새해 1월에 태어났지(족보에 따르면 그럴 거야. 하지만 그게 믿을 만하지 않다는 건 인정할게. 결혼식 날짜를 실수로 아홉 달씩 앞으로 당겨서 실은 경우가 아주 많더라고)."

에이미는 거북이처럼 소심하게 목을 쑥 집어넣었고 다시 딸꾹질이 시작되었다. 하지만 이번에는 화가 났다기보다 구슬픈 쪽에 가까웠다. "하지만 랜돌프……. 랜돌프, 오늘이 내 생일 같은 기분이었어."

"그럼 포도주 좀 마셔." 랜돌프가 말했다. "자동피아노에서 노래 하나 틀고. 찬장 속을 봐. 오래된 동물 크래커 상자가 하나 있을 거야. 부스러기마다 은색 벌레가 꼬물거리는 거." 두 사람은 등잔을 들고 응접실로 들어갔다. 조엘은 포도주를 가지러 위층으로 올라갔고 재빨리 랜돌프의 방을 가로질러 창문을 열었다. 아래에선 새로 핀 장미의 모닥불이 8월의 황혼 속에서 꽃눈처럼 타올랐다. 달콤한 향기가 색깔처럼 공기를 채웠다. 조엘은 휘파람을 불며 속삭였다. "아이다벨, 아이다벨." 그러자 아이다벨이 헨리와 함께 기울어진 기둥 사이에서 나타났다. "조엘." 자신 없는 목소리였다. 그 뒤에선 서서히 다가오는 밤이 다섯 개의 돌 손가락을 장갑처럼 스르르 싸면서 그늘 속에서 구불구불 펼쳐졌다. 어둠은 나긋나긋이 아이다벨에게로 가까이 가는 듯 보였다. 조엘이 대답하자 아이다벨은 기둥의 손아귀에서 서둘러 벗어나 창문 아래로 안전하게 왔다. "준비됐어?" 아이다벨은 헨리에게 주려고 하얀 장미로 목걸이를 엮었던지, 장미꽃 한 송이를 머리에 어색하게 꽂고 있었다. 아이다벨, 너 참 예쁘다. 조엘은 생각했다. "우편함으로 가 있어." 조엘이 말했다. "거기서 만나자." 너무 어두워서 불 없이 움직이기가 힘들었다. 조엘은 랜돌프의 책상 위에 놓인 촛불에 불을 붙이고 장식장으로 가서 따지 않은 셰리주 병을 더듬더듬 찾았다. 허리를 굽혀 촛불을 끄다가 화장지처럼 얇은 초록 편지지 한 장을 보았다. 그 위에는 익숙한 손글씨로 희미하게 인사말 한 줄이 쓰여 있을 따름이었다. "친애하는 페페." 그럼 엘렌에게 보낸 편지도 랜돌프가 작성한 것이었단 말인가? 하지만 어째서 샌섬 씨가 글자를 하나라도 쓸 수 있을 거라고 생각했을까? 어두운 복도에서 조엘이 기다리는 동안 샌섬 씨의 문 틈으로 불빛이 새어 나왔다. 바람이 문을 휙 열어젖혔다. 조엘은 마치 거꾸로 된 망원경을 통해 아버지의 방을 보고 있는 기분이 들었다. 노르스름한 빛의 선명함에, 결혼반지를 낀 손이 침대 가에 늘어진 모습은 세밀화처럼 보였다. 서리처럼 희뿌연 유리 공에서 투사된 베네치아 풍경이 벽과 코바늘 레이스 이불을 물들였고 거울 속에선 아버지의 눈과 미소가 빙빙 돌았다. 조엘은 까치발로 들어가 무릎을 꿇고 침대 옆으로 기어갔다. 아래층에선 자동피아노가 불규칙적인 카니발 음률을 뚱땅뚱땅 치고 있었지만 이 순간의 고요와 은밀함을 방해하지는 않았다. 조엘은 다정하게 샌섬 씨의 손을 뺨에 대고 둘 사이에 온기가 느껴질 때까지 잡고 있었다. 조엘은 메마른 손가락에 입을 맞추고 두 사람을 묶어놓는 역할을 했던 금반지에도 입을 맞추었다. "저는 떠나요, 아버지." 어떤 의미에서는 두 사람의 혈연관계를 조엘이 인정한 것이 그때가 처음이었다. 조엘은 천천히 일어서서 두 손바닥을 샌섬 씨의 양 뺨에 대고 입술을 한데 모았다. "세상에 하나뿐인 아버지." 조엘은 속삭이고는 몸을 돌렸다. 계단을 내려가며 그 말을 다시 되뇌었지만 이번에는 혼잣말이었다.

조엘은 셰리주 병을 방 안의 나무 모양 옷걸이 위에 놓고 커튼 뒤에 숨어서 응접실 안을 슬쩍 들여다보았다. 에이미나 랜돌프는 조엘이 계단을 내려오는 소리를 듣지 못했다. 에이미는 자동 피아노 의자 위에 앉아 열심히 상아 부채를 부치면서 피곤하게 발을 까닥거렸다. 랜돌프는 지루한 나머지 축 늘어져서 조엘이 곧 모습을 드러낼 아치 복도를 쳐다보고 있었다. 하지만 조엘은 이미 그 자리를 떠서 바깥의 우편함, 아이다벨이 기다리는 곳으로 달려갔다. 길은 떠가는 강과 같았고, 갑작스러운 자유의 숨결로 불이 붙은 폭죽 하나가 별들이 반짝이는 자취 속에서 저 멀리 멀어지는 듯했다. "뛰어!" 조엘은 아이다벨이 기다리는 자리에 도착하자 외쳤다. 랜딩이 영원히 눈앞에서 사라지기 전에 멈춘다는 것은 참을 수 없는 생각이었다. 아이다벨은 조엘보다 앞에서 달렸다. 바람이 불어 머리카락은 뻣뻣하게 뒤로 넘어갔다. 마치 달에 기대놓은 사다리를 오르듯 길은 점점 울퉁불퉁하다 언덕이 되었다. 언덕 너머에 이르자 아이들은 숨을 헐떡이면서 머리를 빳빳이 쳐들고 우뚝 섰다. "우리 쫓아와?" 아이다벨이 물었다. 머리에 단 장미에서 꽃잎이 날렸다. 조엘이 대답했다. "이제 누구도 우리를 따라오지 못할 거야, 절대." 두 아이는 헨리를 사이에 두고 걸으면서 아이다벨의 집도 가까이에서 휙 지나쳐 버리고 계속 걸었다. 개 목에 건 화환에서 떨어진 장미가 돌 같은 달빛을 빨아들였고 아이다벨은 장미라도 먹을 수 있을 만큼 배가 고프다고 말했다. "아니면 풀이나 독버섯이라도." 음, 그래. 조엘은 말했다. 음, 읍내에 들어가면 R. V. 레이시의 프린슬리 플레이스에서 바비큐로 한 턱 내겠어. 그러면서 두 아이는 조엘이 처음 이 길로 들어섰던 날 밤 이야기를 했다. 저 멀리 아이다벨과 쌍둥이 언니가 같이 노래하던 소리를 들었던 밤. 조엘의 눈은 별에 박혔다. 낡은 수레가 잠의 낭떠러지 위로 조엘을 싣고 갔었다. 그러다 들뜬 마음으로 잠에서 번쩍 깨어 겨울의 잠은 흩어졌었다. 그러면서 그사이에 꿈을 꾸었었다. 그 꿈의 얼개는 기억이 다시 짜내는 것보다 더 빠르게 흩어져서 오로지 아이다벨만 남아 있을 뿐이었고, 다른 것들이나 사람들은 어둠 속 그림자가 그러하듯이 흐릿해졌다. “기억나.” 아이다벨이 말했다. “난 네가 플로라벨만큼이나 못된 애라고 생각했어. 하늘에 솔직히 말해서, 오늘까지는 그 생각이 별로 바뀌지도 않았었고.” 그때 아이다벨은 부끄러워하는 표정으로 길둑을 향해 허둥지둥 뛰어가더니 거기 졸졸 흘러가던 실개천에서 물을 떠 마셨다. 아이다벨은 불쑥 허리를 펴더니 손가락을 입술에 대고 조엘에게 이리로 오라고 신호했다. “들려?” 아이다벨이 속삭였다. 풀숲 뒤에서 황소울음 같은 소리와 기타 같은 다른 소리가 섞였고 빗방울이 같은 리듬으로 그 소리를 어루만졌다. 사락거리는 웅얼거림, 작은 웃음소리가 얽혀 있는 바람이 그렇게 슬프지는 않은 한숨과, 공간보다는 더 깊은 고요를 뒤따랐다. 울창한 이파리 속을 지나갈 때 발아래에는 방석처럼 부드러운 이끼가 밟혔다. 아이들은 확 트인 공터 가장자리에 멈췄다. 달빛과 풀이 엷게 깔려 한데 얽힌 자리에 흑인 두 명의 모습이 보였다. 그들은 벌거벗은 채로 누워 서로 포개져 있었다. 남자의 캐러멜색 몸에는 피부색이 더 짙은 연인의 두 팔, 두 다리가 감겨 있었고 남자의 입술은 여자의 젖꼭지를 비비고 있었다. 아아, 우우, 다정한 사이먼. 여자가 한숨지었다. 사랑이 여자의 목소리에 실렸고, 사랑이 여자의 몸을 천둥처럼 뒤흔들었다. 사이먼, 다정한 사이먼, 자기. 여자는 읊조리다 갑자기 긴장했다. 두 팔은 마치 달을 끌어안을 듯 하늘을 향해 들었다. 그녀의 연인이 여자의 몸 위로 푹 내려앉았다. 팔다리를 구부린 자세의 그들은 거기 이끼의 꽃 위에서 함께 검은 별똥별 모양을 이루었다. 아이다벨은 물 위로 텀벙 떨어지듯 허겁지겁 물러났고, 조엘은 침착하려고 애쓰며 쉿! 쉿! 소리를 냈다. 이 연인을 놀라게 하면 잘못이라는 생각도 있었고 아이다벨이 좀 더 기다리기를 바라는 마음도 있었다. 그들을 바라보고 있노라니 심장이 마치 온몸에서 뛰는 듯했고 뭐라 정의할 수 없는 모든 속삭임이 한데 모여 갈망의 외침 하나가 되는 것 같아서였다. 조엘은 이젠 깨달았다. 그것은 킥킥대는 웃음이나 갑자기 확 달아오른 말 한마디가 아니었다. 서로 함께 있음으로 하나가 된 단 두 사람. 물살이 밀려와 조엘을 해안에 하얀 뼈로만 남겨놓은 듯한 기분이었다. 그렇게 회색이고 그렇게 차가운 바다로부터 마침내 나오니 기분이 좋았다. 조엘은 아이다벨의 손을 잡고 걷고 싶었지만, 아이다벨은 두 손을 매듭처럼 꽉 맞잡고 있었다. 조엘이 말을 걸자 아이다벨은 심술궂고 화가 나고 두려운 표정으로 조엘을 쳐다보았다. 그날 오후 두 사람의 위치가 역전된 듯했다. 물방앗간 아래에선 아이다벨이 영웅이었지만, 지금 조엘은 아이다벨을 지켜줄 무기도 갖고 있지 않았다. 무기가 있다고 해도, 조엘은 아이다벨이 죽이고 싶어 하는 게 뭔지 알 수가 없었다.

대관람차의 불빛이 저 멀리서 소용돌이쳤다. 눈시티 위로 무지개 소나기처럼 로켓 폭죽이 올랐다 터지고 떨어졌다. 얼빠진 어린아이들과 어른들은 모두 주일에 입는 가장 좋은 정장을 맵시 있게 차려입고 카니발의 모습을 눈에 가득 담고서 앞뒤로 어슬렁거렸다. 젊은 흑인 하나가 홀로 감옥에 갇혀 슬프게 바라보았고 피부가 인조 보석처럼 빛나는 여자 하나가 다리에 야한 빨간 실크 스타킹을 신고 천박하게 소리를 지르며 휙 지나쳤다. 금이 간 낡은 집 현관 베란다 위에선 노인들이 다른 해에 왔던 순회공연들의 회상을 늘어놓았고, 덤불 뒤로 오줌을 누러 갔던 꼬마 소년들은 웃고 서로 꼬집으며 어슬렁거렸다. 아이스크림콘이 더러운 손가락에서 떨어졌고 당밀 팝콘이 쏟아지자 눈물도 함께 쏟아지곤 했다. 하지만 행복하지 않은 사람은 아무도 없었으며 누구도 그 순간을 넘어선 자질구레한 일들을 생각하지 않았다.

안녕, 아이다벨, 무슨 일이야, 아이다벨? 하지만 조엘에게 말을 거는 사람은 없었다. 조엘은 그들 중 하나가 아니었다. 사람들은 조엘을 몰랐다. 오직 R. V. 레이시만 기억했다. "어마, 꼬마 도령!" 두 아이가 프린슬리 플레이스의 문 앞에 나타났을 때 로버타가 외쳤다. 거기 모여 있는 사람들, 리본을 달고 새침한 표정을 한 읍내 아가씨들과 소처럼 멍청한 눈을 한 촌스러운 농장 청년들은 주크박스의 음악을 섞다가 말고 멈췄다. 아가씨 한 명이 다가와 조엘의 턱 아래를 간질였다. "어디서 이런 걸 찾아 왔어, 아이다벨? 귀엽네."

"날라리가 신경 쓸 일 아냐." 아이다벨은 대꾸하고 카운터에 자리를 잡았다.

로버타 레이시 양이 손가락을 하나 흔들었다. "아이다벨 톰킨스, 내가 여러 번 경고했지. 내 가게에선 깡패들이 하는 말은 쓰지 말라고. 게다가 베이비 페이스 플로이드*처럼 행동하고 젊은 아가씨에게 어울리는 옷차림이 아닐 때는 내 가게에 발 들여놓지 말라고 수없이 말했을 텐데. 자, 나가. 저 더러운 개도 데리고."

"부탁입니다, 로버타 아주머니." 조엘이 말했다. "아이다벨은 무척 배가 고파요."

"그럼 집에 가서 남자에게 밥해주는 법이나 배우면 되겠네(웃음). 게다가 여긴 어른 식당이야(박수). 로미오, 덕분에 간판을 내다 걸어야 한다는 게 생각났네. 더욱이 아이다벨, 네 아버지가 너 어디 갔는지 여기 와서 물어보고 갔어. 내가 진지하게 말하는데, 네 아버지가 네 그 못된 엉덩이에 불이 나도록 때려줄 작정인 것 같던데(웃음)."

아이다벨은 실눈을 뜨고 여주인을 똑바로 쳐다보았다. 그런 다음 가장 최선의 반박을 담은 표현이라는 듯 바닥에 침을 퉤 뱉

*1930년대 유명한 은행 강도인 찰스 아서 플로이드의 별명.

고 두 손을 주머니에 찔러 넣은 후 으쓱거리며 나갔다. 조엘이 따라 나가려 했지만 R. V. 레이시가 한 손으로 조엘의 어깨를 잡았다. "꼬마 도령." 로버타는 턱에 난 사마귀 위에 돋은 기다란 검은 털을 만지면서 말했다. "천사 소년, 너 약간 이상한 친구를 두었구나. 아이다벨의 아버지가 그러는데, 쟤가 그 착하고 예쁜 언니의 코를 깨버렸다며. 이도 다 아작을 내고." 로버타는 비비처럼 겨드랑이를 긁으면서 씩 웃더니 덧붙였다. "자, 어디 가서 로버타가 냉정한 여자라고 하고 다니지는 마. 너한테는 약하니까." 그러면서 짭짤한 땅콩 한 봉지를 주었다. "공짜야."

아이다벨은 이 로버타 할망구가 준 땅콩으로 뭐할 거냐고 쏘았지만, 확실히 마음이 풀렸는지 혼자서 한 봉지를 다 먹어버렸다. 아이다벨은 조엘이 팔을 잡는데도 가만히 있었다. 두 아이는 사람이 바글바글한 축제 현장으로 내려갔다. 순회공연이 한창이었다. 불쌍하게 우그러진 장난감에 불과한 회전목마가 딸랑거리는 종소리에 맞춰 돌아갔고, 회전목마를 타도록 허락받지 못한 흑인들은 먼발치에 삼삼오오 붙어 서서 마법처럼 빙글빙글 도는 회전목마를 보면서 안장 위에 올라탄 사람들보다도 더 재미있게 즐겼다. 아이다벨은 조엘이 깨버린 색안경을 타려고 다트 던지기 게임에 35센트나 쏟아부었다. 밀짚모자를 쓴 남자가 속임수를 써서 지팡이를 넘기려 할 때는 어찌나 야단법석을 떨었던지! 결국 아이다벨은 그 안경을 타냈지만 안경이 너무 커서 계속 코 위로 흘러내렸다. 10센트를 내고 천막 안으로 들어가서는 다리가 넷 달린 닭(박제)과 유리통 안에서 녹색 문어처럼 떠다니는 머리가 둘 달린 아기를 구경했다. 아이다벨은 아기를 자세히 바라보더니 촉촉해진 눈으로 고개를 돌렸다. "불쌍한 아기." 아이다벨은 말했다. "불쌍한 것." 하지만 오리 소년을 보고는 기운을 되찾았다. 확실히 정말 웃기긴 웃겼다. 꽥꽥거리며 이상한 얼굴을 하고 물갈퀴로 이어진 손가락이 있는 손으로 박수를 쳤다. 어느 시점에서는 셔츠를 풀어 하얀 깃털 가슴을 내보이기도 했다. 조엘은 등나무 아가씨, 귀여운 꼬마 소녀 쪽이 더 좋았다. 아이다벨도 마찬가지였다. 그 아가씨가 난쟁이라는 사실이 믿기지 않았다. 등나무 아가씨는 이제 스물다섯 살이라고 했으며 막 유럽의 왕들 앞에서 순회공연을 하고 돌아온 참이었다. 귀엽고 작은 금발 머리에는 반짝이는 왕관이 얹혀 있었다. 우아한 은색 슬리퍼를 신었으며(발끝으로 걷는 모습은 경이로웠다) 드레스는 자주색 실크로 만들었고, 허리에는 노란 실크 띠를 묶었다. 아가씨는 위아래로 콩콩 뛰고 킥킥 웃고 노래를 부르며 시를 읊었다. 아가씨가 무대에서 내려오자 아이다벨은 조엘이 이제껏 본 중에 가장 흥분해서 앞으로 뛰어나가더니 같이 소다수를 마시러 가면 안 되느냐고 졸랐다. "참 근사하네요." 등나무 아가씨가 소시지 모양으로 굵게 만 황금 고수머리를 꼬면서 대답했다. "근사해요." 아이다벨이 겸손하게 소임을 자처했다. 콜라를 사 오고 앉을 자리를 찾고 헨리가 가까이 오지 못하게 했다. 등나무 아가씨가 동물을 무서워한다고 고백했기 때문이다. "솔직히 말해서,"

등나무 아가씨는 새된 소리로 말했다. "주님이 저들을 창조하실 뜻이 있었다 생각지 않아요." 루즈 바른 큐피* 인형 같은 입술을 뺀다면, 아이처럼 포동포동한 아가씨의 얼굴은 창백했고 에나멜을 칠한 것 같았다. 두 손은 개별적인 생명을 지닌 양 계속 파닥파닥 움직였다. 아가씨는 아이들이 전혀 영문을 알 수 없는 이야기를 한다는 듯 이따금 힐끔 쳐다보았다. "아, 이거 정말 맛있군요." 아가씨가 말했다. "쇼 연기자들 중 많은 이들이 그저 거짓으로 연기할 뿐이랍니다. 하지만 난 어떤 가식도 없어요. 난 그저 내 기술을 사람들에게 전하길 좋아할 따름이죠……. 여러 사람이 내가 어떻게 이런 의상을 입고 돌아다니는지 영문을 알 수 없다고 해요. 봐요, 사람들 말로는 제가 할리우드에 진출하기만 하면 셜리 템플** 대역으로 일주일에 천 달러는 벌 수 있을 거래요……. 하지만 난 그 사람들에게 이렇게 대답해요. 행복에 이르는 길이 언제나 고속도로는 아니라고." 아가씨는 코카콜라를 다 비우고 립스틱을 꺼내 큐피 입술을 다시 발랐다. 그때 이상한 일이 일어났다. 아이다벨이 그 립스틱을 빌리더니 입 주위에 어색하게 광대 같은 선을 그렸다. 등나무 아가씨는 작은 손으로 손뼉을 치면서 새침하게 재밌다는 듯 소리를 질렀다. 아이다벨은 이 명랑한 반응을 멍청하게 동경하는 미소로 맞았다. 조엘은 대체 아이다벨이 무엇에 홀린 건지 알 수가 없었다. 이 난쟁이가

*상표명으로, 작은 날개가 달린 벌거벗은 아기 인형.
**1930~1940년대 할리우드의 유명 아역배우.

마술을 건 게 아니라면. 그렇지만 아이다벨이 이 작은 노란 머리 등나무 아가씨에게 계속 알랑거리자, 조엘은 아이다벨이 사랑에 빠졌다는 것을 깨달았다. 아니, 이제 아이다벨은 절대 떠날 생각을 하지 않을 것이었다. 거기에는 시간의 세계가 있었다. "근사해요." 등나무 아가씨는 대관람차를 타자는 말에 이렇게 대답했다. "근사해요."

한 줄기 번개가 별들을 뒤흔들었다. 등나무 아가씨의 왕실 머리 장식이 이 짧은 가짜 폭발에 불이 붙었다. 유리 보석은 대관람차의 분홍 불빛 속에서 장밋빛으로 반짝였다. 아래에 남겨진 조엘은 아가씨의 하얀 날개 같은 손이 아이다벨의 머리 위에 내려앉는 것을 보았다. 그 손은 가볍게 파닥이다, 그 본질을 먹어 치우려는 듯 어둠을 쥐어짰다. 두 사람은 낮게 흔들렸고 그들의 웃음소리는 등나무 아가씨의 긴 허리띠처럼 물결치다가 새롭게 번쩍이는 번개를 향해 오르며 녹아들었다. 그래도 조엘은 이 난쟁이의 양철 피리 같은 목소리가 박람회장의 모든 소음 위로 모기처럼 끈질기게 앵앵거리는 소리가 들리는 듯했다. 아이다벨, 돌아와. 조엘은 다시는 아이다벨을 보지 못하리라 생각했다. 아이다벨은 등나무 아가씨의 옆에 앉아 하늘로 여행을 하리라. 아이다벨, 돌아와. 너를 사랑해. 그때 아이다벨이 거기서 말했다. "멀리까지 보인다. 하늘에 손도 닿을 것 같아." 그래서 조엘도 대관람차에 올라탔다, 등나무 아가씨와 단둘이. 두 사람은 함께 아이다벨이 삐걱삐걱 흔들리는 객차를 타고 올라가면서 점점 작아지는 모습을 바라보았다.

바람이 그들을 등불처럼 흔들었다. 바람이야. 조엘은 생각했다. 왜냐하면 그는 천막 위에서 떨리는 깃발과 땅 위에서 동물처럼 구르는 휴지, 또 저 너머 어떤 양키 강도가 세 여성을 살해했다던 낡은 집 벽에 붙은 너덜너덜한 포스터가 해골의 춤을 추는 것을 볼 수 있었기 때문이다. 앞의 객차에는 햇빛을 가리려고 보닛을 쓴 엄마와 옥수수자루 인형을 가지고 노는 여자애가 타고 있었다. 두 사람은 아래에서 기다리는 농부에게 손을 흔들었다. “두 사람 그거 자주 타야겠구먼.” 농부가 소리쳤다. “비가 오겠는디.” 관람차가 돌아갈 때 바람이 등나무 아가씨의 자줏빛 실크 드레스를 바스락바스락 쓸고 지나갔다. “도망치려는 거죠?” 아가씨가 미소를 짓자 토끼 같은 치아가 드러났다. “뭐, 저 소녀에게도 말했으니까 당신에게도 말하죠. 세상은 무시무시한 곳이에요.” 아가씨는 두 팔을 둥글게 구부렸다. 그 순간 조엘의 눈에 그녀는 바깥세상처럼 보였다. 즉, 지리적인 형태, 랜돌프의 연감에 있는 육지와 바다와 모든 도시가 되었다. 허공에 흔들리는 기이한 작은 손은 지구를 아울렀다. “게다가 아, 외로운 곳이기도 하죠. 나도 한 번 도망쳤으니까. 난 자매만 넷이에요(모디 언니는 메릴랜드 미인 대표로 애틀랜틱시티에 갔죠. 그렇게 예뻤어요). 다들 키가 크고 사랑스러운 소녀들이었어요. 지금은 세상을 떠나신 우리 어머니는 신발을 벗어도 키가 거의 180센티미터 가까이 되었답니다. 우리는 볼티모어에 있는 큰 집에서 살았어요. 우리 동네에서 제일 좋은 집이었죠. 나는 학교도 가본 적 없어요. 내 몸이 어찌나 작았는지 엄마의 반짇고리에도 들어갈 수 있을 정도였죠. 어머니는 내가 바늘구멍도 통과할 수 있을 거라고 농담하곤 하셨어요. 모디 언니에게는 애인이 있었는데, 그 사람 손바닥 위에 내가 설 수 있을 정도였어요. 난 열일곱 살이 되었는데도 여전히 아기 의자에 앉아서 식사를 해야 했죠. 사람들은 내가 혼자 공연할 필요는 없다고 했어요. 다른 작은 사람들도 있어, 라고 했죠. 가서 그 사람들을 찾아봐. 그 사람들은 꽃 속에 살아. 난 여러 번 꽃잎을 벗겨봤지만 라일락은 라일락이고 내가 이제껏 본 어떤 장미에서도 사람은 살지 않았어요. 찻잎으로 점을 쳐봤자 기름 한 점밖에 뜨지 않았고, 크리스마스 양말에는 사탕밖에 들어 있지 않았어요. 내가 스무 살이 되었을 때, 엄마는 나한테 애인 하나 없는 게 옳지 않다고 생각해서 바로 뉴저지 뉴어크에 있는 스위트하트 결혼상담소에 편지를 썼어요. 그랬더니 어떤 남자가 나랑 결혼하겠다지 뭐예요. 그런데 그 남자는 나한테는 너무 크고 너무 못생겼었어요. 게다가 일흔일곱 살이나 되었다고요. 뭐, 그래도 그 남자랑 결혼했을지도 몰라요. 하지만 그 남자는 내가 얼마나 작은지 보더니 금방 작별 인사를 하고 다시 기차를 타고 왔던 데로 가더군요. 이제껏 다정하면서도 나처럼 작은 사람을 본 적이 없어요. 아이들은 있죠. 하지만 난 가끔 그 작은 소년들도 자라서 커진다는 생각을 하며 눈물을 흘린답니다." 이렇게 과거를 회상하는 동안, 아가씨의 목소리는 엄숙하게 굳어졌다. 조용히 맞잡은 두 손은 무릎 위에 놓여 있었다. 아이다벨은 손을 흔들며 고함을 질렀지만 바람은 그 말을 다른 데로 실어 가버렸다. 등나무 아가씨는 슬프게 말했다. "불쌍한 아이 같으니라고. 저 아이는 자기도 괴물이라고 생각하지 않나요?" 아가씨는 한 손을 조엘의 허벅지에 놓았다. 다음 순간, 아가씨도 어찌 통제할 수 없다는 듯 손가락이 조엘의 다리 사이로 슬금슬금 들어왔다. 아가씨는 강한 충격을 받은 듯 그 손을 쳐다보았지만 도로 물릴 수는 없는 것만 같았다. 조엘은 불편했지만 누구의 마음도 상하게 하고 싶지 않았다. 등나무 아가씨도, 아이다벨도, 옥수수자루 인형을 든 소녀도. 그래서 뭐라 말을 할 수 있기만을 바랄 뿐이었다. 중요하지 않아요. 난 당신을 사랑해요. 당신의 손을 사랑해요. 세상은 무시무시한 곳이에요. 그래, 조엘도 알았다. 오래가진 않는다. 하지만 무엇이 영원할 수 있겠나? 아니, 오직 무엇이 영원한 것처럼 보이나? 바위는 깎여 내려가고 강은 얼어붙으며 과일은 썩는다. 흑인이건 백인이건 칼에 찔렸을 때 흘리는 피는 똑같다. 훈련을 받은 앵무새는 보통 앵무새보다 진실을 더 많이 말한다. 그렇지만 누가 더 외로울까? 매 아니면 벌레? 꽃이 피는 모든 심장은 그것을 피워낸 모든 허브처럼 말라비틀어져 씨앗만 남는다. 남자는 늙으면 노처녀처럼 되지만 그의 아내에겐 콧수염이 자란다. 매순간 하나하나가 대관람차의 객차처럼 돌고 돈다. 풀과 사랑은 항상 더 푸르다. 하지만 눈 셋 달린 자매 이야기 기억나나? 아가씨에게 사랑을 보여주면 사과는 황금색으로 익어갈 것이다. 사랑은 눈의 여왕을 물리친다. 사랑이 있다면 이름도 찾을 수 있지. 룸펠슈틸츠킨*이든 그저 조엘 녹스든. 그건 변함없다.

장대비가 저 먼 곳으로부터 밀려오고 있었다. 막상 비가 오기 전에 매미 떼가 울어대듯 웅웅거리는 소리부터 들을 수 있었다. 대관람차를 조종하는 운전수는 손님들을 내리기 시작했다. "아, 우리가 마지막이겠네." 등나무 아가씨가 안타까워했다. 두 사람이 탄 차는 거의 꼭대기에 매달려 있었기 때문이다. 비의 장막이 그들에게로 밀려오자 아가씨는 물리치기라도 하려는 듯 두 손을 허공에 들었다. 마치 파도처럼 비가 쏟아져 내리기 시작하자 아이다벨과 모든 이가 도망쳤다.

이윽고 모자를 쓰지 않은 한 남자만이 아래 텅 빈 자리에 서 있었다. 조엘은 눈으로 미친 듯이 아이다벨을 찾느라 처음에는 그 남자의 모습을 보지 못했다. 그런데 카니발의 조명들이 빠지직하는 불길과 함께 합선되었다. 그 순간 남자의 모습은 갑자기 야광으로 바뀐 듯했다. 이제 남자와 조엘의 거리는 한 뼘도 되지 않는 듯 보였다. "랜돌프." 조엘은 속삭였다. 그 이름이 조엘의 목 아래를 꽉 붙드는 것 같았다. 그 영상은 순간적이었다. 불이

*독일 민화에 나오는 난쟁이로, 황금 실을 만들어내라는 왕의 분부에 입장이 난처해진 아가씨를 도와, 그녀 대신 아마를 짜서 황금으로 둔갑시켜준다. 이에 왕은 아가씨를 왕비로 맞이하는데, 그는 그 대가로 자신의 이름을 알아맞히지 못하면 왕비의 첫 아기를 데리고 가겠다고 한다. 왕비가 이름을 알아맞히자 그는 화가 나서 자취를 감추어버린다.

모두 빠직 꺼져버렸기 때문이다. 대관람차가 마지막 종착지로 내려갔을 때 랜돌프의 모습은 보이지 않았다.

"기다려요." 등나무 아가씨는 물에 젖은 의상을 그러모으며 명령했다. "날 기다리란 말이야." 하지만 조엘은 아가씨를 지나쳐 대피소 이쪽에서 저쪽으로 서둘러 뛰어갔다. 아이다벨은 10센트 천막에도 없었다. 거기엔 촛불 아래서 혼자 카드놀이를 하는 오리 소년 말고는 없었다. 또 아이다벨은 회전목마 위에 웅크리고 있는 무리 속에도 없었다. 조엘은 말 보관소에도 가보았다. 침례교회로도 갔다. 곧이어 다른 가능성이 별로 없자 자기도 모르게 낡은 집의 현관 베란다에도 갔다. 한데 동그랗게 모인 이파리들이 식식 소리를 내며 괴괴한 공터 위에서 소용돌이쳤다. 텅 빈 안락의자가 부드럽게 앞뒤로 까닥였다. 앨버트 공의 포스터가 허공 속을 새처럼 날아와 조엘의 얼굴에 딱 부딪쳤다. 조엘은 빠져나오려고 몸부림쳤지만 포스터는 마치 살아 있는 것 같았다. 몸싸움을 하다 보니 그것이 갑자기 랜돌프의 모습보다도 더 무서워졌다. 조엘은 둘 중 어느 것에서도 벗어나지 못할 듯싶었다. 하지만 그렇다고 해도, 대체 랜돌프에게 무서워할 점이 뭐가 있다고? 랜돌프가 조엘을 찾아냈다는 사실은 그저 그가 그 망원경 같은 눈의 사절임을 증명할 뿐이었다. 랜돌프는 절대로 그에게 해를 끼치지 못할 것이다(여전히, 그렇지만, 아직도). 조엘은 팔을 내렸다. 기묘하게도 이렇게 하자마자 앨버트 공은 저절로 장대비 속으로 비명을 지르며 날아가버렸다. 그러면 이처럼 쉽게 다른 분노도 가라앉힐 수 있을까? 랜돌프의 모습으로 사절을 보낸 익명의 분노를? 랜딩의 정원에서 뻗어 나온 덩굴이 몇 킬로미터를 기어와 조엘의 손목을 얽어맸던 걸까? 조엘은 그들의, 자기와 아이다벨의 계획이 천둥에 갈라진 하늘처럼 부서지는 것을 보았다. 아직은 아니야. 아이다벨을 찾을 수 있다면 아니야. 조엘은 집 안으로 뛰어 들어갔다. "아이다벨, 여기 있지! 여기 있잖아!"

웅웅 울리는 침묵만이 대답을 해줄 뿐이었다. 여기, 저기, 자투리 소리가 더해졌다. 굴뚝 안에서 날개처럼 파닥이는 비, 떨어진 유리 위를 달려가는 쥐 소리, 항상 계단을 걷는 그녀의 얌전한 발걸음, 문을 열었다 닫는 바람, 천장 위에서 슬프게 이야기하는 바람, 조엘의 얼굴에 축축하고 시큼한 입김을 불었다가 방 안으로 다시 숨쉬는 바람. 조엘은 그 바람의 항로에 자기 몸이 실려 가도록 가만히 놔두었다. 머리는 풍선처럼 가볍고 안이 비어 있는 느낌이 들었다. 눈은 얼음, 치아는 가시, 혀는 플란넬 천 같았다. 그날 아침 해돋이를 보았지만 그늘진 의도 속에 영원히 잠긴 벼랑으로(혹은 그렇게 보이는 것으로) 한 걸음 한 걸음 다가갈 때마다 이제 해가 뜨는 광경을 다시는 못 볼 것만 같았다. 잠은 연기와 같았다. 조엘은 그 연기를 깊이 들이마셨지만, 색깔과 점과 불꽃의 고리가 되어 공기 위에 다시 퍼졌다. 그 불길 때문에 조엘은 바닥 위에 쓰러지지 않을 수 있었다. 이것은 경고였다, 별처럼 반짝이는 이 파리들은. 정신 바짝 차려, 조엘. 에스키

모의 땅에서 잠은 죽음이야, 그게 다야, 기억해? 몸은 차가웠다. 어머니는, 어머니는 머리카락에서 눈송이 이슬 향기를 풍기며 잠들어버렸다. 만약 여기서 어머니의 눈을 다시 데워 뜨게 할 수만 있다면 어머니는 조엘을 안고 이렇게 말했으리라. 조엘이 랜돌프에게 말했듯이. "모든 게 다 잘될 거야." 아니, 어머니는 얼어붙은 수정처럼 깨져버렸다. 엘렌 이모는 그 조각을 주워 열두 송이에 50센트짜리 글라디올러스를 두른 관 안에 넣었다.

조엘에겐 어딘가에 방 하나가 있었다. 침대가 있었다. 그 희망이 마치 열기의 파동처럼 앞에서 바르르 떨렸다. 아, 아이다벨. 넌 어째서 이처럼 끔찍한 일을 저질렀니!

베란다에서 발소리가 들렸다. 물에 젖은 신발이 찍찍거리는 소리를 들을 수 있었다. 갑자기 손전등 불빛이 응접실 창문을 뚫고 들어왔고 한순간 점점이 썩은 난로 선반 위 거울에 머물렀다. 거기서 빛나는 거울은 마치 젤리로 된 판 같았고, 표면에 비친 바깥의 형체는 불분명하게 흐물거렸다. 그 형체가 누군지 꼭 집어낼 순 없었지만 조엘은 빛이 스르르 사라지는 것을 보고, 누가 복도로 들어오는 소리를 듣고 분명히 랜돌프라 생각했다. 랜딩을 떠난 후로 들키지 않은 채 움직였던 게 아니었을지도 모른다는 가능성을 떠올리니 굴욕적이었다. 조엘의 작별 인사가 샌섬 씨에게는 얼마나 우스꽝스러웠을까!

조엘은 문 뒤에 웅크렸다. 경첩 틈으로, 빛이 불타오르는 지네처럼 기어 다니는 복도가 보였다. 랜돌프가 자기를 찾았는지 아닌지는 중요하지 않았다. 되레 반가웠다. 그래도 뭔가 선뜻 소리쳐 부를 수 없게 하는 것이 있었다. 찍찍대는 발소리가 응접실 문지방 쪽으로 다가왔다. 그때 조엘은 "꼬마 소년, 꼬마 소년"이라고 부르는 소리를 들었다. 좌절해서 흑흑 우는 소리였다.

등나무 아가씨가 바짝 가까이 서자 줄어든 실크 드레스에서 축축한 악취가 풍겼다. 고수머리는 다 풀렸고 작은 왕관은 삐뚤어졌다. 노란 허리띠는 바닥에 끌려 색이 바랬다. "꼬마 소년." 아가씨는 손전등으로 휘어지고 무너진 벽 위를 휙 비추었다. 난쟁이의 모습이 재빨리 날아가는 사물들의 그림자와 뒤섞였다. "꼬마 소년." 목소리에 체념이 어려 그 애상이 한층 더해졌다. 하지만 조엘은 감히 모습을 드러낼 수 없었다. 아가씨가 원하는 것을 줄 수 없었기 때문이다. 소년의 사랑은 부서진 채로 땅 위에 있었다. 눈이 있어야 할 자리에는 마른 꽃이 놓이고 입술에는 이끼가 꼈지만, 그래도 그의 사랑은 멀리에서 비를 먹고 자랐고, 폐허에서는 백합이 피어났다. 아가씨는 그 자리에서 물러서 계단으로 올라갔고 조엘은 정글처럼 얽힌 방들에서 그를 애절하게 찾아 헤매는 발소리를 머리 위로 들으며 자기 자신에게 격렬한 경멸을 느꼈다. 등나무 아가씨의 공포와 비교하면 자기의 공포 따위가 뭐라고? 조엘에겐 방도 있었고 침대도 있었다. 언제든지 여기서 뛰어나가 그리로 갈 수 있었다. 하지만 등나무 아가씨에겐, 꼬마 소년들이 자라 커지는 까닭에 울음을 터뜨리는 여자에겐 죽어가는 방 사이를 지나는 이 여행만이 있을 것이었다. 그러다 언젠가 외로운 어느 날, 그녀는 숨어 있던 사람을 만나게 되리라. 칼을 들고 미소 짓는 자를.

3부

12

그는 자신에게 선고를 내렸다. 유죄. 자기 손으로 선고를 실행할 것이었다. 자력에 끌려, 두 손은 총알을 찾았다. 샘 래드클리프에게서 훔친 총알(래드클리프 씨, 용서해주세요. 정말로 훔치려던 건 아니었어요). 그것을 녹스 중령의 오래된 인디언 권총에 넣는다(얘야, 그 끔찍한 물건에 손대지 말라고 대체 내가 몇 번이나 말했니?—엄마, 이제 나를 혼내지 마세요. 엄마, 뼈가 쑤셔요. 몸에 불이 붙었어요—착한 사람은 얼어 죽고, 사악한 사람은 불이 붙어 죽는다. 지옥의 불길은 열꽃의 달콤한 에테르 때문에 파랗다. 뿔이 돋고 뱀의 혀를 지닌 아이들은 태양의 표면 위 잔디에서 춤춘다. 도둑질로 얻은 모든 전리품이 아이들의 꼬리에 고양이 사료 깡통처럼 매달려 있다. 범죄 인생의 증거들). 그런 후에는 총알을 머리에 쏜다. 오, 맙소사, 틱 하는 소리 외엔 아무 소리도 안 나. 오, 맙소사, 이젠 어쩌지? 하지만 들어봐! 그는 자기 자신이 있으리라고 전혀 상상도 못 한 곳에 있다. 비밀의 은신처. 뜨거운 뉴올리언스 오후에 그는 이 방에 앉아 바짝 타오른 8월의 나무 사이로 스며드는 눈을 보고 있다. 거리를 타닥타닥 뛰어가는 순록 발굽 소리가 상쾌하게 들려왔다. '수수께끼 신사'는 우아하게 악당다운 검은 망토를 입고 순록의 뒤를 따라 아름답기 그지없는, 보트 모양 썰매를 타고 나타났다. 향나무로 만든 썰매 앞부분은 홍색 백조 조각으로 장식했고 돛 대신에 은 종을 구슬처럼 꿰었다. 썰매가 '수수께끼 신사'의 망토 자락에 따뜻이 감싸인 조엘을 태우고 눈 쌓인 들판과 가파른 언덕을 따라 내려갈 때, 흔들리며 큰 소리로 울리는 은 종들은 몸이 떨릴 만큼 아름다운 가락을 노래했다.

하지만 갑자기 이 비밀 방에서 모험을 지휘하는 그의 힘은 다 사라져버렸다. 얼음벽이 눈앞에 솟아나고 썰매는 어떤 파국을 향해 질주했다. 밤의 라디오에서 흘러나오는 소식에 온 나라가 슬픔에 빠졌다. 저명한 수수께끼 마술사 남자와 모든 이에게 사랑받던 조엘 해리슨 녹스가 오늘 사고로 사망했습니다. 이 사고는 또한 순록 여섯 마리의 생명도 앗아갔으며……. 지지직, 얼음은 셀로판지처럼 찢겨나가고 썰매는 랜딩의 응접실로 미끄러져 들어왔다.

그 안에선 이상한 파티가 한창인 듯 보였다. 참석자는 이런 이들이었다. 샌섬 씨, 엘렌 켄들, 등나무 아가씨, 랜돌프, 아이다벨, 플로라벨, 주, 리틀 선샤인, 에이미, R. V. 레이시, 샘 래드클리프, 지저스 피버, 권투 장갑 외에는 아무것도 걸치지 않은 남자(페페 알바레스), 시드니 카츠(파라다이스 채플의 모닝스타 카페 주인), 불길한 십자가처럼 목에 기다란 면도날이 달린 사슬을 건 두꺼운 입술의 탈주범(케그 브라운), 로미오, 새미 실버스타인과 세인트드벌 가 비밀 요원 9인조의 다른 회원 세 명. 대부분 정장에 가까운 검은색 옷을 입었다. 자동피아노는 〈내 주를 가까이하게 함은〉을 연주하는 중이었다. 사람들은 썰매의 존재를 아는 척하지 않고 글라디올러스 화관으로 장식한 삼나무 관 주위를 검은 옷 차림으로 줄지어 돌면서 한 명씩 기념물을 바쳤다. 아이다벨은 색안경을, 랜돌프는 연감을 바쳤다. R. V. 레이시는 사마귀에서 뽑은 털을, 지저스 피버는 바이올린을, 플로라벨은 크레스 핀셋을, 샌섬 씨는 테니스공을, 리틀 선샤인은 마술 부적을 바치는 식이었다. 관 안에는 머리부터 발끝까지 하얀색으로 차려입은 조엘 본인이 누워 있었다. 얼굴에는 분을 바르고 루즈를 발랐으며 금갈색 머리카락은 촉촉하게 적셔 동그랗게 말았다. 천사 같아. 사람들이 말했다. 알키비아데스 같아. 더 아름다워, 랜돌프가 말했다. 아이다벨은 구슬피 흐느꼈다. 진짜예요. 난 구하려고 했다고요. 하지만 갠 움직이려 하지 않았어요. 뱀들이 너무 빨랐고요. 등나무 아가씨는 자신의 작은 왕관을 조엘의 머리에 씌워주고 관 속에 빠질 정도로 몸을 깊이 기울였다. 들어봐, 아가씨는 속삭였다. 나는 바보가 아냐. 네가 살아 있다는 걸 알아. 내게 답을 주지 않는다면 난 널 구해주지 않을 거야. 난 한 마디도 안 할 거야. 죽은 사람들은 산 사람들만큼 외롭니? 그 말에 방이 살며시 흔들리기 시작했다. 진동은 한층 더 심해져, 의자가 뒤집히고 골동품 장식장에서 내용물이 쏟아지고 거울에 금이 가고 자동피아노는 제멋대로 엉망진창 재즈곡을 연주하며 아수라장 잔치가 벌어졌다. 집 아래로 내려가, 땅 아래로, 아래로, 아래로, 인디언 무덤을 지나, 가장 깊은 뿌리를 지나, 가장 차가운 시내를 지나 아래로, 아래로, 뿔이 나고 호박벌 같은 눈이 달린 아이들이 털이 무성한 팔로 불길의 숲을 견디는 그곳으로.

그는 흔들의자의 리듬을 너무 잘 알았다. 삐그덕, 삐그덕. 한 시간, 또 한 시간. 우주를 여행하며 얼마나 오랫동안 그 소리를 들었을까? 삼나무 관은 마침내 그 흔들림과 뒤섞여버렸다. 만약 추락한다면, 영원히 추락하는 것이다. 앞뒤로 함께, 멈추지 않는 의자는 삼나무 관이었다. 그는 방석을 꽉 쥐고 침대에 붙은 포스터를 움켜쥐었다. 등불의 바다 위에서 관은 흔들리는 의자의 물결을 탔다. 그 흔들림은 타종부표의 종소리였다. 좌석에 앉아 그에게 슬금슬금 다가오는 해적은 누구였지? 그들을 애써 분간하려니 눈이 따끔거렸다. 레이스 가면은 가물가물해지고, 흐린 유리막이 끼어들었다. 이제 의자의 승객은 에이미였다가 랜돌프가 되고 다음 순간 주로 변했다. 하지만 주가 여기 있을 리가 없었다. 주는 워싱턴까지 걷고 있었다. 한 발 한 발 걸을 때마다 아코디언이 우렁차게 울렸다. 알지 못하는 목소리가 그와 싸우고 약올리고 비웃으면서 혼자서는 알아내지 못할 비밀을 드러냈다. 입 닥쳐. 그는 외쳤다. 흐느끼며 그 소리를 조용히 하려고 했지만 물론 그 목소리는 본인의 것이었다. "대관람차 아래서 당신을 보았어요." 그 목소리는 의자에 앉은 해적을 비난했다. "아니야. 난 여길 떠난 적이 없단다, 귀여운 아이야. 귀여운 조엘. 밤새 나는 계단 위에 앉아 너를 기다렸어."

그는 항상 쓰디쓴 숟가락을 잘근잘근 씹거나 레몬 물에 적신 스카프 사이로 숨을 쉬려 했다. 두 손은 졸음 실린 땅거미의 커튼을 슬슬 내렸다. 주의 손가락처럼 가늘고도 힘찬 손가락이 그의 머리카락을 훑었다. 다른 손가락들도 있었다. 바다 물거품보다도 더 서늘하고 더 빙빙 돌아간 손가락. 랜돌프의 목소리는 한층 부드러운 어조로 위로하듯 구불구불한 그물 무늬를 더했다.

어느 오후, 흔들의자가 정확히 그 모습으로 나타났다. 가위가 그의 마음 가장자리를 오려낸 듯했고, 쓸모없게 된 부분을 벗겨내 버리자 랜돌프가 형태를 갖추며 가까이에서 찬란히 빛났다.

"랜돌프." 그는 랜돌프에게 손을 뻗으며 말했다. "날 싫어해요?" 랜돌프는 미소를 띠며 속삭였다. "널 싫어하느냐고, 아가?" "내가 도망쳤으니까요." 조엘이 말했다. "멀리 도망치고 가져오라던 셰리주는 옷걸이에 그냥 놔두었으니까요." 랜돌프는 조엘을 품에 안고 이마에 입을 맞추었다. 조엘은 괴롭기도 하고 고맙기도 했다. "난 아파요, 너무 아파요." 랜돌프가 대답했다. "도로 누우렴, 귀염둥이야. 가만히 누워 있어."

그는 9월 속으로 깊이 떠갔다. 폭신한 침대에 행복하게 누워 있노라니 미래가 충분히 잘 보였고, 모든 모공으로 침대의 차가운 보호가 스며들었다. 자기 자신에 대한 생각을 하는데도 이인칭을 붙였다. 자신이 어린 시절에 찍힌 스냅사진에 나타난 모습에 관심을 가지는 것과 대강 비슷하게, 조엘은 또 다른 조엘 녹스에 흥미가 생겼다. 이게 무슨 멍청이 같은 생각인가! 자기 자신, 이 옛날 조엘을 기쁘게 없애버릴 작정이었지만 아직 완전히 버릴 수는 없었다. 어쨌든 여전히 이전의 자신이 필요했다. 매일 한참 동안 조엘은 손거울로 자기 얼굴을 찬찬히 살폈다. 그럴 때마다 대개는 실망스러웠다. 아무리 봐도 남성성이 나타나지 않을까 하는 생각을 뒷받침해주는 징조를 구체적으로 볼 수는 없었기 때문이다. 하지만 얼굴에 어떤 변화가 있기는 있었다. 젖살이 빠지고 진짜 얼굴형이 드러났으며 눈의 부드러운 빛은 단단해졌다. 순진한 표정은 있지만 순진한 매력은 없는 얼굴이었다. 퍼뜩 놀라게 하는 얼굴은, 정말, 아이라고 하기엔 너무 교활했지만 소년이라고 하기엔 너무 아름다웠다. 그가 몇 살인지 맞히기는 어려웠다. 조엘의 마음에 들지 않는 점은 쭉 곧은 갈색 머리카락이었다. 랜돌프처럼 구불구불한 금발이기를 바랐다.

조엘은 랜돌프가 언제 자는지는 알 수 없었다. 랜돌프가 흔들의자를 떠나는 건 오직 조엘이 식사를 해야 할 때나 어떤 활동을 해야 할 때뿐이었다. 가끔 강도의 눈처럼 창문 너머로 바라보는 달 때문에 잠에서 깨면 랜돌프의 천식 진정용 담배가 어둠 속에서 아직도 박동하는 것을 볼 수 있었다. 집은 가라앉았지만 조엘은 혼자가 아니었고 또 다른 사람이 살아남았다. 낯선 사람이 아니라 이 세상 누구보다도 친절하고 착한 사람, 가까이 있는 것이 사랑스러운 친구. "랜돌프." 조엘이 물었다. "나처럼 어렸던 적이 있었어요?" 그러자 랜돌프가 대답했다. "난 그렇게 나이 든 적이 없단다." "랜돌프." 조엘이 다시 물었다. "그거 알아요? 나 무척 행복해요." 이 말에 친구는 아무런 대답을 하지 않았다. 이 행복의 이유는 그저 불행하다고 느끼지 않기 때문인 듯했다. 조엘은 온몸으로 일종의 균형 같은 것을 익혔다. 대처해야 할 것이 별로 없었다. 랜돌프가 한 말 중 많은 부분에 가득 찬 안개는 이미 걷혔거나 적어도 더 이상 신경 쓰이지 않았다. 이제 조엘은 랜돌프를 완전히 이해하는 것처럼 느꼈기 때문이다. 소위 누군가를 발견하는 과정에서 대부분의 사람들은 동시에 자기 자신을 발견하는 환영을 경험한다. 다른 사람의 눈이 자기의 진짜 훌륭한 가치를 반영한다는 환상. 그러한 감정이 조엘에게도 들었고, 그것은 이루 헤아릴 수 없이 깊었다. 가짜든 진짜든 그가 친구를 꿰뚫어 보았다는 승리감을 처음으로 깨달았기 때문이다. 조엘은 더 이상 책임을 지고 싶지 않았다. 여기 이렇게 병상에 누워 자신의 삶을 랜돌프에게 의지하듯이, 친구의 손에 자신을 맡기고 싶었다. 손거울을 들여다보는 일은 결과적으로 일종의 고역이 되었다. 한 눈으로는 성숙의 징후를 찾지만, 점차 집중력이 좋아지는 다른 눈으로는 언제나 이전 모습으로 남고 싶은 바람을 안고 내면을 응시했다.

"오늘은 10월다운 냉기가 있네." 랜돌프는 너무 활짝 핀 장미 꽃병을 침대 위에 놓았다. "이게 마지막인 것 같아. 꽃잎이 금방 떨어지고 있어. 벌들도 관심을 보이지 않더라고. 자, 여기 가을의 꽃을 가지고 왔다. 플라타너스 이파리야." 다른 날엔 공기가 온화했어도 랜돌프는 불을 피웠다. 거기에 두 사람은 마시멜로를 굽고 200년 된 잔에 담은 차를 홀짝홀짝 마셨다. 랜돌프는 성대모사를 잘했다. 찰리 채플린 흉내를 똑같이 내다가 매 웨스트를 따라 했다. 잔인할 정도로 에이미를 똑같이 흉내 내는 바람에 조엘은 침대에서 배를 잡고 웃다가 마침내 자기 웃음에 삼켜졌다. 랜돌프는 하하거리며 정말 웃긴 걸 보여주겠다고 했다. "하지만 먼저 의상을 좀 입어야겠다." 랜돌프의 눈엔 재빨리 활기가 돌았다. 그는 방을 나가려고 문손잡이를 돌리다 말고 돌아보았다. "하지만 내가 그래도…… 넌 웃으면 안 돼." 조엘은 대답 대신 웃을 뿐이었다. 딸꾹질처럼 웃음을 그칠 수가 없었다. 랜돌프의 미소는 녹은 버터처럼 사라졌다. 조엘이 "계속해요. 약속할게요"라고 외쳤지만 랜돌프는 자리에 앉아 두 손으로 둥근 분홍색 얼굴을 감쌌다. "지금은 안 되겠다." 지친 듯한 말투였다. "다른 때에."

어느 날 아침, 조엘은 랜딩에 와서 처음으로 우편물을 받았다. 그림엽서였다. 랜돌프는 같이 낭독하기로 한 《멕베스》 책을 들고 오면서 엽서도 함께 갖다 주었다. "저 길 아래 살던 여자애가 보낸 건데."

랜돌프의 말에 조엘은 숨이 턱 막혔다. 다리가 길고 건들거리는 아이다벨이 벽에서 걸어 나와 의자를 흔들었다. 순회 서커스의 밤 이후로 아이다벨의 생각을 직접적으로 한 적은 한 번도 없었다. 조엘조차도 이유를 설명할 수 없이 그 애 생각은 누락되었지만 그게 그렇게 기괴하다는 생각은 들지 않았다. 결국 아이다벨도 이 집이 가라앉을 때 다른 사람들과 함께 덮여버린 것이다. 옛날 조엘에겐 중요했지만 이젠 비틀어지고 검은 반점이 생긴 10월의 낙엽처럼 바람에 휙 사라져버린 이름들이었다. 그래도 아이다벨은 돌아왔다. 어쩌면 유령일지도 모르지만 여기 이 방 안으로. 아이다벨, 외팔이 이발사에게 돌을 던지던 불량아, 장미를 꽂은 아이다벨, 검을 든 아이다벨, 가끔 운다던 아이다벨. 가을의 모든 것이 플라타너스 이파리라면 그 안에 아이다벨이 있었다. 빨간 이파리 같은 빨강 머리. 녹슨 색깔 잎맥 같은 목소리. 뾰족뾰족한 잎 모양 같은 형태. 아이다벨 얼굴의 기념품.

명랑하게 목화솜을 따는 사람들이 그려진 엽서에는 앨라배마 소인이 찍혀 있었다. "콜리 부인의 배다른 자매와 침례교회 목사님 집에 있어 난 지난주 일요일에 교회에서 헌금도 안 하고 지나갔지! 아빠랑 F가 헨리를 쏘아 죽였다 그 사람들이 나를 여기 살도록 보냈어. 넌 왜 숨었어? 아이다벨 톰킨스에게 편지해."

뭐, 솔직히 조엘은 아이다벨의 말을 믿지 않았다. 거기 살러 간 건 아이다벨 본인의 뜻이겠지. 지금은 침례교회 목사와 있는 게 아니라 등나무 아가씨와 있겠지. 조엘은 엽서를 랜돌프에게 건넸고, 랜돌프는 엽서를 받아 불 속에 던졌다. 순간, 아이다벨과 그녀의 목화밭 일꾼들이 우그러들자 조엘은 자기도 모르게 그걸 도로 꺼내려고 두 손을 뻗었지만 랜돌프는 독서용 황금 안경을 끼고 읽기 시작했다. "첫 번째 마녀. 우리 셋이 언제 다시 만날 수 있을까? 천둥 속에서, 번개 속에서, 아니면 빗속에서?" 조엘은 다시 진정하고 귀를 기울였다. 그러다 잠에 빠졌지만 고함을 지르며 번쩍 잠에서 깼다. 아이다벨을 따라 굴뚝을 올라갔는데, 아이다벨이 있던 자리에는 지금 연기뿐이었기 때문이다. "쉿, 자, 쉿." 랜돌프는 천천히, 부드럽게 말했다. 스러지는 빛 같은 목소리였다. 랜돌프가 있어줘서 기뻤다. 그에게 너그러운 대접을 받으니 차분해졌다.

그래서 가끔 조엘은 랜돌프에게 자기의 사랑을 입 밖에 내서 고백할 뻔하기도 했다. 하지만 누구에게라 할지라도 감정이나 지식의 정도를 알리는 것은 안전하지 않았다. 종종 그러듯이 납치되었다고 생각해보자. 그럴 경우에 가장 현명한 방어는 유괴범에게 그렇게 인식하고 있다는 사실을 알리지 않는 것이었다. 이렇게 숨기는 것만이 유일한 무기이고, 그러면 악인은 절대로 악인이 되지 않는다. 마지막에 웃을 수 있다.

게다가 랜돌프에게 말한다고 할지라도 그가 사랑을 고백하는 대상은 누구인가? 파리의 눈알처럼 다면적인 사람. 남자도 아니고 여자도 아니고, 모든 정체성이 다른 정체성을 부정하고, 모든 가면의 뽑기 주머니 같은 사람. 랜돌프는 누구고 무엇이란 말인가? X, 크레용으로 그려낸 윤곽만 있는 인물, 이상적인 영웅. 그의 역할이 무엇이든, 그것이 존재하도록 정한 것은 너다. 실로 그를 보지 않고 듣지도 않고 혼자서 인식하려고 하면 그의 모습은 보이지 않게 된다. 상상도 할 수 없게 된다. 하지만 랜돌프가 환상을 합리화하는 만큼, 지니가 나타난다면 분명 조엘은 이렇게 봉인된 나날들이 100년 동안 계속되게 해달라고 소원을 빌었을 것이었다.

하지만 그 시간은 끝났다. 그때는 랜돌프의 잘못처럼 보였다. "우리는 곧 클라우드 호텔을 방문할 거야." 랜돌프가 말했다. "리틀 선샤인이 우리를 보고 싶대. 너도 이제 몸이 꽤 좋아진 것 같고. 그렇지 않은 척하는 건 이상하잖아." 급박한 기색이 랜돌프의 목소리 밑에 깔렸다. 그에 더해 조엘이 믿을 수 없는 열의도 있었다. 그래서 조엘은 이 계획의 뒤에는 의심할 여지 없이 불쾌하고 사적인 동기가 있음을 감지했다. 그게 랜돌프의 모든 실제 욕망에는 반대된다는 것도. 그래서 조엘은 말했다. "그냥 여기 있어요, 랜돌프. 아무 데도 가지 마요." 하지만 이 애원이 거절당하자, 오래전에 랜돌프에게 느꼈던 짜증과 분개심이 되돌아왔다. 조엘은 말싸움을 할 정도로 불만스러운 기분이 들었다.

물론 그것은 의존적인 상태에서 한 발 물러나는 것이었다. 조엘은 랜돌프의 말에 절대로 왈가왈부할 수 없었다. 분노를 느끼기라도 한다면, 그것은 사랑보다 한층 더 안전하지 못한 것이기 때문이다. 자신의 안전을 확신하는 사람이라면 두 가지 감정을 다 지닐 여유가 있다. 그렇더라도 조엘이 언짢은 말을 막 내뱉으려는 찰나 바깥에서 들리는 소리가 막았다. 그 소리는 조엘을 다시 옛날로 밀고 갔다. "왜 그렇게 쳐다봐?" 랜돌프가 말했다.

"주 목소리가……. 소리를 들었어요." 저녁 창문 너머로 아코디언 음률이 들려왔다. "정말 들었어요."

랜돌프는 언짢아했다. "주도 참, 연주를 하려면 하모니카를 고를 일이지."

"하지만 주는 가버렸잖아요." 조엘은 무릎을 꿇고 앉았다. "주는 워싱턴까지 걸어갔는데……."

"네가 아는 줄 알았는데," 랜돌프는 《맥베스》의 페이지를 표시한 리본을 만지작거렸다. "가장 최악의 시기에, 네가 제일 아팠을 때 주가 네 옆에 앉아서 부채를 부쳐줬잖아. 전혀 기억 안 나?"

그렇게 주는 돌아온 것이었다. 그리고 오래지 않아 조엘도 직접 주를 볼 수 있었다. 다음 날 정오, 주는 조엘이 먹을 국을 끓여 왔다. 둘 사이에는 아무런 인사도 오가지 않았다. 미소조차 없었다. 둘 다 이런 비참한 결말이 너무 피곤하고 부끄러웠다. 다만 주에게는 뭔가 더 있었다. 주는 조엘을 모르는 척할뿐더러 마치 소개받기를 기다리는 양 서 있기까지 했다. "랜돌프는 네가 돌아올 수 없을 거라고 했는데." 조엘이 말했다. "랜돌프 말이 틀려서 기뻐."

대답으로 한숨 소리가 돌아왔다. 얼마나 시달렸는지 존재의 중심에서부터 끌어올리는 듯한 한숨이었다. 주는 이마를 침대 기둥에 기댔고, 그제야 조엘은 찌릿하는 아픔과 함께 주의 스카프가 없어졌다는 것을 알아차렸다. 비스듬하게 새겨진 흉터가 훤히 드러나 비뚤어진 입술처럼 비웃고 있었고 그렇게 갈라진 목은 평소의 기린 같은 우아함을 잃었다. 주가 얼마나 작고 갑갑해 보이는지 영혼이 줄어들며 두 배의 대가로 살을 요구해 가져간 것만 같았다. 키가 훤칠해 보였던 환영이 사라지자 동물적 우아함이나 화살 같았던 위엄, 독립적인 심장의 도전적 상징도 없어져버렸다.

"주." 조엘이 불렀다. "눈을 봤어?"

주는 조엘을 바라보았지만 눈은 지금 보고 있는 광경과 아무런 연관을 맺지 못하는 듯했다. 그 때문에 눈은 사팔뜨기처럼 보였으며 위안을 주는 내면의 광경에 못 박힌 듯했다.

"눈을 봤냐고요?" 주는 그 말을 되풀이하며 마치 이해하려고 열심히 애쓰는 듯했다. "눈을 봤냐고요!" 주는 갑작스레 겁에 질린 듯 킥킥 웃음을 터뜨리면서 고개를 뒤로 젖혔다. 입술은 빗물을 받아먹으려고 콩콩 뛰는 아이처럼 활짝 벌어졌다.

"그런 거 없었어라." 주가 고개를 절레절레 흔들자 기름 낀 검은 머리가 열기에 탄 풀잎들이 바람에 스칠 때처럼 거슬리게 바스락대며 물결쳤다. "그거 죄다 허튼소리였구먼요. 눈이고 자시고. 해가 어찌나 쨍한지! 사방팔방 햇빛뿐이었어라."

"샌섬 씨의 눈처럼 말이지." 자기도 모르게 속마음을 불쑥 내뱉었다.

"검둥이 태양은 말이어라," 주가 말했다. "제 영혼처럼 온통 까만색이니께요." 주는 국그릇을 가져가더니 찻잎으로 점치는 집시처럼 한참 들여다보았다. "길옆에서 쉬고 있는디, 햇빛이 눈을 어찌나 찌르던지 거의 장님이 될 뻔했어라……."

그러자 조엘이 말했다. "하지만 주, 눈이 오지 않는다면 워싱턴 DC에서 뭘 봤어? 내 말은, 뉴스에 나오는 사람들은 봤어?"

"……게다가 바윗돌에 긁혀서 신발에 다이아몬드랑 하트 모양 구멍이 났지 뭐여라. 온종일 걸었는디 갈 길도 모르겄고, 발에선 불이 나고 해서 길가에 앉았는디 주변에 쥐새끼 한 마리 없었어라." 두 줄기 눈물이 주의 광대뼈를 타고 흘러내리며 은색 얼룩을 남겼다. "엄청 피곤해서 꼬집어도 아무 느낌이 없을 정도였지라. 그래서 그 쓸쓸한 곳에 앉아 있었는디, 고개를 들어보니까 북두칠성이 떴어라. 근데 바로 뒤에 커다란 전조등을 단 빨강 트럭이 와갖고는 저를 머리부터 발끝까지 비쳤구먼요." 트럭에는 남자 넷이 타고 있었다. 백인 셋과 뒤 짐칸에 산처럼 쌓인 수박 꼭대기에 주저앉은 흑인 하나. 트럭 운전수가 나왔다. "황소처럼 담배를 뻐끔뻐끔 피워대는 진짜 천박한 남자였어라. 윗

도리는 홀라당 벗었는디, 빨간 털이 어깨서부터 손까지 났더라니께요. 풀 위를 살살 걸어와 갖고는 나를 어찌나 다정하게 쳐다보는지, 내 발이 베였으니께 불쌍히 여기는가보다 혔죠. 어쩌면 저를 멋진 타에 태워주지 않을까 싶었어라." 앞으로 가. 남자는 이렇게 말했다고 한다. 시가를 툭툭 터는 바람에 재가 얼굴까지 날아왔다. 앞으로 가, 아가씨. 도랑으로 내려가라고. 왜인지는 신경 꺼. 남자는 이렇게 말하면서 주를 밀었고 주는 둑 위에서 뒹굴다가 풍뎅이처럼 무력하게 뒤로 풀썩 떨어졌다. "세상에, 제가 고래고래 고함을 지르니까 이 황소 같은 놈이 입 닥치지 않으면 제 머리통을 박살내겄다고 하지 뭐여요." 주는 일어서서 도망치려 했지만 다른 두 백인이 운전수의 휘파람 소리를 듣고 도랑으로 뛰어 내려와 양쪽에서 주가 도망치는 길을 막았다고 했다. 남자 둘 다 중산모를 썼고, 한 사람은 선원 바지에 군인 셔츠를 입었다. 이 사람이 주를 붙잡고 흑인에게 라이플총을 가져오라고 소리쳤다. "그 못된 검둥이는 케그랑 똑같이 생겼었구먼요. 그놈이 라이플총을 제 귀 옆에 들이댔어라. 그 남자는 제 예쁜 드레스 앞자락을 쭉 찢어놓고서는 중산모 쓴 놈들한테 시작하라고 했어라. 그때 총을 타고 주님의 목소리가 들려오지 뭐여요. 주님이 주에게 그러셨어라. 넌 잘못된 길을 택해서 잘못된 길로 온 거다. 넌 사과를 먹은 거다. 그것도 꼬빡 썩어버린 것을. 하늘 저 너머에 주님이 내려다보시면서 저를 위로해주셨어라. 그동안에 이 악마 같은 놈들이 숫염소처럼 몸부림을 치더만요. 창피하고 고통스러운 와중에도 저는 기도를 읊었어라. 그려요, 내가 비록 죽음의 그늘 골짜기로 다닐지라도, 주님께서 나와 함께 계시고, 주님의 막대기와 지팡이로 나를 보살펴주시니, 내게는 두려움이 없습니다. 그려요, 바로 그 구절을 외웠더니 그 바보 자식들이 웃지 뭐여요. 하지만 우리 주님이 그 선원 자식의 형태를 빚고 우리, 제 형태도 빚으신 거라요. 주님은 우리를 사랑하시니께." 남자들은 중산모를 벗어놓았다. 이제 그들은 모자를 다시 집어 쓰고 운전수에게 말했다. 야, 너 왜 그래? 운전수는 시가를 뻐끔뻐끔 피우면서 귀 뒤를 긁었다. 뭐, 솔직히 말해서, 그는 남들이 보는데 하는 것을 좋아하지 않는다고 했다. 좋아. 남자들이 대답하고는 다시 도랑 위로 올라가 버렸다. 흑인도 그들 뒤를 따랐고 그 셋은 웃음을 터뜨렸다. 그 소리에 운전수의 뺨이 실룩였고 눈은 "늙은 살쾡이같이 누레지더라니께요. 정말 괴상했어라. 겁을 집어먹은 사람처럼." 그는 주에게 손대려 하지 않았다. 대신 사랑하는 사람과 사별한 연인처럼 그 옆에 무기력하게 주저앉았다. 마치 성상처럼. 트럭에서 경적이 울리고 남자들이 고함을 지르자 그는 가까이 몸을 굽혔다. "그 자식은 그 시가를 제 배꼽에 쑤셔 넣었구먼요. 맙소사, 제 안에서 불이 아기처럼 태어나는 것 같았어라……."

조엘은 귀를 틀어막았다. 주가 한 말은 너무 추악했고, 주가 돌아왔다는 것, 벌을 받았다는 것 때문에 속이 메슥거리도록 안타까웠다. "그만해, 주. 난 듣지 않을 거야. 듣지……." 하지만 주의 입술이 떨렸고 눈은 멍하니 비틀려 내면의 광경을 향했다. 침묵의 포효 속에서 주는 팬터마임을 했다. 주님의 기쁨이 주의 얼굴에 광기처럼 서렸고 땀처럼 빛났다. 주는 전도사처럼 손가락을 허공에 대고 흔들었다. 기쁨의 고통이 가슴을 뒤흔들었고 입술은 비밀스러운 외침을 털어놓았다. 내장에선 공기가 다 빠져나갔고, 두 팔은 크게 흔들어 영원을 포옹했다. 주는 십자가에 못 박혔다. 조엘은 그 광경을 소리 없이 눈으로 볼 수밖에 없었지만 그게 한층 더 끔찍했다. 주가 국그릇을 고분고분히 들고 나간 후에도 조엘은 계속 귀를 틀어막은 채였다. 울림이 점점 커져서 심지어 소리의 추억들마저 귀를 멀게 했기 때문이다.

그들은 존 브라운이 언덕 위를 못 올라간다고 장담했다. "그 노새가 그저 바닥에 벌러덩 쓰러져 우리를 깔고 누른다고 해도 난 개를 탓하진 않을 거야." 랜돌프가 말했다. 조엘은 근육을 긴장시키며 그 덕분에 노새의 짐이 좀 더 가벼워졌으면 좋겠다고 생각했다. 그들은 안장으로 옥수수 껍질 자루를 얹고 고삐 대신 밧줄을 묶었다. 그럼에도 그들은 다리를 벌리고 앉을 수 있었다. 하지만 랜돌프는 계속 툴툴거리며 위험하게 비틀거리면서도, 조엘이 들고 온 소풍 바구니에서 꺼내준 완숙 달걀을 끝없이 먹었다. "달걀 하나만 더 먹으면, 아가, 나는 또다시 심하게 멀미할 것 같구나. 뭔가 올려 보내고 싶은 기분이 들면, 항상 뭔가 내려 보내야지."

연기가 낀 날이었다. 하늘은 비가 내린 양철 지붕 같았고 태양을 올려다보면 생선의 배처럼 허옜다. 침대에서 나와 정신 없이 서둘러 뛰어나온 탓에 제대로 옷을 갖춰 입을 시간이 없었던 조엘은 추위 때문에 소름이 오소소 돋았다. 조엘은 얇은 티셔츠와 (그것도 안팎을 거꾸로 입었다) 단추도 제대로 채우지 않은 여름 반바지를 입었을 뿐이었다. 신발만은 적당한 구두를 신었지만 랜돌프는 오직 실내화만 신고 있었다. “발이 얼마나 심상치 않게 부었는지 끼워 넣을 수 있는 게 이것밖에 없네. 정말 대낮에 보니 내 꼴이 시체 파먹는 귀신이나 다름없구나. 매번 이 슬픈 짐승이 움직일 때마다 머리카락이 풀썩 흘러내리는 것만 같은 으스스한 느낌이 들어. 게다가 눈이…… 내 눈이 주사위처럼 돌아가지 않니? 물론 좀약 냄새가 풀풀 나는 데다…….” 랜돌프가 입은 양복에서는 가스 같은 냄새가 풍겼다. 줄어든 리넨 양복은 풀을 먹여 빳빳하고 다림질을 해서 번쩍거렸다. 불룩하고 주름진 모양새가 마치 중세의 갑옷과 비슷했고 랜돌프는 과장될 정도로 꼼꼼하게 몸을 움직였다. 솔기는 못 볼 꼴을 보여주려는 듯 언제라도 터질 것만 같았다.

12시쯤 되자 두 사람은 노새에서 내려 소풍 도시락을 나무 아래 펼쳤다. 랜돌프는 스커퍼농 포도주를 과일 단지에 담아 가져왔다. 그는 포도주를 구강청정제처럼 입을 헹구듯이 마셨다. 포도주가 다 떨어지자 조엘은 빈 단지를 개미를 가두는 용도로 썼다. 신실한 곤충이라고, 랜돌프는 불렀다. “개미 떼를 볼 때마다

나는 무척 감탄하면서도 한편으로는 무척 우울해지곤 해. 그처럼 독실한 근면성으로 무념무상 행진하는 청교도적 정신이 감탄스럽지만, 개인을 인정하지 않는 정부가 일반의 이해를 넘어서는 것을 노래한 시를 인정할 수 있겠니? 분명히 자기 빵 부스러기를 나르지 않겠다고 하는 개인은 뒤에서 칼침을 맞고 미소 속에서 파멸을 맞겠지. 나로서는 고독한 두더지 쪽이 좋구나. 두더지는 가시와 뿌리에 의존하는 장미가 아니야. 또 존재의 시간이 절대로 바뀌지 않는 무리에 의해 조직되는 개미도 아니지. 두더지는 보이지 않는 채로 자기의 길을 가는 거야. 진실과 자유는 정신의 태도임을 알고서." 랜돌프는 머리카락을 가지런히 펴고 웃었다. 자기를 비웃는 것처럼 보였다. "내가 두더지만큼 현명했다면, 내가 자유롭고 평등했다면, 나는 정말 훌륭한 유곽의 포주가 되었을 거야. 하지만 아마도 특별하지만 평범한 여자로 인생 종 쳤을 가능성이 많겠지. 코르셋도 입지 않는 땅딸막한 아줌마가 되어 돌머리 남편이랑 망나니 애새끼들을 데리고 스튜나 끓이고 살았을걸." 그 순간 마치 중요한 메시지를 전하려는 듯 개미 한 마리가 허둥지둥 랜돌프의 목을 타고 올라 귓속으로 사라져버렸다. "머리 속으로 개미가 들어갔어요." 조엘이 말했지만 랜돌프는 짤막하게 고개를 끄덕였을 뿐, 계속 말을 이었다. 그래서 조엘은 랜돌프에게로 기어가 될 수 있는 한 예의 바르게 귓속을 들여다보았다. 개미가 인간의 머리 속에서 헤엄친다는 생각을 하니 짜릿한 전율이 일어 조엘은 한참 지난 후에야 침묵을 알아챘다. 랜돌프의 눈빛에 길게 늘어진 긴장이 담긴 물음이 있다는 것도. 그 표정에 조엘은 불가사의하게도 소름이 끼쳤다. "개미를 찾고 있었어요." 조엘이 말했다. "귀 안으로 들어갔길래. 위험할 수도 있잖아요. 핀을 삼킨 거나 비슷하게."

"아니면 패배인 거지." 체념의 의미인지, 랜돌프의 얼굴에 설탕같이 달콤한 주름이 졌다.

타박타박 걷는 존 브라운의 발걸음이 메마른 숲을 열었다. 10월의 비에 무화과나무는 향기가 나는 갈색 이파리를 떨어뜨렸다. 얼룩덜룩한 길이 폭풍우처럼 쏟아지는 노란 잎 속에서 덩굴같이 이리저리 뻗었다. 죽어가는 점박이천남성이 높이 쌓인 탑 위에 앉은 무당벌레 떼가 구애의 노래를 불렀다. 이슬방울 크기만 한 청개구리는 콩콩 뛰어다니며 새된 소리로 울어댔고 종일 침침한 빛 속에서 소식을 전했다. 그들은 한때 래커를 바른 화려한 마차들이 버베나 향 풍기는 숙녀들을 모시고 지나갔을 길의 흔적을 따라갔다. 아가씨들은 양산 그늘 아래서 방울새처럼 지저귀고, 가죽 같은 피부의 목화 농장 신사들은 자줏빛 아바나 시가 연기 속에서 서로 투덜댔을 것이며, 어린이들, 손바닥에 우그러진 사탕을 쥔 새침한 여자애들이나 블랙베리처럼 까맣고 못된 눈을 지닌 남자애들은 포효하는 호랑이 이야기를 하며 비명을 질렀으리라. 나무들이 사라지고 이어지는 풀숲 위를 지나는 가을바람이, 잔인하지만 벨벳처럼 부드러운 아이와 호쾌한 턱수염을 기른 아버지를 위해 애도했다. 그랬어. 잡초들이 말했다. 사라졌어. 하늘이 말했다. 죽었어. 나무들이 말했다. 하지만 역사에 대한 완전한 애도는 쏙독새에게 맡겨졌다.

갈매기가 날아와 육지의 선원이 가까이에 있음을 알 수 있었다. 그리하여 광활히 펼쳐진 소나무 숲 위로 구불구불 피어오르는 연기가 클라우드 호텔의 위치를 알려주었다. 일행이 드라우닝 폰드의 초록 호숫가를 빙 돌아갈 때 존 브라운의 발굽이 늪 진흙에 빠져 쭉쭉 빠는 소리를 냈다. 조엘은 크리올 소년이나 도박사가 보이지 않을까 싶어 물 위를 살펴보았다. 아아, 아쉽게도 교활하고 끈적한 사람들은 모습을 드러내지 않았다. 하지만 호숫가엔 구부러진 사람 모양 나무가 뿌리를 내리고 있었다. 이끼가 마치 허수아비의 머리카락처럼 나무우듬지로부터 죽 흘러내렸다. 해가 지자 새들은 이 섬의 횃대 주변을 와글와글 돌면서 황량했던 풍경에 쾌활함이라고는 없는 울음소리를 터뜨렸다. 오로지 메기 거품만이 장어처럼 매끈한 호수 수면 위에서 보글거렸다. 불현듯 새들의 비명처럼, 조엘은 다이아몬드 분수에서 첨벙첨벙 뛰노는 소녀들의 사랑스러운 웃음소리를 들었다. 하프처럼 사랑스러운 목소리의 소녀들은 이제 고요해져 연인들의 품 안으로 사라졌다. 크리올 소년과 도박사에게로.

호텔은 그들 앞에서 뼈 무더기처럼 일어섰다. 옥상 위에 첨탑 모양으로 선 망대가 있고, 그 울타리 너머를 내다보는 사람은 바로 리틀 선샤인이었다. 그는 망원경으로 길을 쭉 훑고 있었다. 두 사람이 다가가자 리틀 선샤인은 처음에는 광적으로 환영하듯이 격렬하게 손을 흔들었다. 하지만 격앙된 기색이 전혀 사그라지지 않자 두 사람은 그제야 그 몸짓이 떠나라는 경고임을 알았다. 두 사람은 존 브라운을 옆에 세우고 대기 중에 내려앉은 땅거미 속에서 기다렸고 그동안 은둔자는 망대의 문으로 내려와 이윽고 미끄럼틀식 계단 위에 다시 나타났다. 호수 가장자리까지 쭉 뻗은 황폐한 잔디밭으로 이어지는 계단이었다. 리틀 선샤인은 호두나무 지팡이를 휘두르며 안짱다리로 비척비척 호숫가를 따라 기듯이 다가왔다. 조엘의 눈은 마술을 부렸다. 조엘의 눈에 리틀 선샤인은 오래된 호수의 나무가 살아서 움직이는 것으로 보였다.

은둔자는 여전히 몇 미터 떨어진 자리에서 멈추더니 지팡이를 짚고 구부정하게 서서 풀처럼 끈적한 시선을 고정했다. 랜돌프가 이름을 부르자, 노인은 못 믿겠다는 듯 눈을 끔벅이며 깝신대듯 킥킥 웃음을 터뜨렸다. "아이코, 둘 다 장난꾸러기 아녀! 여기 뭐 볼 게 있다고야. 아까 오래된 망원경 보고 혼잣말로 물었다니께. 대체 여기 허허벌판을 찾아오는 사람들은 누구여? 이제 보니 정다운 소동이구먼! 성큼성큼 걸어오라니께. 모래에 빠지지 않게 살살 조심해서 날 따라오소."

일행은 한 줄로 걸었고, 노새를 끄는 조엘이 맨 뒤로 처졌다. 조엘은 푹푹 빠지는 랜돌프의 발자국을 따라가며 어째서 랜돌프가 거짓말을 했을까 의아해했다. 리틀 선샤인이 두 사람이 오리라 예상하지 못했다는 것은 분명했다.

곰팡이가 깔려 부드러운 백조 계단이 구불구불 위로 올라 호텔 로비로 이어졌다. 뻐꾸기의 악마 같은 혀가 벽시계에서 튀어나와 말없이 40년 전의 어떤 시간을 알려주었다. 접수원이 썼을 법한 꺼끌꺼끌한 책상 위에는 수분이라고는 다 빠져나간 야자나무 화분이 놓여 있었다. 존 브라운이 돌아다니기라도 하면 소리를 들을 수 있게 타구唾具를 다리에 묶어 로비에 두고, 일행은 무도회장으로 들어갔다. 떨어진 샹들리에는 먼지 속에서 보석처럼 빛났고, 온갖 비바람을 겪으며 찢긴 커튼은 왈츠로 이랑진 바닥 위에 얌전히 절하는 숙녀인 양 뭉쳐 놓여 있었다. 박물관 전시품을 덮은 거즈처럼 거미줄이 짜여 있는 피아노를 지나치면서, 조엘은 젓가락행진곡이 나오지 않을까 생각하며 건반을 눌러보았다. 대신 피아노에서는 허둥지둥하는 발소리처럼 유리가 깨지는 약한 소리가 났다.

무도회장 너머, 한때는 클라우드 부인의 개인 거처였던 곳에는 간소하게 꾸민 너른 방 두 개가 있었다. 둘 다 아름답도록 깔끔한 방으로 여기가 리틀 선샤인이 사는 곳이었다. 이 구역에 이르자 리틀 선샤인의 의기양양한 태도가 더욱 명확해졌고, 그 덕에 놀라운 광경의 매력이 한층 더해졌다. 리틀 선샤인이 문을 닫자 주위의 폐허는 존재하지 않았다. 난로의 불빛이 셰리주처럼 붉은 나무 위에 반들반들하게 어렸고, 조각한 천사의 날개들에 금빛을 뿌렸다. 은둔자는 집에서 빚은 위스키를 가져와, 불빛이 술이 주는 위안의 미래를 레이스처럼 장식하는 자리에 놓았다.

"참말로 오랜만에 오셨구먼요, 랜돌프 씨." 리틀 선샤인은 불 가로 의자를 끌고 왔다. "애나 다를 게 없다니께요, 이 귀여운 도련님처럼." 리틀 선샤인은 조엘의 뺨을 꼬집었다. 손톱이 어찌나 긴지 피부로 파고들 뻔했다. "이전엔 그림책을 싸 짊어지고 오셨는디. 그렇게 다시 오기를 어찌나 바랐는지." 랜돌프는 의자 그림자 쪽으로 얼굴을 기울였다. "무슨 멍청한 말이야, 리틀 선샤인도 참. 내가 어렸을 때 여기 왔으니까 나의 큰 부분은 여기서 떠나지 않고 머물렀다는 걸 모르겠어? 난 항상 소위 무전취식하는 손님으로 어슬렁거리고 있었던 거지. 적어도 그랬길 바라. 나 자신을 놔둔 곳이 다른 데란 생각은 하기도 싫으니까." 조엘은 난롯가 앞 바닥 위에 개처럼 웅그렸고, 은둔자는 머리를 받칠 수 있도록 베개를 건넸다. 침대에 누워서 몇 주 보낸 탓에 종일 소용돌이를 헤치고 온 듯한 기분이 들었고 몸이 노곤히 따뜻해지자 뼈까지 자장가가 스며들어 조엘은 그저 탁 놓아버렸다. 황홀한 불빛이 몸 위로 떨어져 쓸고 가도록 놔두었다. 푸른 눈꺼풀 새로 위스키를 마시는 이들의 말소리가 아렴풋하게 쏟아져 들었다. 더 선명하고 생생한 것은 벽 뒤, 천장 위에서 소곤대는 소리였다. 부추기는 바이올린의 선율에 화답하는 무도화들이 돌고 도는 소리, 앞뒤로 스쳐 가는 아이들과 춤으로 연결되는 발소리, 수다를 떨며 계단을 오르내리는 소녀들의 구두 굽이 내는 콧노래 소리, 목걸이가 끊어져 굴러가는 구슬과 진주알, 뚱뚱한 아버지들이 내는 지루한 코골이, 음악의 박자에 맞춰 까닥거리는 부채 소리, 결혼 의상을 입은 신랑 같은 연주자들이 일어나서 절을 하면 장갑 낀 손으로 먹먹하게 박수 치는 소리. (조엘은 그들의 얼굴도 보고 싶다는 갈망에 불 속을 들여다보았다. 불꽃은 태아처럼 폭발했다. 혈관이 있고 요동치는 형태, 서서히 모양을 갖추었지만 여전히 눈부신 빛 속에 가려져 있었다. 가까이 들여다보자 눈이 타는 듯 뜨거웠다. 말해줘요, 말해줘. 누구죠? 내가 아는 사람인가요? 죽었나요? 내 친구인가요? 나를 사랑하나요? 하지만 몸에 붙어 있지 않은 색칠한 머리는 여전히 가면 뒤에서 태어나지 않은 채로 남아 아무런 실마리를 주지 않았다. 당신이 내가 찾는 사람인가요? 조엘은 딱히 누구를 가리키는지도 모르면서 물었다. 하지만 분명히 모든 이에게 그런 사람이 있듯이 자기에게도 그런 사람이 있으리라 믿었다. 연감을 든 랜돌프, 손전등을 들고 찾아다니던 등나무 아가씨, 다른 목소리, 다른 방들을 기억하는 리틀 선샤인. 그들 모두를 기억하거나, 한 번도 알았던 적이 없거나 한 사람들 모두. 거기서 조엘은 물러섰다. 불 속에서 떠오른 인물을 알아본다면, 그다음엔 그 자리를 대신할 무엇을 찾아야 하는가? 모르는 편이 더 쉬웠고 애초에 없었던 나비처럼 손에 하늘만 쥐는 편이 더 나았다.) '잘 자요, 아가씨들, 좋은 꿈 꿔요, 아가씨들, 잘 가요, 아가씨, 우리는 이제 당신을 떠나요!' 접히는 부채들의 이별 한숨, 남자 장화들이 잔인하게 부딪는 소리, 밤이 되자 드리운 커튼과 불어 꺼져버린 거대한 벌집 모양 촛불들 사이로 까치발을 하고 살금

살금 걷는 흑인 소녀들의 발소리. 오케스트라의 여운이 잠이 든 집에 울린다.

그때, 바닥 위로 이승의 것 같지 않은 짤랑짤랑 끌리는 소리가 시작되었고, 조엘은 이 소란에 눈을 번쩍 뜨고 다른 이들을 돌아보았다. 다른 사람들도 그 소리를 들은 듯했다. 랜돌프는 위스키와 대화로 불그스레해진 얼굴을 찡그리며 잔을 내려놓았다. "노새 소리겠구먼." 리틀 선샤인도 술이 거나하게 취해 킥킥댔다. "저기서 돌아다니는갑네." 조엘은 존 브라운 다리에 매달아놓은 타구를 떠올렸다. 타구가 계단에 부딪히고 머리 위로 지나가나 싶더니 멀어졌다 가까워졌다 했다.

"어떻게 저기 올라간겨?" 은둔자는 이제 걱정이 되는 듯했다.

"저 녀석이 있을 만한 곳이 아닌디. 망할 녀석, 저러다 제 목숨 제가 끊겠구먼." 리틀 선샤인은 불쏘시개 덩이를 불 속에 넣었다. 그걸 횃불 삼아 그는 무도회장 안으로 들어갔고 조엘은 용감하게 그 뒤를 따랐다. 하지만 랜돌프는 너무 취해서 움직일 수 없었다.

횃불 주위에 노래하는 날개를 가진 하얀 성가대가 내려앉으며 격한 불길이 움직일 수 있는 범위 안에서 뛰고 흔들렸다. 혹이 난 그레이하운드들이 복도에서 돌진했고, 소리 없는 그림자 발이 거미의 화단을 밟았다. 로비에서는 도마뱀들이 공룡처럼 우뚝 섰다. 산홋빛 혀를 가진 뻐꾸기는 영원히 3시에 멈춰 매처럼 넓게, 팰컨*처럼 격하게 날개를 펼쳤다.

두 사람은 계단 발치에 멈췄다. 노새의 모습은 어디에서도 보이지 않았다. 위치를 알려주던 타구 부딪히는 소리도 멈췄다. "존 브라운……. 존 브라운." 조엘의 목소리가 고요를 확대했다. 조엘은 방방마다 잠이 들지 않은 무언가가 귀를 기울이고 있으리라는 생각에 몸을 바르르 떨었다. 리틀 선샤인은 횃불을 더 높이 들며 로비를 내려다보는 발코니를 비추었다. 거기, 뻣뻣하게 가만히, 노새가 서 있었다. "내 소리 들었제, 얼른 이리 오라니께!" 은둔자가 명령했지만 존 브라운은 뒷걸음치며 히잉 울면서 바닥을 긁었다. 다음 순간, 마치 무서워서 미쳐버린 듯, 존 브라운은 또가닥또가닥 걸어오더니 발코니의 난간을 부수며 앞으로 질주했다. 조엘은 부딪칠지도 모른다는 생각에 대비했지만 노새는 이쪽으로 다가오지 않았다. 고개를 다시 들어보니, 노새는 목에 건 고삐가 꼬여서 대들보에 걸려 허공에 대롱대롱 매달려 있었다. 등잔 같은 큰 눈은 횃불 빛에 비쳐 죽음의 불가능한 얼굴, 불 속의 형상을 나타내며 황금색으로 타올랐다.

방 안에 아침이 모여들자 구석에 옹그려 있던, 퀼트 이불을 덮은 뭉치가 드러났다. 리틀 선샤인은 깊이 잠들어 있었다. "깨우지 마." 랜돌프는 속삭이며 일어나다가 빈 위스키 병 세 개를 넘어뜨렸다. 하지만 은둔자는 움찔하지도 않았다. 호텔을 슬금슬

*매 과에 속하는 맹금류.

금 기어 나왔을 때 조엘은 눈을 감고 랜돌프가 이끄는 대로 따라갔다. 그 노새를 보고 싶지 않았기 때문이다. 숨을 훅 들이마신 것만이 랜돌프가 유일하게 한 표현이었다. 그런 후에는 그 사고에 대해 말을 꺼내지도 않았고 질문을 하지도 않았다. 애초부터 랜딩에는 걸어서 돌아가기로 정해진 듯했다. 그날 아침은 텅 빈 흑판처럼 그 어떤 미래도 보이지 않았고 종말이 온 듯했다. 이전에 있었던 것들은 모두 벌써 한 마리 새로 변해버려 섬의 나무로 날아간 듯했다. 조엘은 광적인 환희에 사로잡혀 뛰었다. 지그재그로 뛰며 노래했다. 사랑에 빠졌다. 사랑하기에 청개구리 한 마리를 잡았고, 사랑하기에 놓아주었다. 개구리가 펄쩍 뛰는 모습, 심장이 쿵쾅쿵쾅 뛰듯이 펄쩍 달아나는 모습을 바라보았다. 조엘은 살아 있다는 기분에 기뻐서 자기 몸을 껴안고 공기를 들이마셨다. 염소처럼 머리로 들이받았다 덤불 뒤에 숨었다 뛰어나왔다. 얏! "이거 봐요, 랜돌프." 조엘은 이끼 한 더께를 떠서 머리 위에 터번처럼 얹었다. "봐요, 내가 누구게요?"

하지만 랜돌프는 조엘의 기분에 동참하지 않았다. 그는 입을 기묘하고도 엄하게 꾹 다물었다. 흔들리는 배의 갑판 위를 걷듯이 양옆으로 몸을 흔들며 앞으로 나아갔다. 벌겋게 충혈된 눈은 컴퍼스의 기능을 제대로 하지 못했다. 자기가 어느 방향으로 가는지도 알지 못하는 듯했다.

"난 나예요." 조엘은 환성을 질렀다. "난 조엘이에요, 우리는 같은 사람이라고요." 그러면서 올라갈 수 있는 나무가 있나 주변을 둘러보았다. 바로 꼭대기까지 올라갈 수 있을 것 같았다. 거기, 천국에 오르는 길의 중간에서 두 팔을 펴고 세상이 내 것이라고 외치고 싶었다. 랜돌프를 훌쩍 지나쳐, 조엘은 자작나무 위로 기어올랐다. 하지만 중간쯤 있는 가지에 올랐을 때, 조엘은 갑자기 어지러워져 나무 몸통을 껴안았다. 이 높이에서 뒤를 돌아다보니 랜돌프의 모습이 보였다. 그는 마치 눈가리개 놀이를 하듯 두 손을 앞으로 뻗고 빙빙 돌고 있었다. 실내화는 벗겨졌지만 그것도 모르는 듯했다. 가끔은 물에 젖은 동물처럼 몸을 털기도 했다. 그 모습에 조엘은 개미를 떠올렸다. 조엘이 경고하지 않았었나? 위험하다고 말하지 않았었나? 아니면 그의 머릿속에서 출렁이는 건 이제 위스키뿐인가? 다만 랜돌프는 몹시도 조용했다. 술 취한 사람은 조용한 법이 없다. 이상했다. 랜돌프는 어떤 환각 상태에 빠진 듯했다.

그제야 조엘은 진실을 깨달았다. 랜돌프가 얼마나 무력한지를 보았다. 그는 샌섬 씨보다도 더 마비된 상태였고 등나무 아가씨보다도 더 어린아이 같았다. 일단 밖에 혼자 나오면 뭘 할 수 있겠는가? 동그라미를, 하찮은 존재의 영점을 그리는 수밖에는? 조엘은 나무에서 스르르 내려왔다. 꼭대기까지 올라가진 않았지만 아무래도 상관없었다. 조엘은 자기가 누군지 알았고, 자기가 강하다는 것을 알았기 때문이다.

조엘은 최선을 다해 랜딩으로 가는 나머지 길을 알아냈다. 랜돌프는 한마디도 하지 않았다. 두어 번 넘어졌고 뚱하게 아기 눈을 하고 땅에 주저앉아서 조엘이 일으켜줄 때까지 기다렸다. 한 번은 괴상하게 생긴 나뭇등걸로 곧장 걸어가기도 했다. 그러면 조엘은 랜돌프의 외투 자락을 잡고 이리저리 이끌었다.

성당의 통로처럼 길고, 이파리 새로 스며드는 탁한 빛이 무겁게 드리운 길이 나타났다. 그다음에는 길을 알려줄 만한 이정표가 있었다. "토비, 고양이에게 살해당하다." 두 사람은 지저스 피버가 묻혔다는 표지 하나 없는 달나무 아래를 지나 뒤에서 랜딩으로 접근해 정원에 들어섰다.

정원에서는 우스꽝스러운 광경이 펼쳐졌다. 주가 무너진 기둥 가까이에 웅크리고 앉아 종을 뽑아내려는 듯 잡아당기고 있었다. 머리카락은 헝클어지고 출전하는 인디언의 화장처럼 얼굴에 먼지를 잔뜩 묻힌 에이미는 앞뒤로 왔다 갔다 하면서 주에게 이래라저래라 명령을 했다. "들어, 멍청하긴, 들란 말이야……. 왜, 애들도 하겠다! ……자, 이제 다시 해봐." 그러다 에이미는 랜돌프를 보았다. 얼굴이 일그러지더니 한 뺨에 경련이 일었다. 에이미는 랜돌프를 향해 소리를 버럭 질렀다. "날 말릴 수 있을 것 같아? 어쨌든 넌 못 말려. 모든 게 다 네 것은 아니니까. 네 것이기도 하지만 내 것이기도 하다고. 사실을 말하면 내 것이 더 많아. 그러니까 내가 좋을 대로 할 거야. 날 가만 놔둬, 랜돌프. 아니면 내가 너한테 뭔 짓을 할지 모르니까. 보안관에게 갈 거야. 전국을 돌아다니면서 동네방네 떠들 거고. 너 내가 못할 줄 알지, 하지만 어디 두고 봐, 두고 보라고……."

랜돌프는 쳐다보지도 않고 에이미가 거기 있는지도 모른다는 듯 조용하게 정원을 가로질러 갔다. 에이미는 그 뒤를 따라가 소매를 끌며 애원했다. "내가 가지게 허락해줘, 랜돌프. 아, 내가 얼마나 잘했는데. 네가 하라는 대로 했어. 두 사람이 떠났다고 말했어. 오랫동안 다람쥐를 사냥하러 가버렸다고 했다고. 예쁜 회색 드레스도 입었잖아, 랜돌프. 귀여운 티케이크도 만들었잖아. 집도 얼마나 깨끗이 치웠는데. 그 여자 정말로 날 좋아했어. 랜돌프. 그렇다고 했어. 뉴올리언스에 있는 가게 얘기도 해줬어. 거기서 내 장식 촛대랑 종이랑 복도에 있는 거울을 팔 수 있을 거랬어. 너 내 말 안 듣지, 랜돌프!" 에이미는 랜돌프를 따라 집으로 들어갔다.

에이미가 사라지자, 주는 복수하듯 종에 침을 뱉더니 발로 쿵 걷어찼다. 종은 엄청난 소리를 내며 뒤집어졌다. "이딴 고물에 누가 돈을 준다요. 정말 머리가 헤까닥 돌아버렸는갑네. 에이미 아씨한테 그딴 얘기를 한 사람 말이어라."

조엘은 톰톰을 치듯이 종을 톡톡 두드렸다. "그 말을 한 사람이 누군데?"

"그게⋯⋯ 저도 몰러라." 주는 가만히 서 있는데도 어딘가 멀리 걸어가버린 것 같았다. "뉴올리언스에서 온 어떤 숙녀라요⋯⋯. 귀에 이상한 기계를 낀 못생긴 애를 데려왔는디. 귀가 먼 애였는디. 몰러라. 가버렸어라."

"내 사촌 루이즈. 그 애가 귀가 멀었는데." 조엘은 이전에 루이즈의 보청기를 숨겼던 것, 참으로 못되게 굴었던 일을 떠올렸다. 갤 울릴 때마다 동전을 하나씩 받았다면 부자가 되었겠지! 하지만 다시 보면 잘해줘야지. 루이즈가 한 마디 한 마디 다 들을 수 있도록 고래고래 소리를 질러 말하고. 카드놀이도 하고. 그래도 약을 올리는 게 재미있을 텐데. 딱 한 번만. 하지만 엘렌 이모는 답장을 해주지 않았는데. 망할. 조엘은 이제 더 이상 신경 쓰지 않았다. 혈육도 소용없다. 이모는 그렇게 많은 약속을 했는데. 사랑한다고도 했는데. 하지만 잊어버렸지. 좋아, 조엘도 마찬가지니까. 그래, 잊어버리자. 알았지, 누가 신경 쓴대? 하지만 사랑한다고 말했었는데. "주……." 조엘이 올려다본 순간, 때마침 주는 정원수 울타리 사이로 사라지고 있었다. 울타리는 파르르 떨리더니 잠잠해졌다.

갑자기 종이 울리기라도 한 양 어떤 소리가 들리더니 외로움의 형상, 푸른빛이 도는 무지개색 같기도 한 하얗고도 불분명한 형체가 정원에서부터 일어나는 듯했다. 조엘은 연을 따라가듯 고개를 뒤로 젖혔다. 구름이 해 주위로 모여들고 있었다. 조엘은 구름이 지나가기를 기다리며 생각했다. 구름이 지났을 때 고개를 들었다면 어떤 마법이 일어났을지도 몰라. 어쩌면 세인트 드벌 가의 보도 위에 앉아 있거나 네모 극장 바깥에서 다음주의 상영작을 미리 살펴보고 있었을지도 모르지. 그러지 말란 법 있나? 그럴 수도 있어. 어디를 보든 하늘은 똑같고 여기 아래 일들만 다를 뿐이니까. 구름은 시곗바늘보다도 느릿느릿 여행했다.

조엘이 기다리고 있노라니 구름은 천둥이 치듯 어두워졌고 존 브라운과 중산모를 쓴 무서운 남자들, 클라우드 호텔과 아이다벨의 늙은 개가 되었다. 그들이 사라지자 샌섬 씨가 태양이었다. 그가 내려다보았다. 아무런 마법도 일어나지 않았다. 하지만 무언가 일어났다. 아니, 일어나려 했다. 조엘은 불안한 예감을 안고 멍하니 앉아 있었다. 앞에 장미나무 한 그루가 해시계처럼 그림자를 드리우며 서 있었다. 한 시간이 스스로 흔적을 그리며 지났다. 또 한 시간이 지나자 어둠의 선이 녹아들고 정원은 모두 한데 뒤섞여 움직였다.

조엘은 머릿속으로 수를 세다가 정해둔 숫자에 이른 것처럼, 어떤 직관, 생각을 통해 결정했다. 지금이야. 조엘은 아주 급작스럽게 일어서서 랜딩의 창문과 눈높이를 맞추었다.

정신은 무척 맑았다. 피사체가 초점에 들어오기를 기다리는 사진가 같았다. 10월의 태양이라는 꼼꼼한 배경 속에서 벽은 노랗게 물들었고 창문들은 차가운 계절의 색깔을 물결처럼 비추는 거울이 되었다. 그중 한 창문 너머, 누군가 그를 바라보고 있었다. 조엘의 온몸은 감각을 잃었지만 눈만은 살아 있었다. 두 눈은 알았다. 그건 랜돌프의 창문이었다. 눈이 부신 석양빛이 점차 유리에서 빠져나가고 어두워지자 눈이 내리는 것 같았다. 눈송이가 사람의 눈 모양을 이루었다. 하얗고 예쁜 나방처럼 떨리는 얼굴이 미소를 띠었다. 은빛으로 빛나는 여자는 조엘에게 손으로 신호를 보냈고, 조엘은 자신이 가야 한다는 것을 알았다. 두려움도 망설임도 없이 나아가다 정원의 가장자리에서 약간 멈추었을 뿐이었다. 뭔가 잃어버린 것 같아서. 거기서 발을 멈추고 돌아보았다. 끝도 없이 내려오는 푸른색을, 뒤에 남겨두고 온 소년을.

두더지의 고독, 소설의 윤리

서동진(계원예술대 교수, 문화평론가)

어떤 특이한 고딕 성장소설

《다른 목소리, 다른 방》이란 지성적인 제목—이 제목을 듣고 어느 누가 버지니아 울프나 제임스 조이스 같은 소설가를 떠올리지 않을 수 있겠는가—을 단, 트루먼 커포티의 소설을 처음 받아 들었을 때, 내가 받은 인상은 그랬다. '좀, 골치 아픈 소설일 수 있겠군. 단단히 정신을 여미고 읽어야겠어.' 실은 내가 그의 소설의 열혈 팬이라기보다는 그를 둘러싼 가십에 더 크게 한눈을 팔고 있던 저속한 독자였기 때문이다. 그러니 이 소설의 진가를 어떻게 알고 있었겠는가. 하지만 내가 소설을 받아 들고 떠올린 짐작은, 천부당만부당한 기우였다. 아마, 고딕소설 마니아라면 책을 손에 쥐고, 단숨에 읽어치울 게 분명할 만큼, 이 소설은 재미나고 황홀했다. 평론가들이 흔히들 커포티 문학의 모든 것이 담겼다고 말하는 이 소설을, 이토록 뒤늦게 조우한 것은 우리에겐 불행한 일이다. 커포티의 몇 편 되지 않는 장편 가운데 하나이자 처녀작이기도 한 이 소설은 야릇하고 애틋하고 찌릿하며, 무엇보다 숨 막히게 아름답다. 커포티가 명징한 문체를 구사하는 소설가란 점이야 익히 들어 알고, 또 그가 쓴 단편들을 읽으며 확인한 바 있다. 그렇지만 처음 접하게 된 그의 장편에서 우리는 그 명징한 문체가 불가능한 곳에서 멀쩡하게 자리 잡고 있는 모습을 마주하게 된다. 고딕풍의 소설에서 명징한 어법이란 로맨스 소설에서 과학 칼럼의 건조한 어법을 기대하는 것만큼이나 터무니없는 일일 수 있기 때문이다.

《다른 목소리, 다른 방》은 고딕소설, 그것도 미국 문학의 역사에서는 '남부 고딕'이라는 장르에 속하는 작품이다. 고딕 문학의 하위 장르인 남부 고딕은 미국 남부를 배경으로 한 고딕소설을 가리키는 말이다. 그렇기에 남부 고딕 역시 여느 고딕소설과 같은 특징을 지닌다. 괴물들이나 기이한 동식물들, 초현실적이고 숨 막히게 하는 밀실공포적 공간, 무엇보다 도덕적으로나 사회적으로나 정상이라고 알려진 세계로부터 버림받은 이방인들이, 남부 고딕에도 오롯이 등장하는 것이다.《다른 목소리, 다른 방》을 읽는 데 따르는 어려움이 있다면 바로 뉴올리언스라는 미국 남부의 풍광과 그곳의 식생, 가옥의 모습, 그리고 너무나 지방적인 관습일 것이다. 그도 그럴 것이 이 소설을 읽기 위해 우리에게 필요한 것은 바로 장소의 감각이고, 이는 또한 이 장르의 소설을 논할 때 가장 빈번하게 거론되는 주제이기 때문이다.

고딕소설을 읽을 때의 가장 큰 쾌감이라 할 것이, 읽는 순간 묘사되는 세계가 직접적으로 상기想起된다는 점이다. 그런데 그런 세계가 이미지로 출현하는 것을 가로막는 지극히 생소한 세계라고 해서 글을 읽는 재미가 반감되는 것은 아니다. 소설을 읽다 보면 어느새 우리는 마치 시야 속으로, 콧등으로, 그리고 귓가로, 두툼한 감각의 세계가 안개처럼 자욱이 몰려드는 것을 깨달을 수 있기 때문이다. 그 감각적인 세계는 실제로 현존하는 미국 남부의 세계가 아니라 실은 커포티가 만들어낸 무대 위의 세계이다. 그것도 그로테스크한 상상력을 거치며 변용되고 각색된 세계. 따라서 우리에게 필요한 것은 기억이 아니라 상상력이다. 커포티 역시 여느 남부 고딕소설처럼 미국 남부의 세계를 이야기 속으로 끌고 들어온다. 폐허로 전락해버린 먼지 가득한 촌동네, 파리들이 윙윙거리는 탄산음료 잔이 힐끗 눈에 띄는 식당 테이블, 먼지를 뒤집어쓴 채 위태롭게 서 있는 집, 순박하면서 동시에 초현실적인 상상을 완고하게 고집하며 살아가는 흑인 일꾼과 하녀들의 세계, 그리고 무엇보다 잔인하고 화려한 범죄와 도주, 투옥, 처형…….

그런데 여기에 잊지 않고 덧붙여야 할 한 가지가 있다. 그것은 숱한 기구한 죽음이다. 그런데 어쩌면 죽음은 살아 있는 세계에서는 언제나 예감으로 배회하는 것 아닐까. 그러므로 우리가 형형색색의 죽음을 이 소설 속에서 마주하게 된다 해도 전연 이상한 일은 아닐 것이다. 이 소설 속에 등장하는 죽음의 행렬 몇 가지만 꼽아도 머리가 어질해지지 않을 수 없다. 비가 오는 어느 추운 겨울날 집으로 돌아와 몸이 으슬으슬하다고 침대로 들어가 한 달 동안 여전히 춥다고 되뇌다 세상을 떠난 주인공 조엘의 엄마, 고양이가 숨을 빨아들여 죽은 흑인 아기 토비, 그 아이의 죽음에 실성하여 죽은 엄마, 그렇게 죽은 아내를 떠나보내고 손녀와 함께 살다 "누군가 갈빗대를 간질이기라도 한 양 필사적으로 킥킥대다가 발작을 일으켜" 죽은 지저스 피버라는 늙은 흑인 마부, 호수 속으로 뛰어들었다 통나무 두 그루 사이에 조개처럼 끼어 머리가 박살 난 크리올 소년, 큰 죄를 저지르고 호수로 헤엄쳐 들어갔다 돌아오지 않은 사기꾼 도박사, 그리하여 귀신 들린 호수(훗날 흑인들이 익사 연못이란 뜻의 "드라우닝 폰드"란 음산한 이름을 붙여준 그 호수)를 끼고 있단 흉흉한 소문에 결국 자신의 호화로운 호텔이 망하자 휘발유를 붓고 성냥을 그은 백인 과부, 그리고 무엇보다 살아 있지도 죽지도 않고서 침대 위에서 영원히 눈을 뜬 채 누워 있는 주인공의 아버지 샌섬 등, 이야기 속에 등장하는 모든 해괴하고 매력적인 죽음을 굳이 열거할 필요는 없을 것이다. 더불어 언제나 예감으로 배회하는 죽음까지 추가하자면, 우리는 이 소설 속에 얼마나 많은 죽음이 떠다니는지 셈할 수 없다. 그러나 그 죽음들은 그 낱말 뒤를 유령처럼 쫓아다니는 세계, 요컨대 좌절, 종말, 패배 따위와는 아무 상관이 없다. 그것은 오직 기괴하고 요령부득인 삶을 살아가는 자들의 삶 뒤편으로 펼쳐진 검은 장막일 뿐이기 때문이다. 그들에게 예고된 죽음이란 것이 없다면 이 기괴한 세계에서의 삶이란 얼마나 악몽이겠는가. 죽음에 접어듦으로써 종결되지 않는다면 뒤틀린 삶은 얼마나 고역이겠는가. 그러므로 죽음은 기괴한 인생을 위한 수순이자 다행일 뿐일지도 모른다.

그러나 이 소설을 미국 남부를 배경으로 한 고딕소설로 제한할 이유는 크게 없어 보인다. 《다른 목소리, 다른 방》 역시 영락한 폐허의 세계 속에 완고하게 버티고 있는 악명 높은 빈곤, 범죄 그리고 무엇보다 인종주의적 차별을 그려내려는 뒤틀린 리얼리즘 소설 가운데 하나로 읽을 수 있기 때문이다. 그러나 커포티의 소설은 훗날 저자 스스로 고백했듯, 고독한 소년의 성장의 나날들을 휘젓는 유령들을 축귀逐鬼하는, 소설의 역사에서 가장 아름답고 그로테스크한 성장소설로 읽을 수도 있다. 어머니와 사별하고 이모의 손에서 지내던 한 소년에게 자신의 아버지를 자처하는 자로부터 편지를 받고 그곳으로 떠나는 여정에서 시작하는 이 소설은, 자신의 환영을 뒤돌아보며 소년에서 벗어나 다른 세계로 발을 딛는 주인공의 모습으로 끝을 맺는다. 그러나 그 성장 이야기는 《허클베리 핀의 모험》이나 《톰 소여의 모험》과는 전혀 다른 형태의 모험 이야기다. 이 이야기에서 주인공 소년 역시 집을 떠나 자신의 허수아비 아버지의 집으로 이주하고, 다시 그 집에서 달아났다 돌아오는 여정을 들려준다. 그러나 그 여정은 세상을 익히고 그 내부에 자신의 자리를 마련하기 위한 성장의 모험과는 다른 것이다. 그 모험은 아무런 교훈도 배움도 단련도 없고, 마치 요지경을 통해 들여다본 중력 없는 세계의 응시 같은 것이기 때문이다.

커포티의 초상

《다른 목소리, 다른 방》은 열세 살 먹은 조엘 녹스란 소년이, 느닷없는 편지 한 통을 받고 도착하게 된 남부 어느 시골 마을에서의 나날들을 이야기한다. 하지만 이 소설에서 우리는, 주인공인 조엘의 주변을 끈덕지게 배회하는, 주인공보다 더 큰 역할을 차지하는 조역이 있음을 깨닫게 된다. 그는 조엘을 자신의 집으로 불러들이고, 유령과도 같은 모습으로 여장을 한 채 집을 배회하고, 자신의 살인을 은닉하기 위해 사지마비 상태의 인물과 칩거하며, 권투 선수 연인을 찾기 위해 전 세계의 우체국으로 편지를 보내며 살아가는 인물 랜돌프다. 그는 기모노를 입고 셰리주에 취해 때로는 응석을 부리고 때로는 애원하며, 어린 소년인 주인공 조엘에게 어떤 율법도 규칙도 없는 세계를 알려준다. 소설의 말미에서 주인공 조엘은 그의 유일한 어른이라 할 랜돌프를 이렇게 묘사한다.

> 파리의 눈알처럼 다면적인 사람. 남자도 아니고 여자도 아니고, 모든 정체성이 다른 정체성을 부정하고, 모든 가면의 뽑기 주머니 같은 사람. 랜돌프는 누구고 무엇이란 말인가? X, 크레용으로 그려

낸 윤곽만 있는 인물, 이상적인 영웅. 그의 역할이 무엇이든, 그것이 존재하도록 정한 것은 너다. 실로 그를 보지 않고 듣지도 않고 혼자서 인식하려고 하면 그의 모습은 보이지 않게 된다. 상상도 할 수 없게 된다.

그러나 조금만 곱씹어보면, 이런 묘사가 얼마나 부조리하고 충격적인 것인지 우리는 깨달을 수 있다. 조엘과 세계를 이어주는 유일한 어른이라 할 랜돌프를 조엘은 간단히 X라고 말한다. 그러나 X라는 어른, 혹은 정신분석학의 용어를 빌려 말하자면 상징적인 아버지로서의 역할을 거절한 미친 어른은 재앙이 될 수밖에 없다. 아무것도 정해지지 않은 무한한 다양성의 세계에 이것은 이것이고 저것은 저것이라는 정체성을 부여해주며 상징적 질서를 부과하는 것이 어른이라면, 랜돌프는 절대로 어른이 아니다. 아무런 규정도 없는 잿빛의 세계에 낮과 밤을 가르고 상징적인 질서를 축조함으로써 아이가 자신이 누구인지를 식별할 수 있도록 하는 법의 화신이 어른-아버지라면, 랜돌프는 그 어른이 될 수 있는 소질을 한 조각도 가지고 있지 않다. 더욱이 그가 여자도 남자도 아닌, "가면의 뽑기 주머니" 같은 사람이라면.

조엘에게 어른이란 오직 랜돌프뿐이다. 그러니 랜돌프라는 어른에게 입양된 아이가 광기 속으로 내닫지 않을 가능성 역시 없을 것이다. 그러므로 《다른 목소리, 다른 방》은 흔히 '목소리'와 '방'이라는 낱말이 떠오르게 하는 것처럼, 자신의 정체성을 조립

하는 고역, 나의 목소리를 갖고, 나의 방을 갖게 되는, 확고부동한 나의 세계 만들기와는 반대의 방향으로 치닫는다. 수를 헤아릴 수 없이 많은 방으로 가득 찬 저택에서, 수많은 목소리가 자신의 음률로 세계를 노래한다면, 우리는 그것이 얼마나 정신분열적인 세계일지 짐작할 수 있다. 따라서 이 소설은 성장소설인 척하지만 실은 자기 정체성에 닻을 내리는 전통적인 교양Bildung-성장소설과는 반대의 방향으로 내닫는, 반-성장소설로 읽을 수도 있을 것이다.

현대의 반-정체성 철학자들에게 랜돌프는 어쩌면 무한히 다양한 '되기becoming'를 마다하지 않고 또 적극적으로 욕망하기까지 하는 인물이라 찬미의 대상일지도 모른다. 그러나 우리는 그런 주장에 쉽게 동조할 수 없다. 커포티에 관해 조금이라도 들어본 적이 있는 사람이라면 누구나 쉬이 짐작할 수 있듯이, 이 랜돌프라는, 소설의 진짜 주인공은 저자인 커포티의 페르소나이자 분신이라 할 수 있다. 우리에겐 익숙한 커포티의 초상이 있다. 몇 해 전 우리는 그의 기이한 삶의 단편을 오려내어 보여주는 영화 한 편을 본 바 있기 때문이다. 〈커포티〉(한국판 제목 〈카포티〉)는 커포티가 《인 콜드 블러드》라는 소설 아닌 소설, '논픽션 소설'이라고 불리는 희대의 걸작을 집필할 즈음을 보여주는 영화다. 1959년 캔자스의 어느 작은 시골 마을 홀컴에서 일가족 네 명이 엽총으로 살해된 사건이 일어나고, 그 사건을 취재하기 위해 도착한 커포티는 취재 도중 살인범이 잡히자 그들을 면회하여 인

터뷰를 한다. 바로 그때 철저한 리얼리즘을 목표로 하는 소설가가 마주하는 살인범은 일정량의 상상을 투입하지 않고서는 대면 불가능한 인물일 수밖에 없다. 잔혹한 살인을 저지른 범죄자와, 포박당한 채 무력하고 처량하게 자신의 망가진 삶을 술회하는 범죄자 사이에는 좁힐 수 없는 거리가 있기 때문이다. 그렇지 않다면 그를 절대 같은 사람으로 대할 수 없을 것이다.

아무튼 《인 콜드 블러드》를 쓰던 때의 커포티를 더없이 훌륭하게 연기한 필립 시모어 호프먼 덕에 우리는 미국인의 뇌리에 각인된 커포티와 해후할 수 있었다. 거북하고 기괴한 새된 목소리와 이상한 말버릇, 어디를 가든 누구를 만나든 아랑곳 않는 기벽으로 가득한 요란한 옷차림, 그리고 평생 한 번도 만난 적 없으면서 유명한 스타들(이를테면 너무나 커포티답게 그레타 가르보!)과 자신이 친구라거나 아니면 관계를 맺었다고 으스대는 사악한 허풍. 아마 그것이 고급 사교계 속에 들어가려 발버둥 쳤고 실제로 그 주인공이 되었던 명사로서의 커포티, 또한 미국인이 기억하는 20세기 대중문화 속의 유별난 아이콘으로서의 커포티일 것이다. 그리고 그 커포티는 20세기 가장 유명한 '퀴어한' 인물 가운데 한 명으로 기억될 것이다. 그의 퀴어함은 〈윌 앤 그레이스〉 〈섹스 앤 시티〉 같은 미국 텔레비전 시리즈에 등장하는 게이 주인공들을 선구하는 것이기도 하지만, 또한 그런 스테레오타입 인물의 낙천적인 유머와 경쾌한 자기풍자와 동일시할 수도 없다. 그의 그 퀴어함은 수전 손택이 말한 '캠프camp'에 가깝다 말할 수 있다. 최근의 대중문화가 보여주는 그 퀴어함이란 것이 정형화된 행위의 코드에 가깝다면, 즉 모방하고 풍자하는 정체성의 종목種目이라면, 캠프의 퀴어함은 실은 반정체성이기 때문이다. 그러므로 커포티의 퀴어함에는 표독한 가시가 돋아 있고 시선을 외면하는 자들의 눈길 앞으로 바짝 다가서는 뻔뻔한 공격적인 과시가 스며 있다. 그러나 그 모든 것은 요즈막의 퀴어함에는 희박한 그것, 바로 고독함을 품고 있다.

개인적인 시詩

그래서 커포티를 늘 따라다니는 고독이라는 레테르를, 흔히 그러듯, 감상적인 기분을 가리키는 낱말로 처분해버리기는 어렵다. 커포티에게 고독이란, 외로운 기분을 가리키는 말이 아니라 세상에서 자신의 자리를 마련하지 못한 자의 처지를 가리키는 말이었기 때문이다. 매카시즘 광풍이 극악했던 1940년대에 커포티가 이 소설을 썼다는 것을 기억하자. 《다른 목소리, 다른 방》은 출판사 랜덤하우스로부터 1500달러의 선인세를 받고 집필을 시작해 몇 년 뒤인 1948년 출간되었다. 이 소설은 첫 장편으로서는 무척 성공적인 데뷔였다. 출간 후 9주 동안 〈뉴욕 타임스〉 베스트셀러 목록에 올랐고, 2만 6천 권이 넘게 팔렸던 것이다. 게다가 이 소설의 출간은 숱한 소문과 논쟁을 불러일으켰다. 그 가운데 가장 유명한 것이 소설의 겉표지에 실린 커포티의 사진일 것이다. 출간 전년인 1947년에 해럴드 헬머Harold Halma란 사진가가 촬영한 커포티의 사진은 한 장의 초상 사진에 그치지 않고 마치 그 시대가 찾고 있던 인물을 육화한 형상처럼 받아들여졌다. 짐작하기 어려운 공격적인 눈길로 카메라를 정면으로 응시하는 커포티의 모습은 그의 소설을 거론하는 자리마다 빠짐없이 등장했다.

이 사진의 명성은 앤디 워홀을 둘러싼 일화를 통해서 쉽게 확인할 수 있다. 소설이 출간되던 해 스무 살의 청년이었던 앤디 워홀에게, 이 사진은 강렬한 인상을 주었다. 그리고 워홀은 그의 열정적인 숭배자가 되어 여러 차례 팬레터를 보내기까지 하였다고 한다. 그리고 1952년 휴고 갤러리에서 열린 그의 첫 개인전의 제목은 〈트루먼 커포티의 글에 바탕을 둔 열다섯 점의 드로잉Fifteen Drawings Based on the Writings of Truman Capote〉이었다. 그러나 이 사진이 자석처럼 끌어들인 관심의 비밀은, 진부한 말이지만 시대정신을 응축하는 어떤 구체적인 낯처럼 보였다는 점에서 찾을 수 있을 것이다. 성난 듯한 눈빛으로 카메라 정면을 응시하는 그의 눈길의 끝에서 사람들은 바로 조직이라는 모습으로 자신을 현상하고 있던 세계를 보았다. 그리고 그 세계를 응시하는 인물에게서 바로 그 조직이 억압하고 유린한 '개인'이라는 인물을 발견하였다.

훗날 어느 사회학자가 '조직사회'라고 부르고, 어느 경제학자는 '풍요로운 사회'라고 부르게 될 미국이라는 나라는 이제 세계의 모든 문제를 '소외'라는 낱말 속에 주워 담게 되었다. 2차 대전까지 세계를 주조하던 계급이라는 정체성은 소멸하거나 효력을 멈춘 듯 보였고, 사람들은 이제 '개인'이라는 신화적인 주체에 주목하게 되었다. 그러므로 커포티의 소설은 이제는 지루한 말처럼 들리기까지 하는 '소외된 개인'이라는 인물을 창안한 동시대 문학의 자장 속에 있었다. 그의 곁에는 계급 대립을 대신하여 조직과 개인의 갈등을 세계의 알레고리로 인식했던 소설가들이 포진하였다. 무엇보다 《호밀밭의 파수꾼》의 제롬 데이비드 셀린저가 있었고, 노먼 메일러의 《나자裸者와 사자死者》, 《사슴 동산》, 그 뒤로 잭 케루악과 윌리엄 버로스로 대표되는 비트 세대의 작가들이 대기하고 있었다. 그렇지만 교양소설 혹은 성장소설, 또는 이단적인 사회적 리얼리즘으로서의 남부 고딕, 아니면 조직과 개인의 대립을 성찰하는 현대적 소설, 그 무엇이든, 우리는 《다른 목소리, 다른 방》을 그 범주 가운데 하나에 깔끔히 끼워 넣기 어렵다는 점을 실토해야 할 것이다.

"개미 떼를 볼 때마다 나는 무척 감탄하면서도 한편으로는 무척 우울해지곤 해. 그처럼 독실한 근면성으로 무념무상 행진하는 청교도적 정신이 감탄스럽지만, 개인을 인정하지 않는 정부가 일반의 이해를 넘어서는 것을 노래한 시를 인정할 수 있겠니? 분명히 자기 빵 부스러기를 나르지 않겠다고 하는 개인은 뒤에서 칼침을 맞고 미소 속에서 파멸을 맞겠지. 나로서는 고독한 두더지 쪽이 좋구나. 두더지는 가시와 뿌리에 의존하는 장미가 아니야. 또 존재의 시간이 절대로 바뀌지 않는 무리에 의해 조직되는 개미도 아니지. 두더지는 보이지 않는 채로 자기의 길을 가는 거야. 진실과 자유는 정신의 태도임을 알고서."

두더지의 고독함. 실은 커포티의 소설은 두더지 같은 고독함을 이야기한다. 실은 일반의 이해를 넘어서는 것을 노래하는 개인의 시. 방금 인용한 대목에서 우리는 청교도적인 정신의 시민에, 진실과 자유는 정신의 태도임을 강변하는 개인을 맞세우는, 적잖이 싱겁고 유치한 발언과 마주한다. 이 글귀보다 이 소설에서 가장 실망스럽고 상투적인 부분도 없을 것이다. 그렇지만 이런 서툴고 유치한 표현이 무슨 큰 문제가 되겠는가. 정말이지 정부가 무슨 대수이겠는가. 두더지가 무슨 정부 따위를 괘념하겠는가. 당장 내가 여기에 있지 않은 듯한 세계를 향해 목젖까지 차오른 분노와 슬픔을 말하려는데, 그깟 개미와 청교도정신과 정부가 무슨 대수겠는가. 그러나 그렇게라도 말해야 한 치라도 그 고독을 감지하게 할 수 있다면, 이런 조악한 변명이라도 만들어야 하지 않을까. 그리고 이런 알리바이에 기대어 자신의 이야기를 들려줄 자리를 마련한다고 해서, 무얼 그리 나무라고 탓할 일이겠는가. '퀴어한' 자들이 자신의 생애를 들먹일 수 있는 자리, 문학이라는 공간이 마련해준 어둑한 그늘을 가질 자격이 왜 없단 말인가. 따라서 이 소설이 우리가 접했던 세계 속에서 가장 고독한 자들이 부르는 송가 모음집이라고 한들 무엇이 잘못이겠는가. 하물며 그 고독을 말하기 위해 온갖 고독한 자들의 무도회

속으로 당신을 초대하여 융숭한 대접을 베풀진대, 그 고독에 연민과 축복을 베풀 아량을 가지지 못할 것은 무엇이란 말인가. 그리고 그것이 소설이 허용할 수 있는 윤리가 아니라면 소설은 어떤 윤리에 기댈 수 있단 말인가. 루카치라는 문학이론가의 말마따나 소설이라는 것이 부르주아 세계에서의 삶을 개인과 세계 사이의 대립과 화해라는 드라마로 만들어내는 장치라고 말할 수 있다면, 그러한 화해를 위한 장소가 퀴어한 자들에게 허용되지 않을 이유가 없다. 퀴어한 자신을 아버지의 자리에 앉혀두고 어린 소년으로서의 자신을 입양하는 이 기괴한 이야기, 자기가 자신을 입양하는 환상을 들려주는 듯한 이 서글픈 이야기. 그런데 불가능한 듯 보이는 그 그로테스크한 환상 속에서도 화해가 이뤄진다는 것. 그 화해를 찾기 위해 하염없이 굴을 파는 두더지, 그 두더지의 고독…….

트루먼 커포티 연보

1924 9월 30일 뉴올리언스에서 17세의 어머니 릴 매 포크와 세일즈맨 아버지 아출러스 퍼슨스 사이에서 트루먼 스트렉퍼스 퍼슨스라는 이름으로 출생.

1928 아버지가 사기죄로 수감되고 부모가 이혼하는 등 어린 시절 가정이 불안정하여 앨라배마 먼로빌에 있는 어머니의 친척 집에 맡겨짐. 먼로빌에서 5년 정도 지내는 동안 커포티가 어린 시절의 진실한 친구로 표현하는 예순 살의 다정한 친척 '숙', 이웃집에 살던 하퍼 리(《앵무새 죽이기》의 작가) 등과 친하게 지냄. 이때의 기억은 〈어떤 크리스마스〉《다른 목소리, 다른 방》 등 여러 작품에서 묘사되고 있음.

1933 재혼한 어머니가 있는 뉴욕으로 가서 어머니와 쿠바 출신 사업가인 새아버지와 함께 살게 됨(커포티라는 성은 이 새아버지에게서 물려받음).

1935	뉴욕의 트리니티 스쿨에 입학. 그 후 학교를 옮겨 군대식 사립학교인 세인트 조지프 밀리터리 아카데미를 다님.
1939	코네티컷 주 그리니치로 이사해 그리니치 고등학교에 다니면서 학교 문예지인 〈그린 위치〉와 학교 신문에 글을 씀.
1942	뉴욕으로 다시 돌아와 명문 사립고인 프랭클린 스쿨에 입학. 높은 아이큐에도 불구하고, 문학과 작문을 제외한 모든 과목의 성적이 안 좋았음. 12월 즈음 문예지 《뉴요커》에 파트타임으로 작은 일자리를 얻어 사환으로 일하기 시작.
1943	프랭클린 스쿨 졸업. 대학 입학 대신 작가의 길을 가기로 마음을 굳히고 본격적으로 여러 편의 단편을 쓰기 시작함. 자신이 일하는 《뉴요커》를 통해 데뷔하고 싶어 했으나 몇 번의 좌절을 겪음.
1945	1월 《뉴요커》에서 개최한 시인 로버트 프로스트의 낭독회에서 사소한 문제를 일으켜 해고됨. 그해 6월 단편 〈미리엄〉이 처음으로 잡지 《마드무아젤》에 실리고, 이어서 10월 《하퍼스 바자》에 〈밤의 나무〉가, 12월 《마드무아젤》에 〈은화 단지〉가 실리면서 단번에 주목받는 신인 작가로 떠오름.
1948	《애틀랜틱 먼슬리》에 1947년 발표한 단편 〈마지막 문을 닫아라〉로 '오 헨리 상' 수상. 랜덤하우스에서 첫 장편 《다른 목소리, 다른 방》 출간, '전후 세대를 이끌어갈 스타 작가의 탄생'이라는 찬사를 받음. 이 소설은 9주 동안 〈뉴욕 타임스〉 베스

트셀러에 오르며 2만 6천 부 이상 팔려, 스물네 살의 젊은 커포티에게 명성을 가져다줌. 특히 책 뒤표지에 실린 커포티의 사진은 소설만큼이나 사람들의 입에 오르내리며 그의 유명세를 형성하는 데 큰 역할을 함. 그해 가을, 동료 작가이자 평생의 동반자가 되는 잭 던피를 만남.

1949 그동안 발표한 작품들을 모은 단편집 《밤의 나무》 출간. 에드거 앨런 포, 윌리엄 포크너 등 남부 고딕 작가들의 후계자라는 평가를 받음. 훗날 커포티는 이 시기의 많은 작품들은 어린 시절 경험했던 불안과 공포의 감정을 반영하고 있다고 말함.

1950 1946~1950년 사이 잡지들에 발표한 여행기를 모은 책 《지방색》 출간.

1951 앨라배마에서 살던 어린 시절의 추억과 향수를 담은 경장편 《풀잎 하프》를 발표하면서 일찍 얻은 명성을 한층 더 공고히 함.

1952 《풀잎 하프》를 연극으로 각색(이후 1971년에는 뮤지컬로, 1995년에는 영화로 제작됨).

1953 존 허스튼 감독의 영화 〈비트 더 데블〉 각본 작업을 감독과 함께함.

1954 1월 커포티의 어머니가 다량의 수면제를 복용하고 사망함.

단편 〈꽃들의 집〉을 브로드웨이 뮤지컬로 개작.

1956 〈포기와 베스〉 순회공연 제작팀과 함께 소련 방문 중 《뉴요커》에 기고한 글들을 모은 에세이 《뮤즈들의 노랫소리》 발표.

1958 단편 〈꽃들의 집〉 〈다이아몬드 기타〉 〈크리스마스의 추억〉과 중편 〈티파니에서 아침을〉을 한 권으로 묶어 《티파니에서 아침을》 출간. 이 소설의 여주인공 홀리 골라이틀리는 커포티가 창조한 인물 중 가장 유명한 사람이 되었고, 소설가 노먼 메일러는 이 책을 보고 커포티를 "우리 세대 작가 중 가장 완벽한 작가"라고 평함. 이 작품은 1961년 오드리 헵번 주연의 동명 영화로도 만들어져 세계적 인기를 얻음.

1959 11월 〈뉴욕 타임스〉에 실린, 캔자스 주 홀컴에서의 일가족 살인 사건에 대한 짧은 기사를 읽고 논픽션 작품에 대한 영감을 얻어, 하퍼 리와 함께 직접 홀컴으로 가서 사건에 대해 면밀히 조사하기 시작.

1965 홀컴 일가족 살인 사건을 6년간 조사한 끝에, 커포티의 문학 경력에서 가장 성공작으로 평가받는 《인 콜드 블러드》를 《뉴요커》에 4회에 걸쳐 분재하기 시작. 커포티 본인이 '논픽션 소설'이라고 칭한 이 작품은 엄청난 호응과 센세이션을 불러일으킴.

1966 《인 콜드 블러드》 단행본으로 출간. 이 작품으로 에드거 앨런 포 상을 수상하고, 커다란 부와 명성을 얻음. 책의 성공을

자축하기 위해 11월 28일 뉴욕의 플라자 호텔에서 가면무도회 개최. 당대의 유명 인사들이 한자리에 모인 이 파티는 1960년대의 '상징적 사건'으로 남음. 이후 한동안 유명 잡지와 텔레비전 토크쇼, 영화 〈5인의 탐정가〉에도 출연하며 스타 작가로서의 삶을 누림.

1973 여행 에세이와 개인적 스케치들을 엮은 《개들은 짖는다》 출간.

1975~1976 잡지 《에스콰이어》에 '응답받은 기도' 중 네 편(〈모하비 사막〉 〈라 코트 바스크, 1965〉 〈순수한 괴물〉 〈케이트 맥클라우드〉) 공개. '응답받은 기도'는 《인 콜드 블러드》처럼 커포티가 오랜 기간 기획했던 야심작으로, 또다시 '논픽션 소설' 기법을 써서 상류사회 부자와 유명인들 사이에서 살아가며 목격했던 사건들을 써내려 했던 책. 이 작품들이 발표되었을 때 은밀한 비밀이 폭로된 커포티의 부자 친구들은 격노했고, 결국 커포티는 한때 자신이 지배했던 사교계에서 추방당함(커포티는 '응답받은 기도'를 끝내지 못했고, 이는 결국 사후 1986년에 미완성작으로 출간됨).

1980 소설과 에세이를 모은 작품집 《카멜레온을 위한 음악》 출간.

1984 《인 콜드 블러드》 집필 당시 시작되어 오랜 기간 이어져온 알코올 중독과 약물 중독으로 8월 25일 로스앤젤레스에서 세상을 떠남.

옮긴이 박현주

고려대학교 영어영문학과 및 동 대학원을 졸업하고, 일리노이 주립대학교에서 언어학을 공부했다. 현재 전문 번역가 및 칼럼니스트로 활동 중이다. 옮긴 책으로는 제드 러벤펠드의 《살인의 해석》과 《죽음본능》, 페터 회의 《스밀라의 눈에 대한 감각》과 《경계에 선 아이들》, 마이클 온다치의 《잉글리시 페이션트》, 존 르 카레의 《영원한 친구》, 켄 브루언의 《런던 대로》, 찰스 부코스키의 《여자들》, 조 힐의 《뿔》, 레이먼드 챈들러 선집(전 6권), 도로시 L. 세이어즈의 《시체는 누구?》《증인이 너무 많다》《맹독》《탐정은 어떻게 진화했는가》 등이 있으며, 지은 책으로는 에세이집 《로맨스 약국》이 있다.

다른 목소리, 다른 방

초판 1쇄 발행일 2013년 6월 24일
초판 3쇄 발행일 2022년 4월 18일

지은이 트루먼 커포티
옮긴이 박현주

발행인 윤호권
사업총괄 정유한

편집 구민준 **디자인** 윤정우 **마케팅** 명인수
발행처 ㈜시공사 **주소** 서울시 성동구 상원1길 22, 6-8층(우편번호 04779)
대표전화 02-3486-6877 **팩스(주문)** 02-585-1755
홈페이지 www.sigongsa.com / www.sigongjunior.com

ISBN 978-89-527-6920-6 04840
ISBN 978-89-527-6919-0 (세트)